启真馆 出品

预言与危机

罗岗 著

浙江大学出版社

目
录

代序：为了……不能忘却的纪念

　　1935 年元旦，第一次全国木刻联合展览会在北京开幕，早在前一年的 11 月 7 日，鲁迅就在日记中记下了他为这次展览会送去了《木刻纪程》和木刻作品 32 件。展览会的组织者本打算从展出的作品中精选一部分出版《全国木刻联合展览会专辑》，并约请鲁迅为此专辑写序，后来因为当局的镇压，所选作品也因之失散，唯一幸存的是鲁迅亲笔所写序文的刻版，算是这次全国木刻联合展览会遗留下的难得纪念品。在这篇序文中，鲁迅对新兴木刻予以了极关切的评价："近五年来骤然兴起的木刻……它乃是作者和社会大众的内心的一致的要求，所以仅有若干青年们的一副铁笔和几块木板，便能发展得如此蓬蓬勃勃。它所表现的是艺术学徒的热诚，因此也常常是现代社会的魂魄……这之前，有木刻了，却未曾有过这样的境界。"当时的木刻虽然幼小，却异常鲜活，从八十年后的今天回头看，"作者"与"大众"、"社会"和"内心"、"艺术"的"热诚"与"现代"的"魂魄"……之间的一致和贯通，始终是木刻能够深刻地把握历史、刻画现实和展望未来的动力。许江在为《重负和重觅——中国美术学院版画之路：1928—2011》（中国美术学院出版社）作序时，之所以在文末特别注明"2011 年 8 月 17 日脱稿，八十年前的今日正是鲁迅举办的木刻讲习会开幕",很显然是自觉地置身于这一伟大的传统中。

　　然而,鲁迅对这一传统的概括和体悟,并不局限于八十年前暴风雨般诞生的新兴木刻,早在一百年前,三十岁的"周树人"历经辛亥年间翻天覆地的革命,就萌动了将来如何以"艺术热诚"去展现"革命魂魄"的想法,这个"魂魄"寄生于那个叫"阿Q"的未庄农民身上,幻化为一次又一次"生命的瞬间",挣扎在"不准革命"和"要求革命"的困境中。[1]摆脱"困境"的方式,未必只有将"阿Q"视为有待启蒙的对象这一条路径,鲁迅对所谓"阿Q式革命"的反省,未必没有包含着对辛亥革命更激进的批判:如果一场革命不能容纳阿Q式的革命要求,那就算不得一场真正的革命!类似的思考青年毛泽东在1919年就以更直白犀利的话语表达过:"辛亥革命乃留学生的发踪指示,哥老会的摇旗呐喊,新军和巡防营一些丘八的剑拔弩张所造成的,与我们民众的大多数毫无关系。"[2]

　　既然"与我们民众的大多数毫无关系",那么辛亥革命可以被轻率地描绘为一场"计划外的革命",作为革命先声的"保路运动"也沦为了"地方利益集团"与"朝廷中央政权"争权夺利的"戏码",由此引发的崩溃,才是革命的内因;[3]也可以被庸俗地比附于英国的"光荣革命",作为革命结果的中华民国的建立,如果没有清王室"屈辱而光荣地退位",就不可能在拥有"未来中国的领土疆域之完整和巩固",而作为这场"光荣革命"标志性成果的《清帝逊位诏书》,则被神化为"是对于晚近以来狭隘的革命建国的政治路线与衰颓的君主立宪的政治路线的一种新形式的整合与升华"。[4]

　　于是,从"地方"与"中央"之争,不妨再回溯到"晚清十年新政",

---

[1]　汪晖:"阿Q生命的六个瞬间——纪念作为开端的辛亥革命",载《现代中文学刊》,2011年第3期。
[2]　毛泽东:"民众的大联合"载《湘江评论》,1919年第2至4期。
[3]　雪珥:《辛亥·计划外革命:1911年的民生与民声》,北京:中国画报出版社,2011年。
[4]　高全喜:《立宪时刻:论〈清帝逊位诏书〉》,桂林:广西师范大学出版社,2011年。

虽然人人都意识到那是一个"山雨欲来"的时代 [1]，却未必能够明了为什么进一步的改革却触发了更大规模的革命。改革与革命的辩证法，正如傅勒接续托克维尔"旧制度与大革命"的论题所指出的："这个旧制度对于它所包含的现代性成分来说是太过于陈旧了，而对于它本身那种古老过时的东西来说又是太新了"，由此在晚清的最后十年，也就是 20 世纪最初的十年，"重重扩大起来的就是这个基本的矛盾。而这个制度对立的两极，即国家与社会，越来越难以相容了"；[2] 可是"一纸空文"的《清帝逊位诏书》不会显示出这种内在的深刻危机，而有可能被"去历史化"地解答为"在此存亡危机之关头，清王室能够果敢地接受辛亥革命之事实，屈辱而光荣地退位，将一个偌大的帝国疆域连同各族对于清王室的忠诚、臣服，和平地转让于中华民国"，因为继承了这个"偌大的帝国疆域"，"辛亥革命"的历史位置或许可以进一步让给清帝国治理下的、从 17 世纪末至 18 世纪末的"中华太平盛世" [3]，这个被称之为"大清国"的多元族裔帝国确实有可能与通过这场革命建立起的中华民国之间构成"前生今世"的关联。不过，这一思路姑且不论其受北美"新清史"研究的影响，将清朝视为"多元族裔帝国"本身即包含了解构中国的危险 [4]，关键在于无法绕开辛亥革命的创新性，弥合起"五族君宪"与"五族共和"之间的根本差异与断裂。

　　如果充分意识到辛亥革命的创新性，那么孙中山依然是理解这场伟大"革命"的关键人物。就像杨国强在为沈渭滨的《孙中山与辛亥革命》写的序言中所强调的："近代中国以古今中西之争亘贯百年新陈代谢。这个过程产生了许多出众的思想和议论。但据我私见，具有完备形态并能影响

[1]　陆建德等：《山雨欲来：辛亥革命前的中国》，上海：上海书店出版社 2011 年。
[2]　傅勒：《思考法国大革命》，孟明译，北京：生活·读书·新知三联书店，2005 年。
[3]　杨昂："中华太平盛世：清帝国治下的和平（1683—1799）"，载《政治与法律评论》，北京大学出版社，2010 年。
[4]　刘凤云、刘文鹏：《清朝的国家认同——"新清史"研究与争鸣》，北京：中国人民大学出版社 2010 年，

社会意识的理论则只有两个：一个是三民主义，一个是五四后三十年的毛泽东思想。毛泽东思想当然超越了三民主义。然而同先于孙中山的人物和思潮相比，三民主义仍然有它耐读耐想的地方。""先于孙中山的人物"如章太炎，考察他在辛亥革命前后的言论，也有不少"耐读耐想的地方"，[1]可若从"具有完备形态并能影响社会意识"来看，当然无法和孙中山相比。而在孙中山之后，只有中国共产党人把他视为"中国革命的伟大先行者"，并在继承孙中山事业的基础上，发展出一套新的"具有完备形态并能影响社会意识的理论"。倘若没有对这种革命传统的自觉继承，很难想象 1921 年 7 月诞生的中国共产党——当时中共一大 13 位国内出席者代表的全国党员只有 57 人[2]——如何再一次取得革命的胜利，完成了中国现代历史上的"二次共和"。

在这个意义上，日本学者竹内好把孙中山和鲁迅视为精神上的同调者，可谓别具慧眼。在鲁迅那儿，从"阿Q"出发的辛亥革命反思，还可以进一步推衍出对能将阿Q的要求容纳进去的、新的革命的呼唤。从 1931 年开始，鲁迅倡导木刻，就是因为他在这种新兴的艺术样式中发现了将新的革命要求"形式化"的可能，他称之为是一种"未曾有过的境界"："这就是所以为新兴木刻的缘故，也是所以为大众所支持的原因。血脉相通，当然不会被漠视。所以木刻不但淆乱了雅俗之辩而已，实在还有更光明、更伟大的视野在它的前面。"[3]

2011 年 12 月 16 日，上海

---

[1]　章太炎、章念驰：《章太炎演讲集》，上海：上海人民出版社，2011 年。
[2]　中共一大会址纪念馆编：《中共一大代表早期文稿选编（1917 年 11 月—1923 年 7 月）》，上海：上海人民出版社，2011 年。
[3]　鲁迅："全国木刻联合展览会专辑·序"载《且介亭杂文二集》，北京：人民文学出版社，1973 年。

第一辑　漫长革命

一、再生与毁灭之地：上海的殖民经验与空间生产
——纪念上海开埠 160 周年（1843—2003）

　　空间里弥散着社会关系；它不仅被社会关系支持，也生产社会关系和被社会关系所生产。

——亨利·列斐伏尔

一

　　姚公鹤在《上海闲话》中曾经感叹道："上海兵事凡经三次：第一次道光时英人之役，为上海开埠之造因；第二次咸丰初刘丽川之役，为华界人民聚居上海租界之造因；第三次咸丰末太平军之役，为江浙及长江一带人民聚居上海租界之造因。经一次兵事，则租界繁荣一次。……租界一隅，平时为大商埠，乱时为极乐园。昔《洛阳名园记序》称天下盛衰视洛阳，洛阳之盛衰视名园之兴废，吾于上海则亦曰：天下之治乱视上海，上海之治乱视租界，盖世变系焉。"[1] 他的感叹虽然不脱"治乱、盛衰、兴废"的老套，却也相当显豁地把上海"繁

---

[1]　姚公鹤：《上海闲话》，上海，上海古籍出版社，1989 年第 60 页。

荣"的历史带入到绵延不绝的"暴力"语境之中。更重要的是，构成
这一语境的不仅是一场又一场突如其来的"兵事"，而且在这个语境
中，与频繁"兵事"相呼应的，那种让姚公鹤感叹不已的，似乎有
悖常理的上海发展"规律"，其实和一个日益全球化的暴力系统密切
相关。

　　很显然，所谓"日益全球化的暴力系统"指的就是资本主义和殖
民主义，帝国主义作为两者的结合形态以暴力形式改写了世界历史的
形态，宗主国与殖民地的历史不再是两个毫无关联的时间过程，而是
彼此交织成一个共同的空间场域。正如爱德华·赛义德在《文化与帝
国主义》一书中指出的："……帝国主义的历史经验首先是一种不同历
史互为依存，不同领域相互交叠的现象，其次是一种要求作出思想和
政治选择的现象。例如，如果把法国和阿尔及利亚或越南的历史，加
勒比海、非洲或印度和英国历史分开来研究而不是摆在一起看，那么
支配和被支配的经验就会被人为地、错误地拆开。"[1] 同样，离开了 19
世纪西方资本主义的全球殖民扩张，就无法理解上海开埠以后的历
史，特别是隐含在这一历史过程中的"支配和被支配的经验"。而安东
尼·金则更进一步指出，在对发展中国家的城市历史与现状的讨论中，
殖民主义和帝国主义的历史经验常常处于一种"缺席"的状态。实际
上，绝大多数发展中国家的城市在 1500—1950 年之间都被欧洲列强所
殖民，这些殖民城市只是在第二次世界大战前后才获得独立。因此他
建议，如果要深刻理解和把握这些城市的状况，就必须把这些城市的
"殖民城市"阶段和"全球或世界城市"阶段联系起来考察与研究。[2]
但是，在目前颇为流行的历史叙述中，上海的"殖民经验"还是被有

[1]　参见爱德华·赛义德（Edward W. Said）：《文化与帝国主义》（Culture and Imperialism）一书"导
论"部分的相关论述，蔡源林译，台北，立绪文化事业公司，2001年。赛义德又译为"萨义德"。
[2]　参见 Anthony King , Urbanism, Colonialism and the World-economy :Cultural and Spatial Foundations
of the World Urban System, London : Routledge, 1990.

意无意地改写、涂抹、忽略甚至遗忘。一个显著的例子就是，近些年来"张爱玲热"与"上海热"互为表里，相互生产，可是却少有人论及张爱玲作品中呈现出来的殖民经验。即使有论者提到张爱玲与殖民城市的关系，也没有仔细区分张爱玲是如何利用上海和香港作为不同的殖民地类型，在作品中建构起互相"张看"的视点，更无法顾及从"租界"到"沦陷区"，上海殖民管治方式的变化又会怎样激发起张爱玲以"文学"穿透"历史"的想象力。从一个更大的方面来看，渐成显学的"张爱玲研究"对"殖民经验"的"盲视"，只不过是当今历史叙述中"殖民主义健忘症"的一个小小的表征罢了！

　　当然，在这里重新强调上海历史和殖民主义的内在关联，并非把殖民主义视为一个空洞化、同质性的术语，试图以此来锁闭历史的叙述。一方面，上海在开埠之前已经成为了"海外百货俱集"的东南都会了，它之所以在"五口通商"之后迅速崛起，很大程度上得益于原来业已形成的经济、贸易和交通网络的支持。把上海发展的历史神话般描述为从江浜小渔村如何一跃而成为国际大都市，不仅在微观的层次上重弹"冲击—回应"的老调，强化了中国"没有历史"，迫切需要充满活力的西方"拯救"的想象，而且还隐含着另一层险恶的意识形态效果：借发展主义的神话将殖民主义匿名化、合法化了。另一方面，作为历史过程的殖民主义从来就不是一个整齐统一的规划，它并没有某种固定不变的模式，往往根据不同殖民地的特殊情形生产出新的管治方法、手段和技术，甚至派生出似乎与传统殖民地颇有出入的新统治模式，充分地显示出了殖民治理权力的灵活性和多样性。譬如，研究19世纪殖民主义的历史一般都把眼光集中在非洲、印度和加勒比海地区，对南北美洲却往往视而不见，因为在美洲拉开19世纪序幕的不是殖民主义而是独立运动，即早在16世纪帝国主义的第一次浪潮中建立起来的帝国的解体。然而继续深究这一蔓延美洲的独立运动，不难发现潜藏其后的是一种"非领土性"的殖民主义新形式，它的动力来自于英、法帝国主义的殖民新战略。西班牙属美洲国家的最终得以独立，依靠的是英国和法国军队在关键时刻的支持。这些国家的独立恰好意味着为英、法帝国主义的资本、商品和技术在美洲找到了市场、原料和金融伙伴。于是，从殖民扩张的全球战略来看，帝国主义既在非洲进行疯狂的殖民掠夺，同时又在美洲竭力促成独立运动，两种殖民方式都完满地服务于帝国主义资本积累和市场扩张的根本利益。

二

基于一种对殖民主义较为复杂的理解，上海的殖民经验不能像过去那样用诸如"帝国主义侵略"之类的套话轻易打发掉。相反，应该充分注意到殖民主义是如何在上海"在地化"的，也即"租界"——上海所谓"租界"其实指的是"居留地"。它的英文表述为 settlement，从其动词 settle（安顿、居留之意）而来，因此，这个词更准确的中文表述应该是"居留地"，意为该地区内允许外侨私人租地居留，租地的手续是由各地侨商直接向中国当地的原业主商租。它与"租界"（concession）的区别在于，后者是中国政府将一个地区内所有的土地整个租给外国政府，再由外国政府将该地段分租给该国侨商。例如汉口、天津的租界。[1] 虽然习惯上还是把两者统一称为租界，但租地方式的差异并非不重要，上海殖民地在空间扩张上之所以比汉口、天津来得便捷、容易和迅猛，与此密切相关。——作为一种相当特殊的殖民

---

[1]　根据当时的国际法，"租界"（concession）指订立永远租约，将整个地段租与一租赁国，再由该国转分租给侨民居住，该国向中国政府纳总税，而外侨又向领事署纳税。地契由该国领事发给并登记。界内也由该国管理，常以该国领事为该地行政长官；"居留地"（settlement）则为双方订约，规定在通商口岸划定界限，在该界限内内容许订约国人民租地居住。外侨租地是直接向华人原业主商议，商议成功以后，可以请求中国地方官发给契据。外侨直接向中国政府纳税，而非向外国领事馆纳税。参见陈三井："上海法租界之设定及其反响"，载《近代中国变局下的上海》，台北，东大图书公司，1996年第3—17页。

地形式，是如何"镶嵌"进原有的政治、经济、文化脉络中，继而采用何种策略规划、改造和重建了原有的社会脉络？同时，原有社会又是采用怎样的方式来回应、排拒和抵抗这种殖民改造的？具体而言，租界对土地的直接诉求，凸现了殖民主义侵略性的特质——对空间的掠夺、占有和改造。因此，租界和原有社会之间的冲突和重组都较为集中地体现在空间面向的争夺上。

但以往人们常常是在诸如"现代"与"传统"碰撞之类的"时间"框架内解释这种"空间"冲突，进而赋予"现代"以某种不言自明的合法性。将时间凌驾于空间之上的论述，不仅正当化了通过缺乏空间感的直线进化论来观察世界的做法，而且运用"以时间消灭空间"（annihilation of space by time）的策略进一步抹去了原有社会的主体性，强调殖民主义即使作为一种"恶"的力量，也具有将"传统"带入"现代"的莫大功劳。例如，在描述上海进入"现代"的状况时，很多研究者都愿意引用马克思的《中国革命和欧洲革命》中一段经典论述："英国的大炮破坏了中国皇帝的威权，迫使天朝帝国与地上的世界接触。与外界完全隔绝曾是保存旧中国的首要条件，而当这种隔绝状态在英国的努力之下被暴力所打破的时候，接踵而至的必然是解体的过程，正如小心保存在密闭棺木里的木乃伊一接触新鲜空气便必然要解体一样。"[1]并且以这一经典论述为出发点，在不同的历史叙述框架中——如"革命史观"或"现代化史观"——把上海理解为从封建主义向资本主义或前现代向现代过渡的关节点。在具体的历史论述中，两种史观或许时有冲突，但就最终的结论而言，它们都认定由于上海的出现，中国似乎摆脱了"没有历史"的状态而进入到"世界历史"之中。

---

[1]　马克思："中国革命与欧洲革命"，载《马克思恩格斯选集》（第二卷），第二卷第2—3页 北京，人民出版社，1972年，第2—3页。

　　尽管马克思在道义上反对英国对中国的侵略，但他把中国比喻为"密闭棺木里的木乃伊"，而把帝国的入侵想象成"新鲜空气"，还是不经意间流露出在东西方关系问题上，他是一个根深蒂固的欧洲"现代化"论者。而正是出于对"现代化"（"革命"也是"现代化"的另一种形态）的迷信，使得"时间"取代了"空间"成为现代历史叙述中毋庸置疑的前提。不过，近年来这一前提正受到越来越多的质疑。约翰尼斯·费边在《时间与非我》一书中，就从"人类学如何构建其对象"的角度对这种时间观和历史观提出了挑战。他指出，人类学从一开始就建立在对时间的进化论式的构想上，这种对时间的构想把"非我"（也即"非西方"）事先放在历史长河的"原始"那一端，以确立现代"我类"（也即"西方"）这一端文明之优越。这就是所谓"时间的空间化"，把那些距离"西方"（"我类"）较为遥远的"非西方"（非我）社会，认定为在文化、心智和社会组织上都处于较为原始的阶段，它们需要欧洲文明的帮助，才有可能进步到更为现代的阶段。正如费边所言，"在西方思想中，'原始'本质上是一个时间概念，是一个范畴，而不是一个思考的对象"。体现在现代民族志中，即"西方"人类学家习惯性地把"非西方"对象排斥在现时的历史时刻之外。在"田野工作"中研究者和被研究者之间"共时性"的空间脱节，使得"非西方"的现实只有在被看作是"西方"的过去，才获得理解的可能和存在的意义。[1]

　　用"时间的空间化"来否认"非西方"与"西方"之间空间的共时性联系，不仅正面阻止了西方人类学对其自身学术政治和知识历史的质疑，而且相当巧妙地在社会理论的层面把"西方"与"非西方"

---

[1]　参见约翰尼斯·费边（Johannes Fabian）在《时间与非我：人类学如何构建其对象》（*Time and the Other: How Anthropology Makes its Objects*, New York: Columbia University Press,1983.）一书中的相关论述。

之间的历史性联系，由"空间的掠夺"转化为"时间的进步"，在某种程度上合法化了"西方"对"非西方"的殖民侵略。马克思早在《资本论》第一卷中讨论"现代殖民理论"时就指出，西方的政治经济学家作为"资本的献媚者"在宗主国有意把资本主义和前资本主义的生产方式"说成是同一的"，而在殖民地，他则大声宣布这两种生产方式是对立的，为了资本的利益，"他证明，不剥夺劳动者，不相应地把他们的生产资料转化为资本，劳动的社会生产力的发展、协作、分工以及机器的大规模使用等等，都是不可能的"。[1] 一旦殖民地的前资本主义生产方式被解释为原始的、落后的和不能独立发展的，而与现代化的、不断发展的和充满活力的资本主义生产方式相对立，它就必须通过为工业化提供资金、劳动、生产资料和消费资料，从功能上建立起与资本主义的内在关联，而殖民地的"发展"就被定义为一个消灭和改造前资本主义生产方式的必要过程。譬如印度作为英国的殖民地，它的历史意义在很长时间里就是被这样的 "发展"所定位的，正如斯皮瓦克指出的："印度卷入到殖民主义中来，这通常被界定为从半封建主义转向资本主义奴役的一个变化。这种变化是按照生产方式的宏伟叙事来定义的，而且通过令人不安的暗示，是从封建主义向资本主义的过渡这一叙事中定义的。与此同时，这一变化还被视为被殖民者获得政治意义的开端。殖民主体是从一批本土精英那里浮现出来的，他们通常被松散地描述成'资产阶级民族主义者'。"[2]

马克思在《资本论》第一卷的论述则着眼于资本主义如何在殖民地创造出自己的历史条件，他虽然把殖民主义当作一种必要的"罪恶"，认为它野蛮却有效地把"非西方"带入到由西方规划的"现代"历史过程之中，但对政治经济学家"向资本献媚"的批评也显示出马

---

[1] 马克思:《资本论》(第一卷)，北京，人民出版社，1975 年，第 834 页。
[2] G. P. Spivak , *In Other World: Essay in Cultural Politics*, New York: Routledge, 1988p.191.

克思对西方理论生产与殖民扩张之间内在联系的深刻把握。从而突破了"时间"的限制，描绘出资本主义强烈的"空间"欲望："一方面资本必须竭力打破每个空间障碍去交往，也就是说去交换，为开拓市场而征服全球；同时另一方面，资本又必须努力消除这个带时间性的空间，也就是说要把从一个地方到另外一个地方所耗费的运动时间最小化……这就出现了资本的世界性倾向，这使之与以前任何时期的生产区别开来。"[1]

三

在批判殖民主义的视野中强调资本的"空间"面向，不仅质疑了建立在单一时间观上的"进步"神话，而且揭示出由于资本的"空间"需求日益膨胀，使得资本主义天然地具有了侵略性。借助于不断地侵入新的地域并且重组"中心"与"边缘"之间的空间关系，资本获得了愈来愈大的周转、腾挪和移动的市场。就像亨利·列斐伏尔敏锐观察到的，资本的空间关系和全球空间经济的建构与再建构，是使资本主义能够存活到20世纪的主要手段。列斐伏尔所说的"空间"，不再是古典意义上自然化的、非历史的和不带感情色彩的无限"空间"——在这种空间中的物质活动相互独立，也不依赖于空间本身——而是被纳入到现代资本主义生产方式中的"空间"，"它被利用来生产剩余价值。土地、地底、空中甚至光线，都被纳入到生产力与产物之中"，这个空间既是具体的，"我们可以见到公路、机场和资讯的网络散布在空

[1]　K. Marx, *Grundrisse: Foundations of the Critique of Political Economy*, Trans. M. Nicolaus. New York: Random House,1973 年，p.539—540. 也可参见大卫·哈维（David Harvey）在《时空之间——关于地理学想象的反思》（*Between Space and Time: Reflections on the Geographical Imagination*）一文中的有关论述，特别是第二节"空间与时间的历史地理学的唯物论观点"和第三节"资本主义时代的空间与时间的历史地理学"，王志弘译，载《现代性与空间的生产》，包亚明主编，上海教育出版社，2003 年。

间中"；又是抽象的，它"有赖于银行、商业和主要生产中心所构成的巨大网络"。在这样的空间里，"积累的摇篮、富裕的地方、历史的主体、历史性空间的中心——换句话说，就是城市——急速地扩张了"。[1]

在列斐伏尔看来，资本主义的特征就体现在"空间的生产"上，它不断地创造"空间"的"中心"，同时也生产出依附于此中心的"边缘"。如果把"空间的生产"放回到具体的历史语境之中，那么我们不难发现工业化、城市化和殖民化三者处于同一个历史过程之中。资本主义不仅在宗主国和殖民地之间，同时也在殖民地内部重组了"中心"和"边缘"的空间关系。所谓"全球空间经济"就是在这个殖民霸权体系中历史地形成的，它由近三百年来帝国主义和殖民主义的历史共同缔造，其结构特征是支配性中心与其边缘之间存在着明显的等级关系，构造出这一关系的是中心的资本化积累以及作为结果的在边缘与中心之间的劳动分工。尽管资本积累的方式灵活多变，然而并没有改变全球劳动分工的性质，那就是中心的资本不断寻找新的生产和剥削方式，而边缘则回应中心的需要，不断地提供原材料、劳动力和消费市场。这种不平等的劳动分工为西方资本主义的发展提供了巨大的动力，它不仅在宏观层面重新定义了全球时空的意义，而且在微观层面将"中心"与"边缘"的关系推广到每一个殖民地的内部。因此，殖民城市的崛起，其根本动力自然来源于"西方中心"对于"非西方边缘"的需求（往往以侵略、征服和支配的暴力形式），但在内部的空间关系上，它的"城市化"过程也离不开再次复制"中心"与"边缘"的等级差异（常常要付出战乱、牺牲和流血的惨重代价）。

正如大卫·哈维所言，资本主义需要改造殖民地的"空间"意义，

---

[1]　参见亨利·列斐伏尔（Henri Lefebvre）在《空间：社会产物与使用价值》（*Space: Social Product and Use Value*）一文中的相关论述，载《现代性与空间的生产》，第47—58页。

以便根据新的意义来容纳和组织社会再生产的新物质实践。[1]这个改造"空间"的过程集中体现在对"空间""中心"——也即殖民城市——的"构造"上，一方面，建立一个"中心"意味着将"异质"的因素强行锲入殖民地原有社会架构的时空中，譬如19世纪晚期将埃及带入到欧洲资本主义体制的计划，其核心是重新规划开罗城，把原有的空间加以理性化：整顿交通、拓展道路、管理环境、维护治安、打扫卫生……一切将城市"光明化"、"技术化"和"公共化"的措施，都是为了使之适应工业组织规则的管制体系，成为殖民地的"工业化"中心；另一方面，作为"中心"的殖民城市的兴起，并非简单地依赖于宗主国的资本"输血"，相反，它复制了类似于宗主国和殖民地之间的空间关系，为自己的发展制造出依附于"中心"的广阔"边缘"，以"边缘"地区的资金、原料、劳动力和市场来滋养殖民城市的繁荣。同时，殖民城市的兴起进一步改写了原有社会架构的空间性质，由于"中心"资本主义生产方式的存在，它对"边缘"的决定作用使得"边缘"的"非（或前）资本主义生产方式"也被纳入到"中心"的生产体制乃至全球经济体制之中。这一历史过程不可能那么轻易完成的，其间必然充满了冲突、紧张和痛苦。伴随着宗主国强加的秩序，时常是来自殖民地本土激烈的反抗。所以英国人1882年占领埃及，从1882年到1922年的40年间，曾66次宣布撤军，但都未能兑现。

四

与开罗、孟买这些典型的殖民城市相比，上海似乎并不那么典型。因为没有一个中心殖民政府在上海健全了各种殖民机制和统治结

---

[1]　大卫·哈维：《时空之地——关于地理学想象的反思》，载《现代性与空间的生产》，第377页。

构。作为一种特殊形态的殖民地，上海始终处于中国政府和西方列强以及西方列强内部之间的诸多矛盾、冲突和利益关系之中，遭受了多层面的统治，形成了多样性的殖民经验。但是，这种特殊的形式并没有改变上海在整个殖民空间体系中的位置，上海殖民空间的生产依然复制了既定的"中心"与"边缘"的关系。克利福德在一本研究20世纪20年代在上海的西方人的著作中明确地指出，华人在公共租界中交付55%的税金，但却无权使用那里现代设备最完善的医院，对租界的行政管理也毫无发言权利。上海租界因而就像是中国肌肤上的寄生虫，只取不予，把从中国搜刮的财富点滴不漏地运去滋养伦敦、东京、纽约和巴黎的繁华。[1] 他在论述中把上海比喻成寄生虫，当然带有很大的道德义愤，不过却非常鲜明地把上海与西方和内地的结构性关系表达出来。这种结构性关系决定了上海处于一种"半边缘"的位置，所谓"半边缘"指的是"相对'中心'而言是边缘，但它又是某一边缘地区的'中心'……那些与'中心'交往密度高、时间长的地区发展成为'半边缘'地带"。[2] 值得注意的是，在学术性表述中，"中心"和"边缘"往往成为对世界市场不同位置的客观描述，或多或少地淡化或省略了两者之间的"支配性关系"。而"半边缘"概念的提出，则把"中心"和"边缘"的不平等关系在理论上固定下来了，"'半边缘'市场体系的存在，可以使资本主义列强在世界市场的活动中大大降低它的交易成本，达到它在世界范围内谋取利润最大化的目的。确立'半边

---

[1]　参见克利福德（Nicholas Clifford）在《帝国的宠儿：20年代在上海的西方人和中国革命》(*Spoilt Children of Empire: Westerners in Shanghai and the Chinese Revolution of the 1920s*) 一书中的相关论述，Middlebury, Vt.: Middlebury College Press, 1995。在公共租界内，洋人所付的税每年不过80万两，而华人却付了125万两。而法租界以1895年的房屋税为例，洋人房屋税的总数为6.5万两，华人房屋税却高达40.5万两。造成这种差距的原因是洋人和华人所负担的税率不同，华人所住房屋，工部局估值租银，要求每100两捐10两，洋人则是每100两捐8两。参见陈三井："上海租界华人的参政运动"，载陈三井：《近代中国变局下的上海》，第29—65页。

[2]　樊卫国：《激活与生长：上海现代经济兴起之若干分析（1870—1941）》，上海，上海人民出版社，2002年，第41页。

缘'市场是列强实现'中心—边缘'世界体系的重要战略"。为了建立
和维护上海"半边缘"的状态，列强一方面"建设"必需的市场"秩
序"，另一方面则遏制"半边缘"向"中心"或"亚中心"发展。[1] 应
该说，当时人们对上海的这一特殊位置已经有比较清醒的认识，姚公
鹤就曾指出："上海实业之发达，较之外国虽不能望其项背，而较之内
地，则确胜一筹也"，但是"其所以养成此巨大势力者，并非恃乎国内
成货之工人，而则恃乎外国舶来之货品"。[2] 而到了 20 世纪 30 年代，《申
报》上一篇文章对这个问题的揭示，则从一般"贸易"的层次上升到
"金融"的层次："国际贸易留下的佣金为数不及百分之五。……金钱
外溢的数目越大，则上海各所得亦较多，然而内地则益贫。……上海
是口，汉口是喉，香港、天津是两个鼻孔，一呼一吸已在外国人掌握
之中，虽有耳目手足头脑身体，生死之权却操之外国。"文章中还附有
两张中国金钱外溢表，上海远远超过天津和香港，是中国最大的金钱
外流口。[3]

　　由此可见，就世界市场的结构性位置而言，上海与其他殖民城市
一样处于"殖民化"空间的"关节点"上。但在这里并非简单地强调
殖民主义的普遍性，而且也确实很难完全用现成的殖民或后殖民理论
来解释上海特殊的历史情景。但这并不意味叙述历史的时候可以从现
实和话语上抹去"殖民"的痕迹。不少论者甚至欣喜于上海殖民统治
造成了三个分立的管制系统，使得大一统的意识形态无法全面执行与
贯彻。从而为上海的社会和文化具备某种相对性和灵活性提供了条件。
但这不是"文明"的殖民统治有意造成的"效果"，而是由不同管制系
统之间的"缝隙"所带来"空间"。借用孙中山先生的著名说法，这种

---

[1]　樊卫国：《激活与生长：上海现代经济兴起之若干分析（1870—1941）》，第 43 页。
[2]　姚公鹤：《上海闲话》，第 43 页。
[3]　尤怀皋："敬告全国中大学生实行教育救国之四"，载《申报》，1932 年 12 月 25 日。

"次殖民地"的状况可能比"殖民地"还更恶劣。如果说西方列强对正式的殖民地拥有全面"领导"的权力，因此至少在"名义"上需要为殖民地"负责"，可是上海并不为某个西方列强所独占，"责任"的缺乏加上列强之间的恶性竞争往往导致变本加厉的盘剥。

另一方面，从殖民者的角度看来，由于无法独占上海，在殖民空间的生产上就会面临比一般殖民地更大的困难，特别是如何行之有效地处理"殖民地中心"与"非殖民地边缘"的关系：既要促使"边缘"的资源有效地滋养和培育"中心"，又要确保"中心"对"边缘"的支配和主宰，是对"殖民管治"的一种新的挑战。上海开埠以来的历史证明了资本主义"殖民"手段的策略性和灵活性，与城市繁荣密切相关的空间拓展不能简单地归结于"列强的入侵"或"西方的冲击"，而是需要更进一步的追问，西方殖民主义是如何"在地化"的？也即殖民势力通过何种途径参与了中国社会结构的重构？并且在重构过程中以怎样的手段将中国社会固有的资源转化了资本发展的动力？同时又如何规定了中国社会利用和借助西方资本的渠道，使得某些符合资本逻辑的部分获得了生长的空间，而把更多和资本相抵触的部分压制、排斥在外？

本文开头引用姚公鹤的说法，认为 "上海繁荣"与三次"兵事"密切相关。正是为了突现殖民主义"在地化"的过程。"第一次道光时英人之役，为上海开埠之造因"，在一般的历史描述中，都把"开埠"和"租界"等同起来，其实在《南京条约》中仅规定"自今以后，大皇帝恩准英国人民带同所属家眷寄居大清沿海之广州、福州、厦门、宁波、上海等五处港口，贸易通商无碍"，并没有提到"租界"或"居留地"的问题，而《虎门条约》则要求中华管事官与英国管事官"各就地方民情，议定于何地方，用何房屋或基地，系准英人租赁"。也没有要求一定要划出外国人专用的"居留地"。[1] 依照当时的情形，完全可以让外国商人进入旧城区，任其租房卖地，和中国居民混合居住；甚至也可以在城外划出空地供外商居住，但也不排斥华人进入。如果按照这样的规划，就不可能出现"租界"这种"国中之国"了。

　　历史当然不是靠"假设"来决定的。1845 年 11 月 29 日（道光二十五年十一月一日），苏松太道台宫慕久用告示形式，公布了他与英国领事巴富尔商定的《上海土地章程》。告示本无标题，英国领事在向本国政府上报时将其称为 Land Regulations，日后被称为"土地章程"、"地皮章程"、"地产章程"或"上海土地章程"。《上海土地章程》虽没有出现"租界"的字眼，但对"租界"地位和发展方向的确立却是一份纲领性的文件。章程清楚地规定了英国租借地的分界线：北起北京路，南至洋泾浜，东起黄浦江，西边没有规定，一共占地将近 180 英亩。正如标题显示出来的，这个章程涉及的核心就是土地问题。表面上看，之所以如此迫切地议定土地问题，是因为中英两国依据条约需要为外国商人尽早安排一块"居留地"，而更为关键的是，殖民地的土地是否具备"空间"的生产性，很大程度上决定了资本主义殖民扩张的规模和前景。按照马克思在《资本论》第一卷中的研究，"土地要成为殖民的要素，不仅必须是未耕种，而且必须是能够变为私人财产的公共财产"，在这样的情况下，"每个移民都能够把一部分土地变为自己的私有财产和个人的生产资料，而又不妨碍后来的移民这样做。这

---

[1]　租界的最早条约依据，可追溯至 1843 年 10 月 8 日的中英虎门附加条约（又名"善后事宜清册附粘和约"，英文名为 Supplementary Treaty of October 8th 1843），其第七款规定："在万年和约内，言明允准英人携眷赴广州、厦门、宁波、上海、福州五港口居住，不相欺侮，不加拘制。但中华地方官必须与英国管事官各就地方民情，议于何地方，用何房屋或基地，系准英人租赁。其租价必照五港口之现在所值高低为准，务求平允。华民不许勒索，英商不许强租，英国管事官每年以英人或建筑房屋若干间，或租屋若干所，通报地方官，转报立案。惟房屋之增减，视乎商人之多寡，而商人之多寡视乎贸易之衰旺，难以预定额数。"据此，英国人可经由其领事会同中国地方官，选定租屋或建造房屋、商栈的地点。这一条款后来逐渐演变为最惠国条款之一，为中美望厦条约及中法黄埔条约所引用。参见陈三井：《上海法租界之设定及其反响》，载陈三井：《近代中国变局下的上海》，第 5—7 页。

就是殖民地繁荣的秘密"。[1]

尽管《上海土地章程》规定土地只是租赁，不是割让，地皮的主权仍属于中国，但是具体条款已经为土地的"生产"和空间的"扩张"提供了前提条件。《章程》第九条规定，商人租地建房之后，只准商人禀报不租，退票押租，不准原主任意退租，更不准再议加添租价。这就是所谓"永租法"。配合《章程》第十五条规定，租地范围内华民不得自相议租，亦不得再行建房招租华商。第十六条规定，华人可以到英人租地公建市房中进行买卖交易，但不能租房。实际上使得殖民者独占租界的土地资源并有了利用土地牟利的可能。虽然《章程》中也有条款限制土地买卖和地产投机，如第九条规定，商人如有将自租基地不愿居住，全行转租别家，或将本面基地分租与人者，除新盖房屋或租或卖，及垫填等工费自行议价外，其基地租价只可照原数转租，不得格外加增，以免租贩取利。但后来在巨大的商业利润面前，这样不符合资本逻辑的规定只能变成一纸空文。更为微妙的是第十五条规定，日后英商租地，每家不得超过十亩，免致先到者地方宽大，后来者地方窄小，如租定后，并不建造可以居住贮货房屋者，即系违背条约，应由地方官会同管事官查明，将其地基拨给别家租赁。既符合了初期殖民者对土地分配的要求，"每个移民都能够把一部分土地变为自己的私有财产和个人的生产资料，而又不妨碍后来的移民这样做"；又满足了上海地方政府力图将租界限制在很小范围的愿望。但这一条款整体上不利于资本对土地的大规模运作，妨碍了殖民空间的扩张，因此很快被英国人取消，为日后租界房地产投机创造了条件。

在让外国人享有土地专有权的同时，《上海土地章程》还赋予外商在界内进行全面建设的权利和英国领事署对界内绝大部分事务进行公

---

[1] 马克思：《资本论》（第一卷），北京，人民出版社，2004年，第837页以及同页注262。

共管理的权利。将三者结合在一起，就决定了上海租界的"国中之国"的基本面貌，作为一种"异质"的因素"镶嵌"在固有社会结构的脉络中。与此形成对比的是日本横滨。1859 年开埠以后，横滨也要开辟外商居留地，但和上海不同的是，日本政府采取的是自主开发、建设和管理外商居留地的做法，一方面采取各种措施吸引大量外国侨民来此经商居住，另一方面则把居留地的土地权、建设权和行政权牢牢掌握在自己手中，构造出与上海迥然不同的通商格局。

已经有很多学者指出，《上海土地章程》是中英两国官员利益博弈和相互妥协的结果，"通过这个章程，英国殖民主义者取得了在上海租地范围内的租地、建房、居住、经商和一部分市政管理权，上海地方政府也部分地达到了对英国殖民主义者进行限制的目的，比如划定范围、华洋分居、租地限制、治安管理等"。[1] 但以更长远的历史眼光来看，殖民者在上海县城北门外、吴淞江南岸获得一块飞地，目的不是为了把它一个建成游离于中国社会结构之外的"独立王国"，而是希望在新的历史条件下，寻找到重返固有社会脉络的时机，借此摧毁原有的社会关系，创造出了一个符合资本逻辑的新的社会空间。

这个新的历史契机，也即姚公鹤所说"第二次咸丰初刘丽川之役，为华界人民聚居上海租界之造因；第三次咸丰末太平军之役，为江浙及长江一带人民聚居上海租界之造因"。一方面由于战乱，大量华界和江南的华人涌入租界，创造了对房地产的极大需求；而外商的外贸业务也受到战乱影响，趋于停顿，大量资金需要寻找出路，房地产投机成为利润的命脉所系。因此，以"地皮"和"房产"为中介，租界的外商资本大量吸纳华界和江南的资金，迅速推动租界走向繁荣。在这期间，上海地价十年涨了十倍，上海租界工部局政府主持编写的一本

---

[1]　参见熊月之主编的《上海通史·晚清政治》中的有关论述，上海，上海人民出版社，1999 年。

《上海史》提到这段历史时说："地价被人为哄抬了，原来40元一亩的地皮，现在涨到每亩300元"，岑德彰的《上海租界略史》提供了另一个更加吓人的数字，19世纪50年代里，原来46到74英镑一英亩的地皮，抬升到8000到12000英镑。[1] 而一位在上海生活多年的美国记者霍塞在他写的《出卖上海滩》中，则以更加形象的笔墨描绘了这座"突然发达的城市"的"畸形繁荣"："上海先生们发觉从这片泥滩所能取得的利益比运货物到外国去更快并更大。地产交易便立刻异常发达，甚至到了狂热的地步。以前没有人要的地皮，此刻都开辟起来，划为可以造屋的地盘。难民需要住屋，上海先生便立刻加工赶造起来。租界范围里的空地，不多几时便卖得分寸无存。到了后来实在无地可买，便把自己行址四周的墙垣拆去。将行屋以外的空地也一起卖掉，而地价也一天比一天涨上去。他们后来甚至跨出租界的界限，像乡下人买进空地，转卖出去，地价因此愈加高涨。"[2] 另一方面，同样是因为华人的大量涌入，使得租界的管制方式面临新的挑战。租界当局原本要执行现有的《土地章程》，企图将涌入租界的华人赶走。1854年隆冬，英国领事官阿礼国下令焚毁英租界洋泾浜沿岸地带的华人难民临时住房，导致数千人无家可归。此举令上海的英国商人大为愤怒，甚至围攻本国的领事馆。因为商人们正在建造八百幢住房，准备卖给华人难民以获取暴利，而阿礼国的命令无疑坏了他们的好事。[3] 因此，对租界当局来说，固守原来的"土地章程"显然不能应对新情况，而持续不断的官商冲突和华洋冲突，则使得在政治上和法理上修改既定的"土地章程"显得更为迫切。

就像霍塞所言，"这就是贵族独占式的上海之末日，也就是成为一

[1]　转引自李天纲："从'种族隔离'到'华洋杂居'"，载《书城》，2003年9期。
[2]　霍塞（Ernest O. Hauser）《出卖上海滩》（*Shanghai: City for Sale*），越裔译，上海，上海书店出版社，2000年，第40页。
[3]　参见李天纲："从'种族隔离'到'华洋杂居'"。

个未来大都市的起点"。[1] 正是在经济因素和政治因素互为前提、互相支援的背景下，1854 年 7 月 5 日，英、美、法三国驻沪领事没有和上海道进行任何商议，擅自修改了 1845 年的土地章程。这就是新的《土地章程》，也称为《上海英法美租界租地章程》。章程第十条规定："起造、整修道路、码头、沟渠、桥梁、随时扫洗洁净、并点路灯、设派更夫各费，三国领事官传集各租主会商，或按地输税、或由码头纳饷，选派三名或多名经收，即用为以上各项开销"，可以说开了上海租界土地"有偿使用"的先河。以新章程为依据，7 月 11 日，居留地举行了外国租地人会议，选举成立了由董事组成的居留地行政委员会，即后来所称的"工部局"，从此"租界之性质，永久根本更改了"。正如有论者分析的那样，"改变"的根本在于"土地的有偿使用"："以土地有偿使用为原则，租界的《土地章程》实际上也架构了一套关乎市政运作财政自主循环的机制。这一机制在都市实质环境建构的层面上，最积极的意义在于其对都市幅员扩张以及都市公共设施内容方面的影响。工部局都市建设的财政绝大部分来自于地税、房捐收入，如何扩大此一税收规模以扩充财源，成为了租界当局行政时的主要考虑。一方面，工部局透过一系列的增改税率的动作以扩大税收……另一方面，租界当局每年都会对辖区内部分地块的价格进行调整，每隔数年还会重新评估区内的整体地价，而每次重估，都会使工部局的税收大幅增加。此外，工部局也透过行政手段，放任土地资本在租界范围内外流动，借以扩大面积，增加税收。工部局只要能够维持一个良好的房地产投资环境，便可以获得稳定上升的捐税收入，坐享利益。"[2]

历史地看，租界当局重新调整殖民治理的方式，既是为了应对已

---

[1]　霍塞：《出卖上海滩》，第 40 页。

[2]　郭奇正："上海里弄住宅的社会生产——城市精英及中产阶级之城郊宅地的形成"，载《透视老上海》，熊月之、高纲博文编，上海，上海社会科学院出版社，2004 年，第 269 页—270 页。

经或可能出现的官商冲突与华洋冲突的危机，更是为了创造一个有利于"资本"扩张的环境。这个"环境"扩展开来看，不仅指的是上海的租界和华界，更应该包括整个富庶发达的江南地区。所谓"江南地区"，大体上以明清两代的杭州、嘉兴、湖州、宁波、绍兴、苏州、松江、常州、镇江和江宁"十府"为核心地区，相当于今天上海市、江苏省南部以及浙江省东部、北部一带。有研究者甚至认为"江南因素"在近代上海发展的过程中起到了举足轻重的作用："在近代上海成长的历程中，'外国的力量'无疑起着主导作用，但上海在短时期内崛起并形成如此庞大的规模，则与周边地区所拥有的深厚资源有关。换言之，上海的成长是借助、利用或调集了全国而主要是江南的各种资源（包括资金、人力、市场乃至人文资源）。"[1] 很显然，"上海"和"江南地区"的互动关系决定了它在殖民体系中的"半边缘"地位。而孟悦则更具体地指出，上海之所以能够迅速发展成为一座大城市，在很大程度上因为它在太平天国运动期间，是江南省份之财富、精英、流民以及难民的转移地；而在太平天国运动之后，是江南省份经济和社会的休养复原的重新聚合地。上海的人口在 1850 年后的半个世纪内增长了十余倍，其中大部分来自太平天国时期受创最重的地区。太平天国之后，江南中上层面临的迫在眉睫的问题，是如何重新恢复自身权势以及原有的社会及经济基础。由于江南各城破坏惨重，上海这个通商口岸则得益于租界的安全条件以及地理位置的便利，无形中成为江南人口在动乱后积累经济资源，修复旧业，谋求发展的休养生息之地。在这个意义上，上海成为江南社会再生和文化重建的基地。大量的南方人口，文化及财富流入上海，或许可以解释为什么同样是通商口岸，同样有西方殖民者的租界，天津或青岛不仅在人口的扩展速度上明显

---

[1]　马学强："论上海成长发展中的'江南因素'"，载《透视老上海》，第4页。

慢于上海，而且不可能演变成沿海经济中心。[1]

　　从1845年到1854年，在不到十年的时间里，上海殖民空间的生产取得了突破性的进展，以后租界的扩张只是沿着既定的途径前行。这一历史过程不仅提供了"西方资本主义"与"中国江南道路"相遇的契机，而且显示出资本主义"殖民"手段的高度灵活性，它在殖民地内部复制了类似于宗主国和殖民地之间的空间关系，为自己的发展制造出依附于"中心"的广阔"边缘"，以"边缘"地区的资金、原料、劳动力和市场来滋养殖民城市的繁荣。同时，总结这一历史经验也对当代批判理论提出了新的挑战，如果要在历史和现实中捕捉"殖民主义"的幽灵，那么批判的思想、方法和策略就必须赶上"资本"变化的节奏，窥破种种幻影，抵达问题的核心。

五

　　到了1914年7月，法租界的面积从2149亩剧增到15150亩，加上公共租界前大扩张达到的33503亩，上海租界的总面积已达到48652亩（不包括越界筑路的区域）。这个总面积如果与1846年英租界初建划定界线时的830亩相比较，整整扩大了57倍。在上海口岸地位愈显重要，土地愈益紧张，地价不断飞涨的情况下，殖民空间的迅速扩张无疑赋予了租界一种发展的特权，它意味着租界拥有了更大范围的具有"生产性"的土地资源，拥有了更大规模的资本回旋的领域，拥有了吸引和容纳更多的人力、物力和财力来繁荣自己的可能性。

　　马克思在《共产党宣言》中把"资本主义"和"资产阶级"描绘

---

[1]　参见孟悦在"商务印书馆创办人与上海近代印刷文化的社会构成"一文中的相关论述，载《学人》第9辑，南京，江苏人民出版社，1997年。

成一种"创造性毁灭"的力量："资产阶级除非使生产工具，从而使生产关系，从而使全部社会关系不断地革命化，否则就不能生存下去。反之，原封不动地保持旧的生产方式，却是过去的一切工业阶级生存的首要条件。生产的不断变革，一切社会关系不停的动荡，永远的不安定和变动，这就是资产阶级时代不同于过去一切时代的地方。一切固定的古老的关系以及与之相适应的素被尊崇的观念和见解都被消除了，一切新形成的关系等不到固定下来就陈旧了。一切固定的东西都烟消云散了，一切神圣的东西都被亵渎了。人们终于不得不用冷静的眼光来看他们的生活地位，他们的相互关系。"[1]这种力量体现在"西方"与"非西方"的关系上就是"殖民主义"："资产阶级，由于一切生产工具的迅速改进，由于交通的极其便利，把一切民族甚至最野蛮的民族都卷到文明中来了。它的商品的低廉价格，是它用来摧毁一切万里长城、征服野蛮人最顽强的仇外心理的重炮。它迫使一切民族如果它们不想灭亡的话——采用资产阶级的生产方式；它迫使它们在自己那里推行所谓文明制度，即变成资产者。一句话，它按照自己的面貌为自己创造出一个世界。"[2]

上海租界就是资本主义和殖民主义"按照自己的面貌为自己创造出"的"一个世界"，上海殖民空间生产的动力正是来源于那种"创造性毁灭"的力量，它不断摧毁原有的社会关系，同时又催生出一个个符合资本逻辑的新的社会空间。

2003 年 8 月初稿于上海

2005 年 12 月改定于上海

---

[1]　马克思：《共产党宣言》，载《马克思恩格斯选集》（第一卷），北京，人民出版社，1972 年，第254 页。

[2]　马克思：《共产党宣言》，载《马克思恩格斯选集》（第一卷），第 255 页。

二、1916 年：民国危机与五四新文化的展开

—— 纪念五四新文化运动 90 周年（1919—2009）

一

1916 年 1 月，上海迎来了中华民国建立的第五个年头，虽然世界上"欧战"正酣，毕竟远隔重洋，北方的政局也有点飘摇不定，可是南方大体上还算平静。但从元旦开始，一份叫《亚细亚报》的报纸却激起了阵阵风波，它报头上的时间既不是民国纪年的"民国五年"，也不是公元纪年的"1916 年"，而是赫然印上了"洪宪元年"四个大字，似乎在提醒人们不要忘了，前一年 12 月 25 日民国大总统袁世凯已经下令，改"民国五年"（1916 年）为"洪宪元年"，"中华民国"为"中华帝国"，连"总统府"也叫"新华宫"了。尽管沪上各家报纸不愿意跟风素有袁世凯机关报之称的《亚细亚报》，可也顾忌他的势力，不敢用民国纪年了，而是纷纷印上中性的公元纪年，有几家胆小的报纸甚至用极小的字体在"1916 年"后面添加了"洪宪元年"几个字。

袁世凯想做皇帝，早就不是什么秘密了。关于国体问题的争论，从民国建立以来就没有停止过。辛亥革命时，袁世凯接受伦敦泰晤士报驻北京记者莫理循的采访，他就说："……余深信国民中有十分之七

仍系守旧分子……进步一派，不过占十分之三耳。今若推倒清室，将来守旧党，必有起而谋恢复帝制……深惧民主国体，不能稳固……不若保存清室，剥夺其实权，使仅存虚名，则国家安全，方能确保。"所以后来清朝遗老、曾经做过学部副大臣的劳乃宣为了迎合袁世凯改变国体的想法，专门写了两篇文章《共和正解》和《共和续解》，合印成一本小册子《正续共和解》，托人送给袁世凯看。书中有一句劳乃宣颇为得意的警句："以欧美总统之命，行周召共和之事"，不仅将袁世凯比作周公召公，而且"共和"两字也有了着落，故称之为"正解"。意思是根据周代的故事，君主年幼不能行政，公卿相与和而修政，这就叫"共和"。因此，"共和"是君主政体，不是民主政体……这类遗老复辟的奇谈怪论，一时甚嚣尘上，都成了袁世凯用来挑动舆论、试探民意的棋子，他自己却在争议和讨伐声中一步步达到了目的。还是梁启超说得妙："自国体问题发生以来，所谓讨论者，皆袁氏自讨自论；所谓赞成者，皆袁氏自赞自成；所谓请愿者，皆袁氏自请自愿；所谓表决者，皆袁氏自表自决；所谓推戴者，皆袁氏自推自戴。"[1]

　　梁启超固然可以痛斥袁世凯"伪造民意"，但问题在于，即使如已经身为中华民国终身独裁大总统的袁世凯，在改变的国体问题上也必须顾忌"民意"，不可能悍然以命令的方式将民主体制改为君主体制，至少表面上要遵循"程序民主"，要求参政院"征求多数之民意"。无论是拟议中的"国民会议"，还是最终施行的"国民代表大会"——你可以说袁世凯以"民意"为幌子，却不能不承认出在既定的民主体制内，"民意"依然是最重要的制约因素，甚至成为了"合法性"的来源——在形式上保证了是"国民代表"而非"总统"决定了对国体的选择，这才使得袁世凯在面对推戴书时，可以装模作样地做出高姿

---

[1]　梁启超：《袁政府伪造民意密电书后》。

态："民国之主权，本于国民之全体。既经国民代表大会全体表决改用君主立宪，本大总统自无讨论之余地。"尽管谁也不会排除在实质上"国民代表大会"存在着收买、威胁和操纵的黑幕，结果是"国民代表"的 1993 张选票全部主张君主立宪，无一票反对。当时就有舆论指出，袁世凯大总统的"神威"甚至超过了拿破仑一世，当年法国赞成拿破仑做皇帝的超过 350 万张选票，但也有 2569 票反对。难怪梁启超把拥戴闹剧比喻成一出傀儡戏："啸聚国中最下贱无耻之少数人，如演傀儡戏者然；由一人在幕内牵线，而其左右十数嬖人蠕蠕而动，此十数嬖人者复牵第二线，而各省长官乃至参政院蠕蠕而动；彼长官等复牵第三线，而千数百余不识廉耻之辈，冒称国民代表蠕蠕而动。"[1] 但他只用"下贱无耻"、"不识廉耻"之类的道德评价来批评"国民代表"，却忽略了这一"如臂使指"的过程高度依赖于"程序民主"和"党派政治"。如果一定要说这是一场傀儡戏，那么运动傀儡的力量显然不只是来自袁世凯的个人私欲以及拥戴者们的品质低下，而和整个民国政体的内在机制密切有关。

二

借用德国政治学家卡尔·施米特的概念，改变国体就意味着一种"例外状态"的降临。各省推戴书上虽然只有 45 个字，"谨以国民公意恭戴今大总统袁世凯为中华帝国皇帝，并以国家最上完全主权奉之于皇帝，承天建极，传之万世"，却用"国民公意"推戴"皇帝"，把"最高主权"拱手让给"皇帝"，可以说将民国危机的实质表露得淋漓尽致了。这一危机的实质在于，既然是"国家最上完全主权"，也即作

---

[1]　梁启超：《袁世凯伪造民意密电书后》。

为"最高的、独立于法律的、非导出性的权力",谁又有怎样的权力把它奉献出去呢?如果有一种权力可以把"国家最上完全主权"奉献出去,那么"国家最上完全主权"还能称之为最高主权吗?据说这45个字是袁世凯手下人拟好的,各省国民代表只是照本宣科,不可能体会其中的重重危机,最多只不过意识到"民国"将被"帝国"所取代。但若借用施米特的眼光来看这场危机,则能明了他为什么在讨论"主权"问题时,不接受当时流行的一般性"主权"定义(即"主权"乃是一国范围内的"最高权力"),并且批评这种定义"可以应用于极为不同的政治社会复合体上,并且可以服务于极为不同的政治利益,因而只是一个公式、一个标记、一个记号,可以作出无数的诠释,因而在实践上随着处境的不同而可能极为好用或者毫无价值"。进而在《政治神学》第一章态度鲜明地用第一句话来重新定义"主权":"主权者就是决断例外状态者",并且强调"唯有这个定义能够胜任作为一个界限概念的主权概念"。值得注意的是,施米特用"主权者"而非"主权"这个更具人格化色彩的概念,在某种意义上回应了"谁"有"何种"权力来行使"决断"的问题。"主权者"之所以成为"决断者",这是因为"决断者"既是"正常状态"的"创造者",同时又可以决定何时终止"正常状态",进入"例外状态":"正常的处境必须被创造出来,而主权者即是那对于此一正常状态是否真正存在作出明确决断者。所有的法都是'处境法'。主权者全面地创造并保障了作为整体的处境。他拥有这种最终的决断的垄断权。国家主权的本质就存在于这一点上。因此,正确地说,(国家的主权)在法学上不能被定义为强制与支配的垄断权,而应该被定义为决断的垄断权……例外状态最清楚地展现了国家权威的本质。在此,决断摆脱了法规范,并且(用吊诡的话说）权威证明了：要创造法，它是不需要法的。"[1]

施米特对"主权"问题的深入探讨来自于他对"国家"的深刻理解。在相当长的时间里，欧洲人基本上把"（现代主权）国家"当作是"政治统一体唯一正常的现象形式"，随着欧洲资本主义的全球扩张，到了 19 世纪，"国家"甚至已经成为了适用于所有时代和民族的普遍性概念，成了"世界史政治上的秩序想象"。但施米特却指出，无论从"语词的历史"还是"概念的历史"来看，"（现代主权）国家"事实上只是一个"具体的、与某一历史时期相联系的概念"，也即从 16 世纪到 20 世纪形成于欧洲的一种政治组织形式。因此，在"现代"之前，可以有不同于"现代主权国家"的政治组织形式的存在，譬如"帝国"，而进入 20 世纪之后，则可能随着"国家性"的消失，"现代主权国家"也逐渐"中立化"了。具体而言，施米特思考"主权"的重心后来逐渐转移到对"法治民主国"——即"现代主权国家"的当代形态——的"中立化"和"去政治化"倾向的批评上，但最初的出发点却直接对应着"德意志帝国"向"魏玛民国"转化所触发的危机。

刘小枫在研究施米特的文章中曾经特别指出，1918 年革命之后，德国的国体已经从"君主制"变成了"民主制"，但国名还是沿用旧称 *Deutsches Reich*，如果直接按照字面意思来翻译，依旧是"德意志帝国"。这显然不对了，因为原来的"君主立宪制"（帝国）已经被新兴的"民主共和国"所取代，*Reich* 应该意译为"民国"，突显它与"帝制"的区别，魏玛宪法推翻的是"君主主权"，确立的是"人民主权"的原则。[2] 但问题的复杂性在于，尽管"人民主权"为"现代主权国家"提供了政治上的正当性，不过先于"现代主权国家"存在着的"帝国"却不把基于"自然权利"的"人民主权"当作根本的政治正当性，从

[1]　卡尔·施米特：《政治神学》
[2]　《施米特论政治的正当性》

"帝国"向"民国"的转化,必然涉及对"政治正当性"的争夺,因此革命几乎难以避免。"革命后的国家通过订立宪法确立'民主'为国家的统治正当性原则,然后在宪法的指引下制定出一套维护人的自然权利的法律秩序",辛亥革命后的中华民国是按照这一程序建立起来的,通过革命推翻帝制的魏玛民国也是如此。施米特并不质疑革命的正当性,可他发现"在人民主权剥夺君主主权的革命中,出现了一时的主权真空……人民的'主权'是宪法赋予的,但人民民主的宪法是革命后才制定的,革命前和革命中,人民都还没有合法的(尽管可能是正当的)'主权'。"这问题不只是纯粹法理学上的缝隙,而且涉及魏玛民国的宪政秩序是否稳固。施米特追问这一法理缝隙的潜台词是:"人民主权"制定宪法以后自身是否受到宪法的约束?如果不受制约,那么是否可以随时以"人民主权"的名义推翻之前"人民主权"制定的民主"宪法"呢?此处暗含一个内在的悖论,"人民'主权'是宪法赋予的,制宪权力又来自人民'主权',倘若人民主权制定宪法以后自身不受宪法约束,在法理上便无异承认宪法赋予的主权可以推翻宪政自身。"[1]

果然不出施米特所料,这一悖论导致了魏玛宪政的深刻危机。此为后话,按下不表。而在这之前,由"袁世凯称帝"引发的另一个民国危机,同样来源于"宪法赋予的主权可以推翻宪政自身":就像用"国民公意"拥戴"袁世凯"做"皇帝"一样,"民主制度"也可以用"民主"的方式"终止"这一制度。因此,借用施米特的理论,并非要把"袁世凯"简单比附为什么"决断者",而是希望看到围绕着"袁世凯称帝"的一系列宪政"非常态"运作,相当触目地暴露了"正常状态"下难以觉察的危机。对这一"例外状态"的把握决定了讨论问题的视野不能局限于袁世凯的个人野心或帝王思想,就像施米特研究魏

---

[1] 刘小枫选编:《施米特论政治的正当性》魏朝勇等译,上海,华尔师范大学出版社,2008年。

玛宪政危机那样，我们也需要深入到由晚清开始的从"帝国"向"现代主权国家"的转化过程中，进一步把危机看清。

三

　　与"德意志帝国"向"魏玛民国"的转化相比，"清帝国"向"中华民国"的转化更为繁复，由于清王朝是一个少数民族统治的帝国，所以晚清以来的革命兼具"民族革命"和"民主革命"的双重性，并且需要通过"民族革命"以达到"民主革命"的最终目的。孙中山曾经把这个道理说得非常清楚："中国数千年来，都是君主专制政体，这种政体，不是靠民族革命可以成功。试想明太祖驱除蒙古，恢复中国，民族革命已经做成，他的政治，却不过依然同汉、唐、宋相近。故此三百年后，复被外人侵入，这由政体不好的缘故，不做政治革命是断断不行的……我们推倒伪满洲政府，从驱除满人那一面说，是民族革命，从颠覆君主政体那一面说，是政治革命，并不是把来分作两次去做。讲到政治革命的结果，是建立民主立宪政体。照现在这样的政治论起来，就算汉人为君主，也不能不革命。"[1] 按照这种思路，我们就很容易理解章太炎在《中华民国解》中为什么首先要把"中华民国"界定为一个建立在"政治认同"基础上的"现代主权国家"，作为"革命派"的重要理论家，他的论述具有明显的针对性，所预设的论敌就是"保皇党"那套颇为流行，同时也极具蛊惑力的"文化民族主义"说辞："中国云者，以中外别地域之远近也；中华云者，以华夷别文化之高下也。即此以言，则中华之名词，不仅非一地域之国名，亦且非一血统之种名，乃为一文化之族名。故《春秋》之义，无论同姓之鲁、

---

[1]　孙中山:《三民主义与中国前途》。

卫，异姓之齐、宋，非种之楚、越，中国可以退为夷狄，夷狄可以进为中国，专以礼教为标准，而无亲疏之别。其后经数千年混杂数千百人种，而称中华如故。以此推之，华之所以为华，以文化言，不以血统言，可决知也。故欲知中华民族为何等民族，则于其民族命名之顷，而已含定义于其中。与西人学说拟之，实采合于文化说，而背于血统说。华为花之原字，以花为名，其以之形容文化之美，而非以之状态血统之奇，此可于假借会意而得之者也。"[1] 为了将"文化认同"转换为"政治认同"，章太炎强调"所以容异族之同化者"，其前提条件是"其主权在我"，"吾向者固云所为排满洲者，亦曰覆我国家，攘我主权故"，如果"主权未复，即不得举是为例"。因此必须在获得"政治认同"（"现代主权国家"）的基础上才能形成新的"文化认同"（"民族融合"）。这也就是孙中山所倡导的"五族共和"，他在《临时大总统宣言》中宣布："国家之本，在于人民。合汉、满、蒙、回、藏诸地为一国，即合汉、满、蒙、回、藏诸族为一人。是曰民族之统一。"

　　"国家之本，在于人民"，这就是"人民主权"。倘若套用清末民初流行的宪政术语，即是"民权"。沟口雄三曾经比较过"民权"概念在中日语境中的差异："日本明治时期的民权不包括对天皇（国体）的反乱权。反之，中国清末时期的民权则含有对皇帝（王朝体制）的反乱权。这种差异，乃是两国不同的历史基体所导致。"[2] 姑且不论日本明治天皇制已经是"君主立宪制"，而中国晚清的皇帝制则还是"王朝体制"，这两者的差异有可能决定了中日对"民权"的不同接受和阐释。仅就"民权"与"王朝体制"的对抗性关系而言，它确立了"中华民国和'中华帝国'不同，'帝国'是以皇帝一人为主，'民国'是

［1］　章太炎：《中华民国解》。
［2］　沟口雄三：《中国民权思想的特色》载台湾"中研院"近代史研究编《中国现代化论文集》，第345—350 页。

以四万万人为主。"[1] 既然 "'民国'是以四万万人为主",那么 "中华民国" 的建立意味着 "民权" 的 "双重复权",既是（汉族）"民权" 对（满洲）"皇权" 的 "复权",也是（全体）"民权" 对（少数）"代议权" 的 "复权"。"人民主权"（"民权"）的指向就不仅是 "资产阶级民主共和国",同时也包含了对 "资产阶级民主共和国" 的超越。按照孙中山的说法,1912 年 1 月 1 日所创建的共和国之所以称 "中华民国",而不叫 "中华共和国",原因就在于:"诸君知中华民国之意义乎? 何以不曰中华共和国,而必曰中华民国? 此民字之意义,为仆研究十余年而得之者。欧美之共和国创建远在吾国之前,二十世纪之国民,当含有创制之精神,不当自谓能效法于十八、九世纪成法而引以为自足。共和政体为代议制政体,世界各国隶于此旗帜之下者,如古希腊则有贵族奴隶之阶级,直可称为曰专制共和,如美国则已有十四省树直接民权之模,而瑞士则全乎直接民权制度也。吾人今既易专制而成代议政体,然何可故步自封,始终落于人后。故今后国民,当奋振全神于世界,发现一光芒万丈之奇彩,俾更进而抵于直接民权之域。代议政体旗帜之下,吾民所享者只是一种代议权耳。若底于直接民权之域,则有创制权、废制权、退官权。但此种民权,不宜以广漠之省境施行之,故当以县为单位,对地方财政完全由地方处理之,而分任中央之政费。其余各种实业,则惩美国托辣斯之弊,而归诸中央。如是数年,必有一庄严灿烂之中华民国发现于东大陆,驾诸世界共和国之上矣。"

　　"共和" 从词源学的角度来说,它并非指某种政体,但在孙中山的论述中,把 "共和国" 和 "代议制" 联系起来,更加突出了 "中华民国" 的 "民国" 二字中蕴含的 "人民主权" 和 "直接民主" 的理想。早在《代议然否论》中,章太炎不但反对当时的清朝 "预备立宪",而

---

[1]　孙中山:《在广州全国青年联合会的演讲》。

且也反对将来的革命政府"代议立宪","要之,代议政体必不如专制为善,满洲行之非,汉人行之亦非,君主行之非,民主行之亦非。"孙中山则在一个更现实的语境下,为了坚持国家主权归全体国民所有的"人民主权"原则,他希望用瑞士和美国直接民权发展的历史经验和直接民主的程序,来补充代议制民主政体的不足:"更有进者,本党主张之民权主义,为直接民权。国民除选举权外,并有创制权、复决权及罢免权,庶足以制裁议会之专制,即于现行代议制之流弊,亦能为根本之刷新。"然而,按照施米特的看法,"民主制"的基本原则不出"主权在民"、"统治者与被统治者的同一性"等数条,却都共同预设了一群在政治上统一起来的人们。可问题在于,这个"政治统一体"(即"现代主权国家")的"统一性"是看不见的,其"权威性"也就无从自行发挥作用了。因此,即使"人民"才是真正的"主权者",但"主权者"也必须要有具体的人去"代表"他们。这一观点自然和施米特力图恢复"主权"的"决断论和人格主义因素"密切相关,可是它也揭示了在"人民主权"的框架中,无论是"代议制",还是"直接民主制",实际上都具有"代表"的特征。只不过就"理想"与"现实"的关系而言,"民权"思想提供了"民国政治"进行自我批判的可能性。尤其是在"党派政治"失去民众基础,议员议会沦为权力和金钱的玩物,"国民代表"的 1993 张选票全部赞成"帝制"的情况下,从民国自身的理念中寻找克服民国"危机"的资源也就势所必然了。

因此,《亚细亚报》的报头上"洪宪元年"四个大字,不仅标志着中国有从"共和民主制"向"君主立宪制"倒退的危险,梁启超从《异哉所谓国体问题》到《国体问题与五国警告》的一系列文章,反复提示的就是这种"复辟"的危险;而且在更深层次上暴露了"中华民国"作为"远东第一共和国"的内在紧张:恰恰是民国理想与现实的落差,极大地促成了"帝制"的回归。这也就是在上海的陈独秀为什么在《一九一六年》这篇为创刊了半年不到的《青年》杂志所写"新年贺词"中，独独拈出"党派运动"与"国民运动"的关系——也即"代议制"和"民权"的关系——加以申论的原因了。在他看来，"政党政治"遭遇的危机，不单是中国的现象，倘若着眼于世界，"纯全政党政治，惟一见于英伦"，英国能够实行完全的"政党政治"，有其特殊性："英之能行此制者，其国民几皆政党也，富且贵者多属保守党，贫困者非自由党即劳动党。政党殆即国民之化身，故政治运行鲜有隔阂。"即使如此，"政党政治"也日益暴露出深刻的弊端："政党之岁月尚浅，范围过狭，目为国民中特殊一阶级，而政党自身，亦以为一种之营业：利权分配，或可相容；专利自恣，相攻无已"，由此必然带来"政党"与"国民"之间"代表"的危机，所谓"民主"完全变成少数有权有势者或者专营党派私利者的专利，与广大民众丝毫没有关系。这就造成了晚清以来中国政治的弊端："吾国年来政象，唯有党派运动，而无国民运动也……吾国之维新也，复古也，共和也，帝政也，皆政府党与在野党之所主张抗斗，而国民若观对岸之火，熟视而无所容心，其结果也，不过党派之胜负，于国民根本之进步，必无与焉。"从更深的层面来看，这当然不仅是中国的问题，更是"代议制"民主本身的问题，当"绝大多数国民"成为"政治"的最大参考值时，"议会"、"议员"这类体制化的民主形式，究竟能不能代表绝大多数国民的声音和利益？这才是陈独秀痛心疾首所在，政治"不出于多数国民之运动，其事每不易成就；即成就矣，而亦无与于国民根本之进步。"如果"代议制"不能完全代表"民意"甚而不仅不能代表、还有可能操弄"民意"，颠覆"民主"，直至出现用"民主"方式终结"民主"制度的极端现象，那是否有必要重新想象新的、更加激进的民主形式，来批判、克服既有民主形式的弊病呢？民国理想中蕴含着的"以四万万为主"的"人民主权"原则是否能够成为克服危机的资源呢？

"以四万万为主"就是诉诸"绝大多数国民"。在《一九一六年》中，陈独秀只是抽象地表达了对"国民运动"的希望："自负为一九一六年之男女青年，其各自勉为强有力之国民，使吾国党派运动进而为国民运动，自一九一六年开始。"而在一个月后所写的《吾人最后之觉悟》中，他更深切地表达了对危机的看法："吾人于共和国体之下，备受专制政治之痛苦，"究竟是什么原因造成这种局面？怎样才能做到"共和国体巩固无虞"和"立宪政治施行无阻"呢？最大的问题在于"今之所谓共和，所谓立宪者，乃少数政党之主张，多数国民不见有若何切身利害之感而有所取舍也"，突破困境的前提条件是"所谓立宪政体，所谓国民政治，果能实现与否，纯然以多数国民能否对于政治，自觉其居于主人的主动的地位为唯一根本之条件。自居于主人的主动的地位，则应自进而建设政府，自立法度而自服从之，自定权利而自尊重之。倘立宪政治之主动地位属于政府而不属于人民，不独宪法乃一纸空文，无永久厉行之保障，且宪法上之自由权利，人民将视为不足重轻之物，而不以生命拥护之；则立宪政治之精神已完全丧失矣。"因此依靠"少数"——即使这"少数"是伟人英雄——是无法实行宪政民主的，"夫伟人大老，亦国民一分子，其欲建设共和宪政，岂吾之所否拒？第以共和宪政，非政府所能赐予，非一党一派人所能主持，更非一二伟人大老所能负之而趋……立宪政治而不出于多数国民之自觉、多数国民之自动，惟曰仰望善良政府、贤人政治，其卑屈陋劣，与奴隶之希冀主恩、小民之希冀圣君贤相施行仁政，无以异也……"既然不能依靠"少数"，那就只能寄希望于"大多数"了，但"多数人之觉悟，少数人可为先导，而不可为代庖。共和立宪之大业，少数人可主张，而未可实现。"在这儿，陈独秀使用了一个非常关键的"类比"策略，把"多数人"和"少数人"对举，将"觉悟"与"立宪"并列，关注的视野从"政治"的范围拓展到"人"的领域，那就是"大多数人"是否已经达到了"觉悟"的程度，足以支撑"宪政民主"得以实现呢？答案显然是否定的，"吾国专制日久，惟官令是从。人们除纳税诉讼外，与政府无交涉。国家何物，政治何事，所不知也。积成今日国家危殆之势，而一般商民，犹以为干预政治，非分内之事；国政变迁，悉委诸政府及党人之手；自身取中立态度，若观对岸之火，不知国家为人民公产，人类为政治动物"。

　　一方面要用"民权"思想来克服民国的"宪政危机"，但另一方面"民权"的主体"绝大多数国民"却不具备应有的"觉悟"。孙中山曾用"先知先觉"、"后知后觉"和"不知不觉"来区分国民"觉悟"的程度，他说："这四万万人当然不能都是先知先觉的人，多数也不是后知后觉的人，大多数都是不知不觉的人。现在民权政治，是要靠人民做主的，所以这四万万人都是很有权的。全国很有权力能够管理政治的人，就是这四万万人。大家想想现在的四万万人，就政权一方面说，就像是什么人呢？照我看来，这四万万人都像阿斗。中国现在有四万万个阿斗，人人都是很有权的。"[1] 既有"权"，又是"阿斗"，怎么改变"绝大多数"的这种状态，好在还有"先知先觉"者："民权思想，虽然是由欧美传进来的，但是欧美的民权问题，至今还没有办法。我们现在已经想出了办法，知道人民要怎么样，才对于政府可以改变态度。但是人民都是不知不觉的多，我们先知先觉的人，便要为他们指导，引他们上轨道去走，那才能避了欧美的纷乱，不蹈欧美的覆辙。"[2] 就这样，从"民权"思想中很自然地发展出"启蒙"规划，也即陈独秀强调的"政治觉悟"的根源必须来自"伦理觉悟"："绝大多数""无知无觉"的"国民"的心理结构仍然停留在专制体制的层面，如果要唤起广大民众的觉悟，自觉争取民主，就必须在文化心理层面

---

[1]　孙中山：《三民主义》。
[2]　同上。

有所突破，"儒者三纲之说为吾伦理政治之大原……近世西洋之道德政治，乃以自由、平等、独立之说为大原……此东西文化之一大分水岭也……。此而不能觉悟，则前之所谓觉悟者，非彻底之觉悟，盖犹在徜徉迷离之境。吾敢断言曰，伦理之觉悟为最后觉悟之觉悟。"一种来源于"政治的觉悟"，进而追求"伦理之觉悟"的"新文化"逐渐浮出历史的地表，这种"新文化"之所以要反对中国传统文化，反对儒教，特别是反对家族制度的核心——"三纲五常"，很显然，它的动力来自于现实政治的危机，来自于民国理想对"民国政治"批判的可能。

四

1916年1月16日，也就是在陈独秀《一九一六年》发表的第二天，蔡锷率云南护国军出击四川，袁世凯只做了"八十一天"的"皇帝梦"很快就要破灭了；半年后，袁世凯病逝，黎元洪继任大总统；再过三个月，陈独秀主办的《青年杂志》改名为《新青年》，"新文化"的帆船在海平面上露出高高的桅杆，越驶越近了……

2009年3月，写于五四90周年之际，改定于台湾新竹清华会馆。

三、幻灯片·翻译官·主体性
—— 纪念鲁迅先生诞辰 130 周年（1881—2011）

　　导致鲁迅"弃医从文"的"幻灯片事件"，一方面固然在他个人生命史上扮演了举足轻重的角色，另一方面则经由《呐喊·自序》、《藤野先生》等文本的不断重述，成为了中国现代文学的"起源性事件"，进一步引发了诸多研究者的争论，甚至关于导致整个事件的那张关键"幻灯片"是否存在，也有不同意见：有人大胆猜测整件事可能只是鲁迅根据目睹或听说的事编造出来的，尽管有日本学者发现了一张 1905 年日俄战争期间在"满洲开原城外"拍摄的照片，和鲁迅描述的幻灯片内容相似，但也未能进一步确切地建立起两者之间的联系。[1] 以至于竹内好认为："鲁迅在仙台医专看日俄战争的幻灯片，立志于文学的事，是家喻户晓，脍炙人口的。这是他的传记被传说化了的一例，我对其真实性抱有怀疑，以为这件事恐怕是不可能的。然而这件事在他的文学自觉上留下了某种投影却是无可怀疑的，因此拿这件事和我所称之为他的回心的东西相比较，并以此作为一条途径来探讨他所获得

---

[1]　参见刘禾"国民性理论质疑"一文中对"幻灯片事件"的讨论，载王晓明主编：《批评空间的开创》，上海，东方出版中心，1998 年，第 170—173 页。

的文学自觉的性质，将是一种便捷的方法。"[1]

在我们看来，关于"幻灯片事件"的真伪和意义当然可以继续争论下去，但问题在于，大多数研究者或借助各种各样的史料或引用形形色色的理论一次次重读"幻灯片事件"时，却很大程度上忽略了这一事件在数十年间穿梭于不同的历史语境以及被多种媒介挪用、移植和旅行的重述经历，而每一次重述都和鲁迅的原初叙述构成了对话和紧张。因此，跨语境、跨媒介的互文性阅读不失为重审"幻灯片事件"的一种方式。本文便以这种方法为研究途径，试图在细读《呐喊·自序》《藤野先生》等文本的基础上，通过姜文导演的《鬼子来了》[2]再次进入"幻灯片事件"，进而澄清"国民性话语"研究中某些被忽略和简化的问题，重返鲁迅基于"震惊"体验构筑的历史意识和历史主体。

一、"主体"如何生成：作为"小客体"的"幻灯片"

在研究"幻灯片事件"的众多文本中，近年来引起较大关注的当属周蕾以"技术化观视"（the technologized visuality）和国族认同为视角对其进行的阐释。[3]周蕾在影视媒介与书写媒介二元分立的前提下，将"幻灯片事件"解释为第三世界知识分子在直面新兴视觉媒体的暴力之后，退缩至直线性的文字书写。这一论述别立新说，打破了文字媒介和视觉媒介之间界限，颇具启发性。但或许由于太过偏重"视觉"和"女性"的角度，周蕾有意无意地忽略了作为叙述者的鲁迅与作为观看者和被观看者的鲁迅之间的张力。由于这种疏忽，她简单地将这

---

[1]　竹内好：《鲁迅》，载竹内好：《近代的超克》孙歌编，北京，生活·读书·新知三联书店，2005年，第53页。

[2]　《鬼子来了》，导演：姜文；原著：尤凤伟（小说《生存》）；编剧，述平、史建全、姜文、尤凤伟；主演：姜文等；片长：162分钟。2000年获戛纳国际电影节评审团大奖，但未能在国内公映。

[3]　参见周蕾：《视觉性、原始性与原始的激情》，载罗岗、顾铮主编：《视觉文化读本》，桂林，广西师范大学出版社，2003年。

次视觉性遭遇的意义概括为"意识到他及其国民是在世界的关注下作为一种景观而存在"这一被动状态，从而以"反东方主义"的学术话语复制了"东方主义"的话语暴力。事实上，如果我们意识到作为叙述者的鲁迅的介入姿态和于叙事迷宫中不断分裂的鲁迅主体之间的辩证关系，我们得到的鲁迅就势必超越周蕾笔下那个退缩的第三世界男性知识分子。正如刘禾所指出的："叙事者鲁迅，在这件事中是一个无意间被迫看幻灯的观众，这个身份十分重要。如果要充分了解鲁迅讲述的这个复杂恐怖的故事，则不仅幻灯画面，而且画面外的观众，还有无意间加入观看后来又成为文字记叙者的鲁迅，都应该被考虑进去。"[1] 张历君的《时间的政治》接续周蕾的问题意识，却又有力地反驳了她的具体论述，将"技术化观视"与"教导姿态"联系起来讨论，极大地拓展了"幻灯片事件"之于"鲁迅世界"的意义[2]。但他文章的重点落实在鲁迅的杂文写作与历史唯物主义关系的探讨上，周蕾所遗留下来的问题仍然没有得到解决：在"幻灯片事件"这一震惊体验中生成的到底是一个怎样的主体？这一主体本身与国民性话语有着怎样的关系？通过动用国民性话语，他又希望达到什么目的？他又是如何在跨语境之中反省、操作国民性话语的？我们必须带着这些问题，重新进入文本的缝隙和历史的瞬间。

　　《呐喊·自序》是鲁迅叙述"幻灯片事件"的核心文本，但以前对它的解读往往局限在描述这一事件的那段文字上，因此很有必要将鲁迅对这一事件的具体描述放到《呐喊·自序》的整个文本中，而非将它抽离、提取出来孤立地阅读。众所周知，《呐喊·自序》以一种回忆的口吻开头："我在年青时候也曾经做过许多梦，后来大半忘却了，但自

---

[1]　刘禾："国民性理论质疑"一文中对"幻灯片事件"的讨论，载王晓明主编：《批评空间的开创》，第 172 页。

[2]　张历君："时间的政治——论鲁迅杂文中的'技术化观视'及其'教导姿态'"，载《视觉文化读本》桂林，广西师范大学出版社，2003 年。

己也并不以为可惜……"紧接着"说梦"的便是关于忘却和记忆的一段议论:"所谓回忆者,虽说可以使人欢欣,有时也不免使人寂寞,使精神的丝缕还牵着已逝的寂寞的时光,又有什么意味呢,而我偏苦于不能全忘却,这不能全忘的一部分,到现在便成了《呐喊》的来由。"[1]对"记忆"与"遗忘"辩证关系的强调,似乎提醒读者注意写作"自序"时年已42岁的鲁迅如何筛选和阐发着自己对青少年时代的回忆。由此问题接踵而来,那就是鲁迅为什么选择"父亲之死"作为他叙述的起点呢?一般认为,"父亲之死"象征着传统价值的崩裂,而鲁迅这个现代之子放逐之旅正是以"我的父亲终于日重一日的亡故了"为起点的。但紧接着"父亲之死"这一创伤性事件的并不是子的狂欢;相反,按照精神分析理论,"父亲之死"反而使得父亲"因父之名"(in the Name of Father)而成为象征性的存在,使"子一代"生活在更加严格的律法轨训中。这种在阉割焦虑下的"侮蔑"感被适当地转化为拯救"像我父亲似的被误的病人"的冲动。值得关注的是,"父亲之死"在鲁迅的追叙中还被描述为一个中西医潜在冲突的场域,而中西医的冲突显然在他的书写中一以贯之地具有"超医学"的意义——在《呐喊·自序》中,西医启动了日本明治维新;而在《父亲的病》中,中西医的差异被理解为孝子观的不同 [2]……两者虽有差异,但无论是"维新"还是"孝道",都可以被理解为关乎种族延续和更新的关键性实践,只不过一是从政治的角度,一是从伦理的角度——在其后的叙述中,用西医医治中国人的身体和"促进了国人对于维新的信仰"被鲁迅当作一个并行不悖的"美满的梦"提出来,直至"幻灯片事件"发生打破了这一"美梦"。竹内好同样通过文本细读,发现了"医学"和

---

[1]　鲁迅:"呐喊·自序",载《鲁迅全集》(第一卷)北京,人民文学出版社,2005年,第437页。

[2]　鲁迅:"父亲的病",载《鲁迅全集》(第二卷),第298页。

"文学"之间的紧张关系:"他由父亲的病和南京所受到的新学的影响而立志医学,以救助国民;又由于知道了精神比肉体的重要,便弃医从文。我想,这些恐怕都是实情……如果再附加一句的话,那么,鲁迅使这段文章包含了象征意义,即医学代表了实学、维新、光复这些当时的风潮,而文学则命运般地连接着他的发现孤独之路。"[1]

既然通过父亲的"病"与"死"可以挪用精神分析理论来讨论父子关系,那么阐释"幻灯片事件"也不妨进一步借鉴拉康的说法,这一事件的关键在于研究者能否意识到,并不是鲁迅那被多重欲望(desires)和焦虑(anxieties)所纠缠的"凝视"(gaze)导致了这张"幻灯片"的扭曲与变形,并由此生发出还原原初场景、寻找真实照片的学术冲动,而是将幻灯片在某种程度上看作承载鲁迅欲望的"小客体"(object petit a, a small object),只有穿透欲望和焦虑的"斜视"(looking awry)才能将幻灯片这一"小客体"看得分明。然而"欲望"与"小客体"的辩证法正是,"小客体"只能被为欲望所扭曲的凝视所捕捉,它就是此一扭曲的物质化,就是欲望所分泌的紊乱混沌的剩余物在客观真实(objective reality)中的痕迹。就像齐泽克所阐明的那样:"在拉康的理论中,幻象指主体与小客体的'不可能的'关系,主体与欲望的客体—成因的'不可能的'关系。幻象通常被设想为可以实现主体的欲望的场景。这一基本定义是相当恰当的。但这样说,有一个前提条件,即我们要在字面意义上谈论它。幻象所展示的,并非这样一个场景,在那里,我们的欲望得到了实现,获得了充分的满足。恰恰相反,幻象所实现的、所展示的,只是欲望本身。精神分析的基本要义在于,欲望并非是事先赋予的,而是后来建构起来的。正是幻象这一角色,会为主体的欲望提供坐标,为主体的欲望指定客体,锁

---

[1]　竹内好:"鲁迅",载竹内好:《近代的超克》,李冬木等译,北京,生活·读书·新知三联书店,2005年,第55页。

定主体在幻象中占据的位置。正是通过幻象，主体才被建构成欲望的主体，因为通过幻象，我们才学会如何去欲望。"[1]假若"幻灯片"是所谓的"小客体"，那么"幻灯片"时间就成为了连接"主体"和"小客体"之间"不可能关系的"场景，在这个意义上，对"幻灯片事件"的研究就应该从"幻灯片"转移至鲁迅这一在分裂、弥散中生成的主体，并讨论影像、文字在这个过程中扮演的角色。

　　正如刘禾所强调的，"鲁迅这段文字描述的震撼力"在于将"叙述主体"加以"问题化"："谁是叙事者？谁被描述？谁在阅读这些描述？"[2]很显然，鲁迅对"幻灯片事件"描述的吊诡之一就在于，他自己也成了叙述者冷眼观看的对象。在《呐喊·自序》中，此时尚未成为"鲁迅"的"周树人""竟""忽然"看到了这张幻灯片，而且不得不"常常随喜我那同学们的拍手和喝采。"简言之，在这个类似窥视的遭遇中，他分享了观看暴力阉割的快感。但这种受虐式的产生于"小客体"的剩余快感（surplus enjoyment）却很快被叙述者转换为令人憎恶的行为——在《藤野先生》中，当听到日本同学的欢呼声时，"我"觉得"特别听得刺耳"。[3]——鲁迅紧接着作出了著名的"国民劣根性"论断："凡是愚弱的国民，即使体格如何健全，如何茁壮，也只能做毫无意义的示众的材料和看客，病死多少是不必以为不幸的"，进而给出了如何"疗救"的"药方"："所以我们的第一要著，是在改变他们的精神，而善于改变精神的是，我那时以为当然要推文艺，于是想提倡文艺运动了。"由此，"医学生"周树人蜕变为"文艺家"鲁迅，"弃医从文"成为了一段"传说"。如此一来，作为"幻象"的"幻灯片事

[1]　齐泽克（Slavoj Zizek）：《斜目而视——透过通俗文化看拉康》（*Looking Away: An Introduction to Jacques Lacan through Popular Culture*）页9，季广茂译，杭州，浙江大学出版社，2011年。
[2]　刘禾："国民性理论质疑"，载《批评空间的开创》，第172页。
[3]　鲁迅：《藤野先生》，载《鲁迅全集》（第二卷）。对于这篇描述"幻灯片事件"的重要文本，下文将重点分析。

件"似乎成为了"可以实现主体的欲望的场景",也即"周树人"放弃救治身体的"医学",转而从事启蒙精神的"文学",然而,"幻象所展示的,并非这样一个场景,在那里,我们的欲望得到了实现,获得了充分的满足。恰恰相反,幻象所实现的,所展示的,只是欲望本身"。竹内好结合《藤野先生》中的相关描述,发现"幻灯片事件"并非指向"欲望的满足","幻灯事件本身,并不是单纯性质的东西,并不像在《呐喊·自序》里所写的那样,只是走向'文学'的契机",而是"展示了欲望本身","他在幻灯的画面里不仅看到了同胞的惨状,也从这种惨状中看到了他自己。这是怎么一回事?就是说,他并不是抱着要靠文学来拯救同胞的精神贫困这种冠冕堂皇的愿望离开仙台的。我想,他恐怕是咀嚼着屈辱离开仙台的,我以为他还没有那种心情上的余裕可以从容地去想,医学不行了,这回来弄文学吧"。[1]

尽管竹内好对"幻灯片事件"的讨论不是基于对鲁迅的心理分析,而是"关系到鲁迅文学解释中最根本的问题",也就是从鲁迅的"屈辱"中揭示他的文学本质上是一种"赎罪的文学"。[2]但是具体到《呐喊·自序》,确实又涉及从"医学"到"文学"的转换,从"医学生"周树人到"文艺家"鲁迅的变化,直至结晶为短篇小说集《呐喊》:"我偏苦于不能全忘却,这不能全忘的一部分,到现在便成了《呐喊》的来由。"因此,需要追问的是,从"周树人"蜕变为"鲁迅"的心理机制是什么呢?为何"在幻灯的画面里不仅看到了同胞的惨状,也从这种惨状中看到了他自己",没有让"周树人"成为一个精神病人,却使"鲁迅"成为了中国现代文学的创始人?又是什么赋予了鲁迅批判国民、亦批判自己——"我的确时时解剖别人,然而更多的是更

---

[1]　竹内好:《鲁迅》,载竹内好:《近代的超克》,第 56—57 页。
[2]　竹内好认为:"我执拗地抗议把他的传记传说化,绝非是想跟谁过不去,而是因为这关系到鲁迅文学解释中最根本的问题……我是站在把鲁迅称为赎罪文学的提议上发出自己的抗议的。"(竹内好:《鲁迅》,载竹内好:《近代的超克》,第 57—58 页。)

无情地解剖我自己"[1]——的权力呢？答案就是"语言"这一象征机制（symbolic order）。"鲁迅"所决意从事的"文艺运动"，某种程度上医治了"周树人""癫狂的凝视"。但是，问题仍在于，是什么"语言"生产了鲁迅这个主体呢？我们怎样理解鲁迅所操纵、书写的"白话文"？我们怎样才能在周蕾所提出的鲁迅在直面新兴媒体的暴力时退缩至线形书写这一观点之外，作出更加有效的解读呢？正如刘禾所指出的，《呐喊·自序》和《阿Q正传》的叙述者以及其所使用的国民性话语都能在"跨语境实践"的角度得到理解。她认为，national character一词通过外来词而翻译成汉语，恰恰是将"翻译"看作一个"历史事件"的范例。正是这个事件催生了另一个重要事件，按照鲁迅的看法，就是中国现代文学本身的诞生："在跨语境实践的过程中，斯密斯传递的意义被他意想不到的读者（先是日文读者，然后是中文读者）中途拦截，在译体语言中被重新诠释和利用。鲁迅即属于第一代这样的读者，而且是一个很不平凡的读者，他根据斯密斯著作的日译本，将过敏性理论'翻译'成自己的文学创作，成为现代中国文学最重要的建筑师。"[2]如果再考虑到传教士"国民性"话语译介入东亚的这一时期，鲁迅正在进行《域外小说集》的翻译，而所绍介翻译"尤其注重于短篇，特别是被压迫的民族中的作者的作品"，其后的创作又"倚仗的全在先前看过的百来篇外国作品和一点医学上的知识"，[3]那么，显而易见地，这位中国现代文学的"创作者"首先应该是一位潜在的"翻译者"。

将鲁迅理解为一位翻译者，在这儿并不是要简单地考量他一生的翻译成就，而是在"翻译的政治"这一语境中，将"翻译"看作主体

---

[1]　鲁迅："写在〈坟〉后面"载，《鲁迅全集》（第一卷），
[2]　刘禾："国民性理论质疑"，载《批评空间的开创》，第170页。
[3]　鲁迅："我是怎么做起小说来"，载《鲁迅全集》（第四卷），第525页。

性内在"断裂"的实践，从而历史性地思考鲁迅所从事的翻译实践与文学场域、政治空间之间的张力，特别是通过"幻灯片事件"所显示的"视觉"与"文字"、"启蒙"与"文学"之间的"翻译"，以及通过"国民性话语"所展现的"西方"与"东方"、"精英"与"民众"之间的"翻译"。对于这一长期以来有可能被忽视的问题，我们希望通过对电影《鬼子来了》的讨论而得到进一步展开。具体来说，《鬼子来了》与《呐喊·自序》、《藤野先生》和《阿Q正传》形成了有趣的对话关系，围绕着"幻灯片事件"和"国民性话语"，导演姜文通过设置一个"翻译官"的角色，使得在鲁迅文本中被遮蔽和搁置的"翻译"问题彰显出来。

二、三重视角的"凝视"：《鬼子来了》"重写""幻灯片事件"

电影《鬼子来了》将故事带到1945年那个敏感的年代，在这个年代，决定中国未来命运的各种权力的角逐还胜负难分、悬而未决，作为这场角逐的症候，"普通话"——当时更准确的称呼也许应该是"国语"——还未获得其后支持和推行它的国家意志，只不过是影片中众多语言中的一种，它被其他的"方言土语"所包围：河北话、广东话、四川话……甚至包括"日语"，即使当它被"说"出来时，它也很少能取得"北京话"的标准形式，反而经常被其他语言所干扰，因此影片中的"普通话"在很大程度上不应该被看作一种"普遍性"的而应该是"地区性"的表征形式。

故事发生的地点（山海关，因为长城的始端而闻名）、时间（将近农历新年）以及第一个事件（主角马大三和年轻寡妇鱼儿做爱）都暗示着种族问题是电影的潜在焦虑。"看"的主题在一开始便被引入，马大三在**做爱**过程中想旋开油灯"看一看"鱼儿。可是他们很快就被突然的敲门声给打断了，马大三警觉地问道："谁啊？"门外用标准的"普通话"回答道："我。"我们不应该把这个贯穿影片前半部分的回答仅仅当作一个黑色幽默来看待，这个屡次出现的"我"应当被看作关乎主体表达可能性的问题。在后来，这个相同的问答被重复了两次，分别为五舅姥爷和小碌毒所置换而得不到真正的回应；而在马大三所说的"我怕这个'我'啊"中，我们似乎又能感觉到他面对自我表达时的尴尬处境。在五舅姥爷对翻译官的审问中，又有如此有趣的对话：

> 五舅姥爷：那你给我说说，"我"是谁啊？
> 董汉臣：这您老可难住我了。连您老都不知道自己是谁，那我怎么知道啊？

如果正像有人指出的那样，这个真正的、却无法被马大三"看见"的、再也等待不来的"我"可能是一位共产党员，[1]那么问题便更加清楚了：这些说着河北话的农民们只有在习得了这个"我"的语言——虽然这个"我"说话的主要部分并非普通话，但是有趣的是他的话以普通话的"我"开始，以普通话的"你"结束后才能合法地表达自己。这也提醒我们，这群农民并非只是处于日本军和国民党军的角力之下，另外还有一股莫名的力量潜在地引领、制约着他们。

多种语言在影片中的存在使得"翻译"成为推动剧情发展的一个至关重要的因素。翻译官董汉臣在日本人和中国人之间起到了中介的作用，却又一次又一次地有意误译，不仅使得意义无法有效地传达，而且中日之间的权力关系时常被颠覆。这在"大哥大嫂新年好，你是

---

[1] 在《鬼子来了》的原著小说《生存》以及电影剧本中，这一点表现得更清楚，参见《从〈生存〉到〈鬼子来了〉》，徐培范编，北京，北京出版社，1999年。

我的爷，我是你的儿"的翻译中最夸张地显现出来。其时，花屋小三郎让董汉臣教他骂人的中国话来激怒马大三以求一死，他不仅认识到在中国，最恶毒的骂人话关乎"他们的祖宗"，而且对言语的杀伤力有着清醒的自觉："我要把你教我的骂人话变成子弹向他们开火。"但是董汉臣教给他的中国话不仅无法使他中伤中国的种族，反而戏剧性地将他自己置于中国种族链的下方：无论是实际说出的"爷"还是"儿"对应的"爸"，"儿"这一能指都对"爷"或"爸"表示不容颠覆的臣服。此处最为精彩的是，无论是言语的发出者还是接受者都显然没有意识到这是一个误译：对花屋小三郎来说，这句话所指对应的是日语中对祖宗的咒骂而显然是恶毒的；对马大三和鱼儿来说，这句话显然只能在中国语境中被接受——尽管他们意识到花屋小三郎话语和表情的不一致，但很快，这种接受的犹豫被董汉臣所提供的对"日本人"的本质主义想象所掩盖——从而使得他们能够在被日军统治的同时享受片刻这一来自统治者的臣服。这句话所涵盖的种族问题不仅使我们联想到鲁迅从中西医区别中引申出来的关于"孝子观"讨论，更指向他最著名的小说《阿Q正传》。在《阿Q正传》里，被当作"国民性"标本的阿Q具有一种"精神胜利法"，这种"精神胜利法"正是基于对父子关系的想象性颠覆："我总算被儿子打了，现在的世界真不像样……"[1]从这个角度看，在《鬼子来了》中，花屋小三郎反而应当被看作一个中介，话语的两端连接着的是为了求生而讨好的董汉臣和显然接受这一快感的马大三和鱼儿，而掩盖在这句话之后的警示力量正在于显示出"国民性"批判即使在一个世纪之后仍然有其必要性。当这句话在影片的后半部分被董汉臣重新从中国话正确地翻译给日军陆军将领听时——此时的董汉臣业已重获自由和统治者的支持，他已经

---

[1]　鲁迅："阿Q正传"，载《鲁迅全集》（第一卷）第517页。

没有必要再次误译这句重返日本语境的话，也没有必要对这句话的始
发语境作出必要的解释——当六旺对日军陆军将领拍肩抚摩从而彰显
了这句话所蕴涵的颠覆力量时——连一直对这句话叨叨不忘的花屋小
三郎也意识到了这一点——日军陆军将领显然被激怒了，军民联欢会
于是变成了一场大屠杀。

　　日本的投降和国民党军队的到来使得这场权力的角逐更显复杂。
讲着广东话的国民党将领似乎暗示着国民党的政治起源，而时刻伴随
他左右的美国兵又泄露了此时国民党权力的真正源泉。但是，观众对
这位将领的扮演者吴大维——他的表演往往以滑稽而著名——的期待
视野、他有意或者无意的蹩脚的普通话以及时刻突发打断他的发言的
荒诞事件都将此人所代表的权力意志放在了被嘲笑的位置。影片的最
后，当马大三因为村民报仇杀害日本俘虏以扰乱治安的罪名被送上
广场等待处决时，正是这位国民党将领主持处决仪式，并且从道义
上——而不是在法律上——谴责了马大三的行为：

　　　　有人或许会说，马大三杀的是日本鬼子，是抗日！何谓抗日？
　　与日军浴血战场驱敌寇于国门之外者乃真抗日之壮举。像马大三砍
　　杀手无寸铁丧失反抗意志之日俘者，乃伪抗日之劣行……

在这里，马大三已经被剥夺了申诉自己权力的一切可能性。暴力话语
通过整合、重新定义使得他的行为沦为非法。国民党将领然后用基于
"日本人和中国人都是人"的逻辑话语引发围观的中国民众的回应，使
他们也成为这场暴力处决的合谋者。而当塞在马大三嘴里的堵塞物被
去除，他被问道"还有什么话好说"时，我们只能听到一声惊人的吼
叫；这种非语言的、传达着个体遭遇历史暴力的恐怖真相的嘶吼随即
被堵上并被否定："他竟然学驴叫！像这等败类，跟畜生有什么区别。

你不配做个中国人，甚至不配做一个人！"个人在历史中的惊醒只能成为死亡的祭品。马大三的嘴被再次堵住，在影片最后沉默的几分钟里，视觉再次成为超越语言诉说的首要因素。在国民党将领授权的日本屠刀砍下之前，反打镜头捕捉住了马大三和花屋小三郎的对视。这一次，在影片之前屡次失效的马大三的双眼终于可以直视历史暴力的真相了。随着日本军刀的挥下，摄像机惊人地剪接到马大三的主观视角。我们的视角随着马大三的头部滚动，并终于发现了一个彩色的世界。观众终于明白，《鬼子来了》主体的黑白并不仅仅是一种对中国以往战争片的戏仿，这种黑白两色的世界隐喻着影片中人物和观众的蒙昧状态，而最后的浓重色彩和摄像机采用一个不可能的主观镜头则不仅使得由黑白维护的现实主义世界被质疑，表征着马大三在死亡片刻的惊醒，也提醒着观众必须透过黑白的历史面纱看到其背后所有的龌龊和恐怖。然而这个彩色世界很快被血色染红了，又一个剪接使我们面对血泊中的马大三，他嘴中的堵塞物显得巨大而突兀……

　　看到这儿，不能不说姜文是鲁迅"幻灯片事件"的出色解读者，只不过他不是用文字，而是用影像、用色彩极其深刻地把握了既是观看者又是描述者的鲁迅的矛盾处境：面对"幻灯片"式的场景，我们到底是分享了旁观者的快感还是因为能在马大三的头脑里短暂居住而拒绝了这种快感？我们应该取得哪一种视角？是围观者的（黑白），马大三的（瞬间的彩色），还是最后那个（红色）？如果按照鲁迅在《呐喊·自序》中为了强调"弃医从文"之必要性的叙述："凡是愚弱的国民，即使体格如何健全，如何茁壮，也只能做毫无意义的示众的材料和看客，病死多少是不必以为不幸的。所以我们的第一要著，是在改变他们的精神，而善于改变精神的是，我那时以为当然要推文艺，于是想提倡文艺运动了"，那么"看客"便成为"愚昧"的代名词，与此相关的第一个"黑白"视角早就被"启蒙"的自觉所拒绝。但问题在于，这一段对"幻灯片"的描述，似乎将被杀的"示众者"与围观的"看客"等量齐观，一并视为"毫无意义的示众的材料和看客"，而影片中的国民党军官在宣判马大三死刑时，一方面声称"中国人和日本人都是人"，获得了行使暴力的合法性，另一方面则将"被杀者"也即"示众者"命名为"非人"的"畜生"，仿佛同样遵循了把"示众者"和"看客"等量齐观的"启蒙"逻辑。但是影片告诉我们，被审判的马大三并非"毫无意义的示众的材料"，姜文用一个"被砍头者"的主观镜头来反抗和质疑这种"被写体"的命运，那颗滚动的头颅目睹的彩色世界所造就"震惊"效果，目的是让观众看到洞穿历史真相的代价：只有进入到第二个"彩色"的视角——影片把它呈现为生命弥留之际的最后时刻，以显示其"不可能性"，某种程度上这也是对拉康意义上"幻象"的构造，其目的恰恰在于呈现"主体与小客体的'不可能的'关系，主体与欲望的客体—成因的'不可能的'关系"——经由这种"不可能性"才能最后达到那个直面马大三的"红色"视角，也即真正意义上的"启蒙"。

就其关键的"不可能性"而言，姜文构造的"三个视角"的影像世界对应着鲁迅在《藤野先生》中对"幻灯片事件"的"重写"。正如刘禾在比较《藤野先生》和《呐喊·自序》对于"幻灯片事件"的描述后指出的那样："此段叙述与先前《呐喊》自序很不同，在此鲁迅强调他与日本同学之间的差异，他无法如他们一样拍手叫好，同时，也无法与中国旁观者认同。他既是看客又和被观看者重合（因为都是中国人），但又拒绝与他们任何一者认同。"[1] 因为"他既是看客又和被观看者重合"，所以鲁迅"重写"了在《呐喊·自序》中把"被观看者"视为"毫无意义的示众的材料"的立场——这也就是竹内好为什么一再

---

[1]　刘禾："国民性理论质疑"，载《批评空间的开创》，第 173 页。

强调："他在幻灯的画面里不仅看到了同胞的惨状，也从这种惨状中看到了他自己"——但刘禾没有继续追问鲁迅如何在《藤野先生》中揭示出"他既是看客又和被观看者重合"这一悖论式的存在。细读这篇文章，有心的读者不难发现所谓"漏题事件"在其中发挥了至关重要的作用："《藤野先生》里有个发生在《〈呐喊〉自序》所写的幻灯事件之前，但在《〈呐喊〉自序》里又没写的事件，这就是因藤野先生为他改笔记而使一些同学歪推是否漏了题，因而有意找茬儿的事件"，[1]甚至可以说在文本脉络中，"幻灯片事件"是作为"漏题事件"的余波和结局出现的。本来从时间上看，"幻灯片事件"发生在第二年，但鲁迅在行文中却有意从"漏题事件"引申开来："中国是弱国，所以中国人当然是低能儿，分数在六十分以上，便不是自己的能力了：也无怪他们疑惑。但我接着便有参观枪毙中国人的命运了。第二年……""接着"然后就是"第二年"，衔接得颇为奇特，目的是为了突出鲁迅在"漏题事件"中已经做了一回"示众的材料"，并且感受到一个"中国人"作为"被观看者"的屈辱，"幻灯片事件"只不过是进一步强化这种了感受："第二年……便影几片时事的片子，自然都是日本战胜俄国的情形。但偏有中国人夹在里边：给俄国人做侦探，被日本军捕获，要枪毙了，围着看的也是一群中国人；在讲堂里的还有一个我。"这一段落对"幻灯片"的描述突兀地以"在讲堂里的还有一个我"作为结束，揭示出不仅"幻灯片"上"被杀者"和"看客"构成了一种"看"与"被看"的关系，而且"讲堂里""拍掌欢呼"的日本学生和"我"这个曾在"漏题事件"中做过一回"示众的材料"的中国学生之间也构成了一种"看"与"被看"的关系。因此，同样作为"被观看者"的"我"不可能简单地将"幻灯片"中的"中国人"视之为"毫无意

[1]　竹内好：《鲁迅》，载竹内好：《近代的超克》，第56页。

义的示众的材料和看客"。如果把"漏题事件"（竹内好称之为"找茬事件"）和"幻灯片事件"联系起来看，那么就像竹内好指出的那样："幻灯事件和找茬事件有关……幻灯事件带给他的适合找茬事件相同的屈辱感。屈辱不是别的，正是他自身的屈辱。与其说是怜悯同胞，倒不如说是怜悯不能不去怜悯同胞的他自己。他并不是在怜悯同胞之余才想到文学的，直到怜悯同胞成为连接他的孤独的一座里程碑。如果说幻灯事件和他的立志成文有关，那么也的确是并非无关的，不过幻灯事件本身，却并不意味着他的回心，而是他由此得到的屈辱感作为他回心之轴的各种要素之一加入了进去。"[1] 这意味着倘若鲁迅依然坚持其"文学"的立场（或者用竹内好颇具神秘感的术语来表述，"回心"而非"转向"的立场），这个立场必然需要经受如姜文所展示的"彩色视角"——在《藤野先生》中，"我"则是经受"漏题事件"的洗礼，而与"幻灯片"中的"被观看者"有了感同身受的"屈辱"——才能达致"红色视角"："敢于直面惨淡的人生，敢于正视淋漓的鲜血，这是怎样的哀痛者和幸福者？"[2]

　　虽然我们相信姜文此刻运用"红色"在于让观众看到洞穿历史真相的代价，但另一种解读却并不是不可能：马大三只有在红色所象征的潜伏在本片之中的未来政权表述中才能被祭奠，而我们也只有通过这层红色的过滤纸才能和他相视而对。然而，另一种问法是：我们是否也在马大三人头落地的同时被阉割了？如果正如王德威所说，鲁迅对"砍头"的焦虑象征着"身体与精神、社会与礼教、国家与国魂之间"[3] 的断裂从而隐喻着一个中国知识分子在 20 世纪初的焦虑，那么《鬼子来了》是否也可以说是在 20 世纪末新的历史阉割刀之下，中国

---

[1]　竹内好："鲁迅"，载竹内好：《近代的超克》，第 57 页。
[2]　鲁迅："纪念刘和珍君"，载《鲁迅全集》（第三卷），第 290 页。
[3]　王德威："从"头"谈起"，载《想象中国的方法》，北京，生活·读书·三联书店，2003。

知识分子无所适从的表征？不管怎样，这都不应该被看作是一个全新的问题，而应该是近一世纪前某些重大问题的延续和发展。

三、"直面"无法直面的：鲁迅的"历史主体性"

从很多方面看，《鬼子来了》和《阿Q正传》都惊人地相似：两个故事的地点都限制在一个典型的中国村庄中（一为挂甲台，一为末庄）；时间都设置在中国命运悬而未决的年代（一为抗日战争的最后阶段，一为辛亥革命前后）；讲故事的风格都是黑色幽默式的；而故事的主人公都为典型的"国民性"标本，他们也承受了相同的历史命运。但是，《鬼子来了》之所以能够成功地挪用传承自《阿Q正传》的"国民性话语"，其决定性因素仍在于故事叙述者的复杂性。虽然《鬼子来了》并没有一个显在的叙述者，但镜头视点的变化却再次与《阿Q正传》叙述视角的变化重合：影片开始运用广景深角镜头详细展示了挂甲台的地理环境和日本军队与当地居民的关系，随着故事的发展，导演姜文频频使用特写、手提摄影、快速剪接等技巧，造成镜头/观众是挂甲台村民中的一员的感觉，到了影片最后，当马大三被砍头时，镜头一如《阿Q正传》的叙述者，忽然中止了"油滑"的腔调，转而用悲怆哀痛的影像自由地出入于马大三心里内外，从而使得对影片意义的解读复杂化和问题化。

那么，是什么将《鬼子来了》和《阿Q正传》区别开来了呢？正是翻译官董汉臣这个角色。在《呐喊·自序》和《阿Q正传》中与叙述者重叠的翻译者，在这部电影中，降格为另一个重要的"国民性"标本：他和阿Q一样苟且偷生，和阿Q一样为虎作伥，但是与阿Q不同的是，他是影片中除了五舅姥爷这个旧式迂腐文人之外唯一一个懂得操纵文字的中国人。阿Q最终在中国文化巨大象征权威的书写系统前瑟瑟发抖，而董汉臣却可以利用他的文化资本和中介人、翻译者的角色苟且偷生乃至如鱼得水。文盲的阿Q使得叙述者能够维持他高高在上的知识地位，这个叙述者无论是对阿Q批判、讽刺还是同情，都是以这个"上等人"和"下等人"、"知识阶层"和"无知底层"的鸿沟为前提的。[1] 但是，在《鬼子来了》这个世纪末的文本里，这一鸿沟，连带着翻译者的这一角色，都被质疑了。指责董汉臣为汉奸是过分简单的读法，我们必须意识到他的视角的独特性：他处于叙述者和以马大三为代表的中国农民和以花屋为代表的日本军人之间，他比叙述者/观众知道的少，但却比剧中的其他人物更加了解事态的实情。这一方面使得他能够利用他的特殊位置，为故事推动者的两端不断提供有关彼此的本质性错误想象；另一方面，他又与马大三一起处于叙述者的国民性批判之下。他既处于日本人和中国人之间，又处于叙述者和其他人物之间；作为剧情的重要推动者，他的存在不仅在翻译话语层面凸现了中日错综复杂的政治关系，而且暴露了国民性话语的生产、传播和扩散的过程，但在叙述者的关照下，这一过程又再次被问题化，从而引出翻译者在制造、挪用、改造国民性话语过程的主体性问题。作为导演，姜文的高超之处正在于，将国民性话语重新放置在跨语境的政治角力场之中，从而将话语的生产、传播、有意或无意地挪用、误用还原成一种"政治行为"，以对历史惊醒片刻的再现，来撼动将话语神话、软化与去意识形态化的偏见，为观者提供再反思的可能性，而正又恰好与作为国民性话语的翻译者、运用者的鲁迅的目的不谋而合。

当我们带着这种问题意识重新回到对鲁迅的讨论，不难发现，虽然刘禾在叙事层面详尽地分析了《阿Q正传》中挪用"国民性话语"的叙述者的有效性问题，但她却以"我感兴趣的，不在于鲁迅的批评

---

[1]　刘禾：《国民性理论质疑》，载《批评空间的开创》，第184页。

对象包不包括他自己，或他自己是否能免于阿Q和未庄村民的国民性缺陷"为理由，取消了在实在层面讨论鲁迅与虚构叙述者暧昧关系的必要性，而是简单地将鲁迅的"主体性"归结为"不仅创造了阿Q，也创造了一个有能力分析批评阿Q的中国叙事人，"这个"叙述人"神通广大，"他的知识不限于中国历史或西方文学，而包括全知叙事观点所附带的自由出入阿Q和未庄村民内心世界的能力"。[1] 问题在于，尽管刘禾正确地指出："这里的情况有点类似在《呐喊·自序》中鲁迅回忆在课堂上看幻灯一事。他无意间看见血腥画面和在场景中注视血腥行为的群众，后来在回忆中成为了此事件的叙事人。《阿Q正传》的文本、预设读者和叙事人之间也正是如此复杂的关系"，[2] 但为什么对"阿Q之死"的描述几乎是在搬演"幻灯片事件"的场景，鲁迅却没有让"有能力分析批评阿Q"的"叙事人"将叙述的焦点放在围观的"看客"身上，而是以一种几乎"不可能"的方式——类似于《鬼子来了》中马大三被砍头颅的"主观镜头"——再现了阿Q这个"被观看者"是如何"观看""看客"的："阿Q于是再看那些喝彩的人们……这些眼睛似乎连成一气，已经在那里咬他的灵魂了。"这是因为刘禾没有更深入地分析"幻灯片事件"中鲁迅"既是看客又和被观看者重合"悖论式存在与《阿Q正传》中鲁迅与阿Q以及叙事人的复杂关联。

与此形成对照的是竹内好，他始终将"幻灯片事件"中的鲁迅悖论式存在还原为双重视野："他在幻灯的画面里不仅看到了同胞的惨状，也从这种惨状中看到了他自己"，由此展开了对"幻灯片事件"更为深刻的追问："我认为问题不是为什么他要放弃医学，而是为什么他离开了仙台？"在竹内好看来，鲁迅当时之所以来到仙台，就是希望

---

[1]　参见刘禾在"国民性理论质疑"一文中对《阿Q正传》所做的分析，载《批评空间的开创》，第179—184。

[2]　刘禾："国民性理论质疑"，载《批评空间的开创》，第180页。

逃离"东京这政治性社会","就像南京之行算是从家里的逃离……能够推测当时已经有总是想要逃离环境的希求",因此"他不是作为'弱国''中国'的'中国人'来到仙台的,相反为了忘掉这个,为了从革命的和动荡的政治社会逃避而来的。……同班生给予的侮辱正击中了他的想要逃避其实不能逃避的心理要害。他后悔想要逃避的自己。来自现实的复仇。那些幻灯片造成了他彻底的失败,他在那些幻灯镜头里看到了自己。怎能还仍继续逗留在仙台?现实是不能逃避的。"[1]"幻灯"——也可以视之为"幻象"——与"现实"的关系在这一刻发生了"颠倒":鲁迅本以为仙台可以给他提供"逃避"革命和动荡的可能,其实这只是他的一种"幻象",但因为东京的"现实"让他实在无法忍受,所以不能不逃到仙台这个"幻象"中来。这类似于齐泽克所描述的"意识形态",由于"现实"太可怕,为了"逃避"这个可怕的"现实",最好的解决之道就是转身投入到"意识形态"的怀抱。而要打碎这个"意识形态幻象",就必须让鲁迅再一次面对不堪忍受的"现实"。但他误认仙台的"幻象"就是"现实",因此"现实"的"真面"不能用"真实"的面貌出现,反而要以"幻灯"("幻象")的"鬼脸"示人,让鲁迅不得不直面他试图逃避的"现实"。这就是竹内好所指出的:"来自现实的复仇。那些幻灯片造成了他彻底的失败,他在那些幻灯镜头里看到了自己。怎能还仍继续逗留在仙台?现实是不能逃避的。"借用拉康的说法,不是"现实"界定了人的本质,而是"梦境"规定了人的本质,只有在"梦"中人们才能遭遇到"欲望之真实",可惜绝大多数人都无法忍受梦中的"真实",赶快醒来去拥抱温暖的"现实"。而鲁迅在"幻灯片事件"的刺激下,清醒地意识到"现实"即"幻象",但"启蒙"的意义并非简单的"唤醒","文学"的作用在于

---

[1]　竹内好:"鲁迅入门",转引自尾崎文昭:"竹内好的〈鲁迅〉与〈鲁迅入门〉",载《区域:亚洲研究论丛》第一辑,北京,清华大学出版社,2011年。

如何让被唤醒的人们时时刻刻意识到必须直面无法忍受的"现实"："这就是鲁迅对被叫醒状态的描述，也是对'梦醒了无路可走'之'人生最痛苦'的状态，对无法从要逃脱的现实中逃脱出来的那种痛苦的描述……换句话说，所谓'无路可走'乃是梦醒之后的状态，而觉得有路可走路则还是睡在梦中的证明。"[1] 战后竹内好对鲁迅的认识发生了深刻的变化，他不再像战前那样执著于"鲁迅的文学，在其根源上是应该被称作是'无'的某种东西"，[2] 而是通过重新解读如《聪明人和傻子和奴才》这样的"寓言"，竭力发掘鲁迅"抵抗"的资源，并在"抵抗"中确立鲁迅的"主体性"："奴才拒绝自己为奴才，同时拒绝解放的幻象，自觉到自己身为奴才的事实却无法改变它，这是从'人生最痛苦的'梦中醒来之后的状态。即无路可走而必须前行，或者说正因为无路可走才必须前行这样一种状态。他拒绝自己成为自己，同时也拒绝成为自己以外的任何东西。这就是鲁迅所具有的、而且使鲁迅得以成立的、'绝望'的意味。绝望，在行进于无路之路的抵抗中显现，抵抗，作为绝望的行动化而显现。把它作为状态来看就是绝望，作为运动来看就是抵抗。"[3] 正是在将鲁迅看作是一个"自觉的奴才"的延长线上，竹内好意识到作为"奴才"的阿 Q 是否也有"自觉"的时刻呢？从而进一步领会了鲁迅与阿 Q 之间复杂关联："有一次，我深刻地理解了我的误解。我才认识到不应该把作品看作为完整封闭性的，而领悟到应该由作品所诞生的时空的幅度和重量来观察。使我彻底改变评价的契机的，就是自己翻译这作品（《阿 Q 正传》）的经验，它让我认识到鲁迅怎样由衷地钟爱阿 Q。被鲁迅作为憎恶打击对象从鲁迅

---

[1] 竹内好："何谓近代——以日本和中国为例"，载《近代的超克》，第 205 页。

[2] 竹内好："鲁迅"，载竹内好：《近代的超克》页 58。

[3] 竹内好："何谓近代——以日本和中国为例"，载《近代的超克》，第 206 页。关于战后竹内好鲁迅观的变化，可以参看尾崎文昭在"竹内好的〈鲁迅〉与〈鲁迅入门〉"中的相关讨论，载《区域：亚洲研究论丛》第一辑。

之中取出来的'阿Q'，其实被鲁迅所钟爱。此发现对我来说简直是个神启。"[1] 阿Q既是鲁迅"憎恶打击"又是他所"钟爱"的"对象"，这种吊诡的态度对应着"幻灯片事件"中鲁迅"既是看客又和被观看者重合"的悖论式存在。换言之，作为跨语境实践者的鲁迅与作为跨语境实践者的叙述人之间存在着一种张力，借用刘禾的说法，文本叙述人对阿Q进行国民性批判的前提若是"他自己高高在上的作者和知识地位"的话，那么这道横亘在"知识阶层"和"愚昧民众"之间清晰可辨的鸿沟将因为这种吊诡的态度，而在鲁迅与叙述人之间轰然坍塌。从这"轰然"声中现身的阿Q甚至可以被看作是一个"积极人物"："把奴隶根性进行权力化描画的主人公阿Q不仅仅是一个被否定的人物，正如木山英雄将他读解成一个'积极的黑暗人物'那样，实际上除此以外（除了自我变革以外），他也是可以成为肩负起中国革命的、不具备'国粹'性的主体的'积极人物'，正因为如此，此后作为小说家的鲁迅的行动，才自始至终以这样的'国粹'来把接纳欧洲近代'人'显灵托魂，由此产生的变革主体不在正人君子（的国粹）那里摸索，而在民众（的国粹）这边摸索。可以说，这个构图一直贯穿始终。"[2]

　　值得注意的是，在创作小说集《呐喊》的前后，鲁迅陆续地翻译了武者小路实笃的《一个青年的梦》、厨川北村的《苦闷的象征》、《出了象牙之塔》等来自日本的作品，并为这些翻译作品写下了序跋，而国民性批判始终则是贯穿这些序跋的主线。似乎意识到若干年后有人会在跨语境实践中重新讨论"国民性"问题，鲁迅也引人注目地在中日

---

[1]　竹内好："〈阿Q正传〉的普世性"（1948年9月），载《竹内好全集》第一卷，转引自尾崎文昭：《竹内好的〈鲁迅〉与〈鲁迅入门〉》，载《区域：亚洲研究论丛》第一辑。

[2]　这段引文出自伊藤虎丸的《鲁迅与终末论》，转引自代田智明："谈鲁迅论与'个'的自由主体性——由伊藤虎丸论起"，赵晖译，载《现代中文学刊》2011年4期。《鲁迅与终末论》是深受竹内好影响的鲁迅研究著作，按照尾崎文昭的说法："这本书正是在熟谙竹内好的《鲁迅》，并以此为基础（维持其基本问题的框架结构）突破'咒语束缚'，重写竹内好的'回心'论的。"（尾崎文昭："竹内好的《鲁迅》与《鲁迅入门》"，载《区域：亚洲研究论丛》第一辑。）

文化交流的背景下，质疑了作为神话的国民性话语。譬如在为《出了象牙之塔》所写的"后记"中，他比较了日本的"遣唐使"与中国的留学生、"做买卖军火的中人，充游历官的翻译"的不同，然后指出：

> 但是，他们（指日本的"遣唐使"）究竟也太采取了，著者（指厨川北村）所指摘的微温，中道，妥协，虚假，小气，自大，保守等世态，简直可以疑心是说着中国。尤其是凡事都做得不上不下，没有底力；一切都要从灵向肉，度着幽魂生活这些话。凡那些，倘不是受了我们中国的传染，那便是游泳在东方文明里的人们都如此，真是如所谓"把好花来比美人，不仅仅中国人有这样观念，西洋人，印度人也有同样的观念"了。但我们也无须讨论这些的渊源，著者既以为这是重病，诊断之后，开出一点药方来了，则在同病的中国，正可借以供少年少女们的参考或服用，也如金鸡纳霜既能医日本人的疟疾，即也能医治中国人的一般。[1]

于此，鲁迅正好提出了一个与刘禾相反的意见。当后者声称必须意识到在后殖民语境中生产国民性话语的权力场域、必须揭露国民性神话的起源时，鲁迅却说我们可以将起源问题给搁置起来。但极端敏感的他并不是无法意识到刘禾所提出的问题，紧接着上段引文，鲁迅说道："我记得'拳乱'时候（庚子）的外人，多说中国坏，现在却常听到他们赞赏中国的古文明。中国成为他们恣意享乐的乐土的时候，似乎快要临头了；我深憎恶那些赞赏。"[2] 显然，鲁迅认为国民性话语的有效性不仅在于普遍意义上的"揭出病痛"，而且在于通过策略性地使用国民性话语使其自身的文化立场和现实政治处于不对等的敏感关系

---

[1]　鲁迅：《出了象牙之塔·后记》，《鲁迅全集》（第十卷），第270—271页。
[2]　鲁迅：《出了象牙之塔·后记》，《鲁迅全集》（第十卷），第271页。

中，并在这种紧张状态中，不断重新建构自身的主体性。

　　而在为《一个青年的梦》所写的两篇《译者序》中，鲁迅回忆起当初翻译的动机：时值中日交恶之际，他深恐翻译日本人的反战剧本"怕未必有人高兴看"，但是当晚，他"想起日间的话，忽然对于自己的根性有点怀疑，觉得恐怖，觉得羞耻。人不该这样做，——我便动手翻译了。"[1] 他又指出："但我虑到几位读者，或以为日本是好战的国度，那国民才该熟读这书，中国又何须有此呢？我的私见，却很不然：中国人自己诚然不善于战争，却并没有诅咒战争；自己诚然不愿出战，却并未同情于不愿出战的他人；虽然想到自己，却并没有想到他人的自己。"[2] 在这儿，鲁迅将其特有的否定悖反气质展露无遗：通过翻译实践，他既否定了对现实政治的认同，亦否定了"自己的根性"；即否定了"中国人不好战"的国民性论断，又拒绝得出另一个本质主义式的判断；他希望通过"自我"、"他者"、"他者的自我"的不断辩证，塑炼出一个历史性主体来，而创作和翻译对他的独特魅力正在于此。对他来说，通过创作和翻译策略性地使用国民性话语的要旨，并不在于重新建构一个形而上学的主体，而是在创作和翻译之中，使断裂、弥散、差异和不确定性成为主体的生存方式："历史是过去的陈迹，国民性可改造于将来，在改革者的眼里，已往和目前的东西是全等于无物的。"[3] 因此，在线形时间的脉络里探讨国民性话语的权力生产机制并不是要害所在；作为一个自我意识（self-conscious）的翻译者与创造者和一个国民性话语的策略式运用者与书写者，鲁迅将创作与翻译看作一个历史的瞬间，通过断裂从中炸开一个缝隙，使过去、现在和将来发生联系，在取消原有问题主体的安定性的同时，不懈地

[1]　鲁迅：《一个青年的梦·译者序》，《鲁迅全集》（第十卷），第210页。
[2]　鲁迅：《一个青年的梦·译者序二》，《鲁迅全集》（第十卷），第212页。
[3]　鲁迅：《出了象牙之塔·后记》，《鲁迅全集》（第十卷），第270页。

寻求新主体的可能形态。在我们看来，这恐怕也就是竹内好念兹在兹的所谓"回心"吧：

> 我只能走我自己的路。不过，走路本身也即是自我改变，是以坚持自己的方式进行的自我改变（不发生改变的就不是自我）。我即是我亦非我。如果我只是单纯的我，那么，我是我这件事亦不能成立。为了我之为我，我必须成为我之外者，而这一改变的时机一定是有的吧。这大概是旧的东西变化为新的东西的时机，也可能是反基督教徒变成基督教徒的时机，表现在个人身上则是回心，表现在历史上则是革命。

2011 年 8 月改定于上海

四、消失的 "红墨水"
——以 "电视剧" 为 "方法"

一

　　号称 "华语首部谍战大片" 的《风声》开场戏不过四分多钟，汉奸试图诱降民国大佬，女招待变身刺客，一枪毙杀汉奸；女刺客被捕受酷刑，不堪针灸高手的折磨，最终招供……整场戏拍法凌厉，颇有几分先声夺人之感，但更夺人眼球的恐怕不止是故事情节，也包括扮演这几个走过场人物的演员：出演汉奸的段奕宏因《士兵突击》而走红，在《我的团长我的团》中更是当之无愧的男一号；女刺客由刘威葳扮演，她虽然之前也演过多部影视剧，但最出彩的还是在《我的团长我的团》这部几乎全是男人戏中塑造的上官戒慈；而针灸高手的扮演者吴刚，一出场即以 "笑面虎" 的面貌示人，大概没人会想起他是电影《铁人》中的王进喜，只记得这家伙演过电视剧《潜伏》中的陆桥山……一部大片用几个热门电视剧的演员垫场，似乎稀松平常。按惯例，电影历来都被看高一眼，譬如好莱坞的电影明星几乎从不演电视剧，即使那些出身于热门剧集的演员，一旦被好莱坞看中，也就从此鱼跃龙门，不再走回头路了。可是在当代中国，电影却未必能做到

"赢家通吃"，反而处境颇为尴尬：一方面市场开放，在进口大片的虎视眈眈下，国产类型片也只能走大投入带来高回报之路，于是，好莱坞的"大片模式"和"奇观电影"成为了另一种"主旋律"；另一方面商业化的院线制度进一步挤压非类型片的发展空间，没有票房价值的艺术电影越来越小众化，唯有靠在国际电影节上获奖才有可能出人头地，和普通观众自然渐行渐远……相比之下，电视机早就进入寻常百姓家，从中央到省市地方台，再加上数十家上星的卫视，上百个频道中相当大的一部分节目时段需要用电视剧来填充，而电视观众除了有时必须忍受过分冗长的广告外，几乎可以不花费什么成本地观看电视剧，由此造成的广阔市场以及和观众的亲近程度，是电影根本无法比拟的。就其潜在的能量而言，电视剧完全有可能成为我们这个时代"为中国老百姓喜闻乐见"的叙事形式和艺术形式。

　　于是，《风声》以热门剧集的演员开场就不是垫场那么简单了，除了直白地显示出电视剧之于电影的强势地位——几乎没有电影演员和导演不是靠拍电视剧来赚钱加上赚人气的——更微妙地标识了这部电影和电视剧之间不容忽视的关联。电影《风声》改编于麦家的同名长篇小说，而麦家的小说则是"重写"了《暗算》中的一个故事——尽管《暗算》是麦家的另一部小说，但明眼人一看便知，他创作《风声》的冲动并非直接来自小说《暗算》，而是更多地源于根据小说改编的电视剧《暗算》的第三部分《捕风》——无论作为小说还是电影，《风声》既挪用了电视剧的成功，但也不得不置身于成功者的阴影下：麦家获茅盾文学奖，圈内人都认为他的小说从文学的角度看不算完美，却从改编成功的电视剧的轰动效应中得益颇多；电影《风声》以谍战片号召，表面上走的是"好莱坞商业大片"的流行模式，但它在国庆档期高调上映，内里自然有献礼片的诉求。所以不难理解，《风声》在被当作一部商业大片的同时，也可以被解读成一部"革命历史题材"电影，这不仅是它试图行走在商业和政治边缘的表现，而且根据《暗算》大获成功的经验，"革命历史"本身就是票房的保证，虽然免不了在电影上映之后，被拿来和《暗算》一较高下。

比较就比较吧，这是所有重写和翻拍必须付出的代价。但问题在于，《风声》作为《暗算》的"重复"，它的命运会不会像马克思那句略显夸张的箴言所云：第一次是作为悲剧出现，第二次是作为笑剧出现？因为从广义上讲，今天一切对于"革命历史"的"叙述"都是对之前"叙述"的"重复"，而且这类"重复"基本上是以失败而告终。譬如以往"革命历史题材"的经典电影、戏剧和小说，几乎都被改编成电视剧，甚至有的被改编多次，可是没有一部在故事、人物和表演上具有当年的艺术魅力，这是什么原因？套用本雅明的术语，难道真是随着时代变迁，艺术作品特有的"灵氛"也就随风而逝了吗？

二

齐泽克在他的著作中常常喜欢说一个民主德国的笑话：一个民主德国工人在西伯利亚找到一份工作，他注意到所有的信件都会被审查员检查，于是便告诉他的朋友，"我们来订一个暗语，如果你们收到我的信是用一般蓝墨水写的，那信的内容就是真的；如果是用红墨水写的，那就是假的。"一个月后，他的朋友收到他的第一封信，是用蓝墨水写的："这儿一切都很美好：商品齐全，粮食充沛，公寓很大而且供应暖气，电影院播放西方电影，还有很多漂亮的女孩子等着和你谈恋爱——不过，在这儿你唯一拿不到的东西就是红墨水。"在齐泽克看来，这个故事当然不是仅止于讽刺"极权主义"体系下的检查制度那么简单,"这个笑话的结构比它表面上看起来的还要细微:虽然工人无法以预设的暗号点明自己所说的是谎话,但他依然成功地传达了他的讯息——他是如何做到的? 通过将对于该符码的引用写入已编码的讯息中,作为该讯息的一个要素。当然,这是个典型的自我指涉问题:既然信是用蓝墨水写的,所以信的内容就一定是真的吗? 问题的答案就是在信中提到了缺少红墨水这件事,暗指这封信本来应该以红墨水写的。有一点很值得一提:提到缺乏红墨水这件事制造了独立于其字面意涵的真实效应,即使本来拿得到红墨水,谎称拿不到才是使正确的讯息在这种审查制度的情况下依然能够传递的唯一方法。"在此基础上,齐泽克进一步发挥"拿不到红墨水"的意义,"人们一开始会说我们拥有所有我们想要的自由——然后会加上一句,我们只不过缺少'红墨水'罢了:我们'觉得很自由'正是因为我们缺少那些表述不自由的语汇。缺少红墨水所代表的意义是,今日所有用来指称冲突的词汇——'对恐怖主义开战'、'民主与自由'、'人权'以及其他相关词汇——都是错误的,因为这些词汇蒙蔽了我们对情况的感知能力,使我们无法思考。"[1]

很显然,齐泽克是用"找不到红墨水"来批判西方的反恐战争只能在"伊斯兰激进主义"和"资本主义民主共识"之间进行非此即彼的选择,根本不去想象和思考在二元对立中之外是否还有别的选项,但我想不妨借用这个颇有解释力的说法,追问一下今天对"革命历史"的"重述"是否同样面临着"找不到红墨水"的困境? 除了解密的兴趣,那些对历史的"重述"最善于做的就是试图把"人性人情"带入到对革命的描述中,给革命者增加一点人情味甚至是痞子味,再来点

---

[1]　参见齐泽克(Slavoj Zizek):《欢迎光临真实荒漠!》(Welcome to the Desert of the Real!),王文姿译,台北,麦田出版有限公司,2006年,第31—32页。

儿女情长，特别是爱情戏，多角恋也没关系，最好是革命者爱上了敌人，或者敌人爱上了革命者，死去活来，艰难选择，才能显示出人性的深度……革命从根本上并不排斥人性人情，尽管其前提是"世上没有无缘无故的爱，也没有无缘无故的恨"，所以从人性人情的角度"重述"革命历史也有合理性。然而，如果把崇高的革命仅仅限制在人性人情的视角中，那么在很大程度上将无法理解"革命历史"中那些可歌可泣的篇章，因为这些篇章中充满了勇敢的奋斗、无私的献身和义无反顾的牺牲……伴随其中的汗水、泪水和血水是难以用平常的人性或普通的人情来衡量的，超越极限的高峰体验更是生活在这个时代的庸常之辈难以理解的。尤为重要的是，人性人情并非仅仅是时代对革命所投射出的人道主义式同情，而且更深刻地折射出我们自身的境遇：甘于平庸，精于算计，关注日常生活，推崇个人价值……也许，这些似乎已经成为常识甚至在某些人眼中就是真理的代名词，"告别革命"和"躲避崇高"自然很有必要。可问题在于，当今天的人们试图"重述"革命历史时，它却成了唯一可供书写的"蓝墨水"：除了这套人性人情的叙述，我们再也找不到别的表达。在这种情况下，这套叙述若不能展示出某种深刻的、无法抑制的历史冲动——无论是以多么扭曲的形式——那么就只能"有效"地压抑或转移这段历史，将其转化为我们这个时代的"历史无意识"。

在这个意义上，"重复"以笑剧的形式出现就势所必然了。马克思曾经指出："黑格尔在某个地方说过，一切伟大的世界历史事变和人物，可以说都出现两次，他忘记补充一点：第一次是作为悲剧出现，第二次是作为笑剧出现。"确实，黑格尔没有明确指出"重复"的喜剧效果，但按照他的"主奴辩证法"，在那场殊死搏斗中，恰恰是不顾生命、勇于献身者获得了胜利，这是一幕具有崇高感的英雄悲剧，然而，因为勇敢而成为主人者，在坐稳了主人的位置之后，却变得贪生怕死，只想维持现状，如果还想模仿曾经的崇高，自然沦为另一幕笑剧的主角了。我们的先烈们不也同样是为革命抛头颅，洒热血，他们是真正的英雄，可翻身做了主人的我们，接受了日常生活的伦理，再也不懂得什么是牺牲，为什么献身了，即使花样翻新，最多算是拙劣的"重复"，悲剧只能演成笑剧了。因为历史在整体上已经被这个时代氛围所压抑，变成了人们无法感知的"历史无意识"。

在《暗算》中，钱之江有一次和唐一娜谈起"信念"与"寄托"的差别，他的原话大致是：有"信念"意味着你为那个更高的东西献身，有"寄托"意味着某个更高的东西为你服务。刘小枫认为钱之江用这种自我理解把自己与周围的其他人区分开来，并且借一个捷克老汉学家的口加以发挥："这无异于在区分少数人与多数人：少数人是有信念的，多数人是有寄托的……要多数人有信念，不仅没可能，恐怕也没必要，非让多数人有信念的话，整个社会就发高烧了。但一个社会里的少数人没信念，整个社会就会贫血，虚飘飘得像失去舵手的航船，在大海上一会儿被西风吹向东边、一会儿被东风吹向西边。在我们捷克，过去是要让所有人都有信念，结果使得昆德拉那样的自然德性在现代之后风行起来，多数人没了寄托、少数人没了信念，整个国家被西风吹着一窝蜂追仿美国，而美国实际上究竟是个什么样子，多数人和少数人都不清楚……多数人不清楚倒也自然而然，我们的少数人也不清楚，从而不审慎、不节制，那就惨喽……"[1] 虽然刘小枫将"信念"与"寄托"之分引向"少数人"和"多数人"之别，有悖于中国革命以人民大众为主体的性质，但至少他充分意识到绝大多数

---

[1]　刘小枫："密……不透风——关于《暗算》的一次咖啡吧谈话"，载《南方周末》，2007年4月5日。

人没有"信念"是目前必须面临的现状。还是《人间正道是沧桑》中瞿恩说得更清楚："理想有两种：一种，我实现了我的理想；另一种：理想通过我而实现，纵然牺牲了自己的生命。"正是无数人为了理想而献身，革命才具有了无可置疑的崇高品质。难能可贵的是，无论是《暗算》中的"信念"与"寄托"之分，还是《人间正道是沧桑》中的"两种理想"之别，都表明这两部成功的电视剧没有简单地"重复"革命的"崇高"——这样做几乎不可避免地要成为笑剧——而是直面"重述""革命历史"的困境，以及试图走出困境的努力：如果没有"红墨水"，那么是否可以用"蓝墨水"写下"没有红墨水"，来表达真实的讯息呢？于是，我们看到杨立青的老师，除了理想主义者瞿恩，还有实用主义者董其昌，共同培养了他的成长（《人间正道是沧桑》）；我们发现无论是《听风》的阿炳，还是《看风》的黄依依，作为"安同志"的"他者"，他们的存在和毁灭，别具深意（《暗算》）；我们感到《人间正道是沧桑》过分刻意的抒情写意风格、《暗算》对规定情景几乎笨拙的设置，都变成了"有意味的形式"……这一切汇聚起来，具有某种寓言的品格，成为对不可表达的"历史无意识"有意识地"表达"："因为寓言……代表不断迈向无法企及之源头的运动，这种运动的特性是对于失落有所觉察，却企图以巴洛克式的饱满和零碎记忆的偏执重述，来加以弥补……像是前往神话般家乡的长途旅程中的无数经验。"[1]

---

[1]　转引自索雅（Edward Soja）：《第三空间》（*Third Space*），王志弘等译，台北，桂冠图书出版公司，2004年，第33页。

三

　　作为后来者，"重述"历史几乎是我们的宿命。爱德华·萨义德在研究马克思《路易·波拿巴的雾月十八日》中的"重复"策略时指出，"重复"总是试图在行为和语词上"重述"先辈的"传奇"，但"从词源学上看，legend（传奇或奇谈）——与 legere（阅读）和 logos（逻各斯）相关联的一个词——中的 gen，只是同 genitor（父辈）或者同 genialis（种系）等词具有一种表面上的而且是误导的关系。……因此马克思在自己著述中的所作所为在于表明重写的历史能够被重新重写，表明一种由侄子篡位的重复，只不过是对于子辈关系的一种戏拟的重复而已。就马克思的方法论而言，语言和表征的重要性是至关紧要的。"[1] 既然如此，这种对"不可表达"的"表达"——也即没有"红墨水"，也要用"蓝墨水"写下"没有红墨水"——应该成为电视剧重述历史的一种方法。如果各种"重述历史"的创作都能以"电视剧"为"方法"，那就意味着当代中国文化、文学和艺术生产，不仅能生产出有魅力的作品，而且在"生产"作品的过程中，也能将生产作品的"生产条件"也一并"生产"出来，于是"表达"的"限制"反而转化为一种"可能"，一种不是回避困境反而将困境充分表达的"可能"。

　　如果《风声》是在这个意义上"重复"《暗算》，那该多好啊！

改定于 2009 年 10 月 14 日

---

[1]　爱德华·萨义德（Edward Said）:《世界 文本 批评家》(*The World, The Text, The Critic*) 李自修译，北京，生活·读书·新知三联书店，2009 年，第 220 页。

五、中国大学的自我主张

——纪念高考恢复 30 周年（1977—2007）

一、"高考"的"这一刻"

1999 年的 7 月，上海酷热难挡，人们的情绪似乎也在升温，因为一年一度高考也随着高温来了。摄影家雍和一直想拍一张以高考为主题的照片，那几天他就在市中心的考点光明中学附近转悠，寻找拍摄的素材。虽然不知道他为了一张照片拍了几卷胶卷，但最终我们在第二年的《中国摄影》上看到了这张题为《99 高考》的照片。令人感到奇怪的是，这张照片并没有出现任何高考的场景：考生、考场或是监考的老师。单纯从艺术效果来看，《99 高考》对画面的处理相当成功：熙熙攘攘的人群里一位面色严峻的中年男子注视着镜头，他的眼神焦灼中流露出些许期盼，额头上的皱纹显示了岁月的痕迹，一副金属框的眼镜却又平添了几分书卷气……一切似乎都非常符合摄影的美学原则，而《99 高考》的标题则清楚地显示出摄影家的用心，他把"这一刻"定格在一张表情生动的考生家长的脸上，而且是有着特殊际遇的考生家长的脸上。雍和说，他在拍摄《99 高考》时，并没有将眼光投射在上海 6 万多考生身上，而是把镜头对准了一部分特殊的考生家长。

这些家长是"当年上山下乡至今尚未回沪的知青","虽然他们受过太多的磨难,少小离家,又在外地成家立业,但他们的'上海情结'始终挥之不去,所以他们格外迫切地想要儿女们能'考回'上海"。

《99高考》本是一张匠心独运的新闻照片,但时间的流逝把《99高考》由新闻变成了历史,反而可能使照片因时间而获得"灵氛",这种"灵氛"超越了摄影家追求的目标和情感,转化为对历史真实的另一种表达。具体而言,由于这位考生家长的出场——他那张戴眼镜的、颇具几分书卷气的脸暗示了十多年前也曾经经历过高考"这一刻"——让本来只是普普通通的《99高考》具有了几分历史感。不过,所谓历史感并非仅仅以父子相继的形式,表现了高考恢复以来这种考试对普通人命运愈益深刻的影响;更加重要的是,考生家长的"特殊身份"——"当年上山下乡至今尚未回沪的知青"——势所必然地把我们的眼光带到更遥远的过去:那是"恢复高考"的"史前史"——教育革命、文革、上山下乡、知识青年、回城……《99高考》几乎是用"视觉无意识"的方式对我们所理解的"高考历史"提出了挑战,在那种历史视野中,"恢复高考"标志着"旧时代"的终结和"新时期"的开端。

二、"恢复高考"的"史前史"

正如有的学者最近指出,一种"新改革共识"正在逐渐形成,这一"共识"既反对用改革开放三十年来否定新中国建立前三十年,也反对用新中国的前三十年来否定其后三十年:"近年来中国社会内部有关改革的种种争论,已经使得新中国前三十年和后三十年的关系问题变得分外突出。这实际也就提醒我们,对于共和国六十年来的整体历史,必须寻求一种新的整体性视野和整体性论述。"如果说,当年"恢复高考"是改革开放的标志性成果之一，那么，我们今天纪念高考恢复三十周年，其意义不在于把它简单地视为某种开端性的"起源"，而是需要把《99高考》式的"无意识""历史感"在"整体性视野和整体性论述"中把握为一种"历史连续性"。

对"恢复高考"的"史前史"的描述，一般是把1968年7月22日，毛泽东为发表在《人民日报》头版头条的调查报告《从上海机床厂看培养工程技术人员的道路》所写的按语作为开端的。在这段按语中，毛泽东指出："大学还是要办的，我这里主要说的是理工科大学还要办，但学制要缩短，教育要革命，要无产阶级政治挂帅，走上海机床厂从工人中培养技术人员的道路。要从有实践经验的工人农民中间选拔学生，到学校学几年以后，又回到生产实践中去。"或者追溯到著名的"五七"指示，也就是1966年5月7日，毛泽东在审阅总后勤部《关于进一步搞好部队农业、副业生产的报告》后写给林彪的信中说："学生也是这样。以学为主，兼学别样。即不但学文，也要学工、学农、学军，也要批判资产阶级。学制要缩短，教育要革命，资产阶级知识分子统治我们学校的现象，再也不能继续下去了。"这里表达的"教育革命"的思想，并不是简单的"反智主义"，而是有着明确的"反专业主义"倾向，它与苏联教育模式对专门知识和知识专门化的强调针锋相对，这种模式自1952年的"院系调整"引入中国后，在形成体制的过程中逐渐暴露了经院作风、专业知识狭隘、教学上的教条主义、理论脱离实践以及以名牌大学为标志的新等级制度等弊端。斯诺在《漫长的革命》中引述一位美国学者的研究："……强调专业化的一个重要后果，是来自工人和农民家庭的大学生的数量减少了，而来自高级干部和'剥削阶级'家庭出身的学生的数量相应增加了。……例如，北京大学工农家庭的学生的数量，1958年将近67%，到1962年下降到仅仅为 38%，而'剥削阶级'家庭出身的学生则增加了一倍多。……
自然科学的 8 个系 1958 年录取的 237 名学生，如期毕业者只有 45 人，
其他人或是退学或是留级。在北京工业学院，919 名调干生和军队选派
的学生，被淘汰者超过 800 人。清华大学被淘汰者有 200 人，北京商
学院 108 名退学的学生中，约 94% 是工人阶级出身。"而另一位友好
人士韩素音在 1967 年则把话说得更明确："对城市中大学和高中的调
查，结果令人震惊：社会主义中国建立 17 年后，仍然有超过 40% 的
学生出身于资产阶级、地主和资本家的家庭，而这些人只占总人口
的 5%。"

很显然，这样的现象与毛泽东构想"全面发展"的教育方针产生
了深刻的矛盾："我们的教育方针，应该是使受教育者在德育、智育、
体育几方面都得到发展，成为有社会主义觉悟的、有文化的劳动者。"
正是为了实现这一方针，毛泽东才发出了"教育革命"的号召，倡导
学校教育应该以与社会实践、生产实践相结合的方式冲破僵化的苏联
模式的束缚。于是，从 1969 年起，原中央各部委所属院校大都下放
给地方领导；大学免试推荐具有实践经验的工农兵上学；大力发展非
正规的厂办大学（七二一大学）、业余教育、民办教育，培养"赤脚医
生"之类实用的初级专业人才；1973 年后，大学大量举办各种形式的
短训班，为工厂、农村、部队培训技术骨干、理论骨干和各种实用人
才；理工科大学实行"厂校挂钩，开门办学"改变课本中心、教师中
心、课堂中心的方法，组成工人、教师、学生三结合的教学组织，实
行结合生产和科研任务，用典型产品、典型工程、典型工艺带动教学
的方法，边干边学……那一时期的"教育革命"试图用以理论联系实
践和教育平等为特征的各种"非正规教育"，来冲破以专业化和学院化
为特征的"正规教育"日益凝固的等级制度。教育学者杨东平在其文
章《革命与传统：毛泽东的教育遗产》中甚至认为毛泽东通过"教育

革命""构筑了一个学习化的教育社会，学校教育是全能型的，社会成员也具有全面发展的人格——这使我们想起了文艺复兴和工业革命时期西文教育家类似的教育思想。"然而，高度理想化的教育社会却可能在现实中走向它的反面：用理论联系实践来纠正过度专业化自然有它的合理性，但由此带来的对课堂教学、书本学习、基础理论和高层次专业化知识的极度轻视，使得教育失去了传承人类知识的源头活水，变成为对直接经验的教条式崇拜；废除一考定终身的高考制度，免试推荐具有实践经验的工农兵上大学，目的是进一步落实社会主义教育平等的理想——高考只是做到了简单的机会平等，而推荐则可以兼顾对等原则——但对实质平等的追求由于缺乏相应的制度安排，特别是如何制定具有统一性和公正性的推荐标准，反而使得 20 世纪 70 年代初开始的大学推荐制度，变成了另一种"特权"，越来越多的"干部子弟"通过这条渠道从农村、工厂和其他偏远地区回到了大学与城市。

　　尽管"教育革命"在实践中暴露出越来越多的弊端，但从更广阔的历史视野来看，这一场"教育革命"呼应的是中国社会主义在"苏联模式"和"延安道路"之间的选择。越来越多的研究显示，20 世纪 70 年代末中国改革开放的动力并非突如其来，而是与这之前三十年发展道路的选择和积累密切相关。印度裔经济学家、诺贝尔经济学奖获得者阿玛蒂亚·森在比较了中国和印度的发展道路之后说："中国对印度的相对优势是改革前（1979 年以前）奠基工作的产物，而不是改革后重定方向的结果。"所谓"奠基工作"指的就是新中国建立之后的发展道路没有完全按照"苏联模式"来进行规划，而是重新回到了历史上曾经取得过巨大成功的"延安道路"上。"苏联模式"走的是"专业化"的专家路线，而"延安道路"则坚持"全民参与"的群众路线。"仿效苏联经济模式对当时的中国必然会导致严重的政治后果，即这种计划体制必然使得所有经济工作都依赖于少数中央计划部门和技术专家，而中共的社会基础即农民和工人以及中共的大多数干部包括多数高级干部都将无事可干，处在中国工业化和现代化过程之外。"[1] 因此，在发展道路上的重新选择，必然要导致一场深刻的"教育革命"。也即将教育从专业化的领域中重新解放出来，赋予它打破"学院"与"社会"界限，联系"理论"和"实践"的功能。这就是甘阳指出的："毛泽东从五十年代开始强调的所谓正确处理'红与专'的矛盾，强调所谓'政治与业务的关系'……实际都是与中国社会的基本社会结构和社会分层有关的。""延安道路"的选择避免了中国经济体制和基层社会的过分僵化，为将来的"改革"不自觉地提供了某些必备的历史条件，与苏联东欧的社会主义体制相比，它的优越性恰恰是在"改革"中体现出来的，就像社会学家李培林所说："中国与苏东国家相比，除了政治体制、意识形态、改革的步骤和目标的巨大差异，还有一个容易被人们忽视的巨大差异，即社会结构的差异。苏东国家在改革之前，基本已经实现了工业化，农业也基本完成了技术对劳动的大规模替代，社会结构产生了变动的瓶颈和整体的刚性。而中国在改革之初，社会结构的弹性依然很大，社会结构变动具有很大的空间，在基层运作中也存在很大的灵活性。所以，当改革调动起人们的积极性和创造力的时候，整个社会就很快充满了活力。"[2]

因此，"教育革命"所导致的"变革"使得当时中国的大学与一般意义上的专业化、分工化和知识化的教学与研究机构区分开来。"教育革命"遭受批评最多的是，它过于追求"知识"、"实践"和"思想"的统一，最终因专业水平低下而拖了"现代化"的"后腿"。但事实证明，建国头三十年，中国在资金投入远不如西方的条件下，科学技术却获得了难以想象的大发展。尤其是面对各种封锁和限制，科技自主

[1]　甘阳："中国道路：三十年与六十年"，载《读书》，2007 年 6 期。
[2]　李培林、李炜："农民工在中国转型中的经济地位和社会态度"，载《社会学研究》，2007 年 3 期。

创新的能力和水平甚至达到了今天也难以企及的高度。更为关键的是，大学不仅承担了科技创新的崇高任务，而且怀抱消灭三大差别、培养一代新人的伟大理想，力图把"教育革命"、"文化革命"和"社会革命"全面结合起来。在美国历史学家德里克眼中，或许"教育革命"最能代表"文革"的复杂性："'文革'为了抗衡'世界银行'式教育（或为了成就资本主义经济世界的教育），提出自己的一套教育理想，以帮助建设它憧憬的美满社会。如果要指责这一种教育理想，不可能不先指责贯穿其中的社会理想。这当然与矛头指向'文革'的批评大大有关。若要以一种较不涉及意识形态成分的进路来研究这问题，则会使我们以违背'文革'的前提来判断其教育政策。这使问题变得更加复杂。'文革'提出的一个问题，即想要达到美满生活必须有适当的学习和教育方式（两者是密不可分的），这可能为人们所忽略。"[1]

当然，站在"恢复高考"的立场上，"教育革命"至多只能算作是"创造性的毁灭"。然而，正是这种"毁灭"为高考创造了某些必要的条件。哲学教授邓晓芒以一个参与了20世纪70年代末高考的过来人的身份说："从文革和知青中成长起来的这一代人，在人文科学领域中是一支前十七年所不可能培养起来的生力军。可以设想，如果没有文革，思想文化领域一切按照前十七年的模式运行，还会不会有上世纪80年代的思想解放运动？会不会有90年代从'思想'到'学术'的深化？"[2]更具体地看，70年代末全国各地的高校——特别是内地和边远地区的高校——之所以能够迅速恢复招生，并且在当时看来的一个较高水平上均衡发展，的确有赖于上山下乡到各地的知识青年成为了稳定和优秀的生源，而"下放"或分配到各地的知识分子则成为

---

[1]　德里克："世界资本主义视野下的两个文化革命"林文伟译，载《二十一世纪》总第37期，1996年10月。

[2]　邓晓芒："我的大学"，载《书屋》，2007年8期。

了师资的主要来源。加拿大学者许美德（Ruth Hayhoe）在《中国大学（1895—1995）：一个文化冲突的世纪》一书中就讲述了她到中国边疆地区的许多大学去访问时，遇到了许多当年因为各种原因"下放"到这些地区的知识分子，尽管这里的条件无法和北京、上海这些中心城市相比，但"他们仍然能够将自己的知识和经验毫无保留地贡献到这些新成立的地方大学中去"。譬如一位从北京外国语学院到内蒙古大学的老教授，凭着自己对法语和英语的熟练掌握和良好造诣，几年后创办了外国语言文学系，后来又建立了一个加拿大研究中心。

还是让我们的视线回到《99 高考》中那张"当年上山下乡至今尚未回沪的知青"的"脸"上吧。他的"脸"告诉人们：他曾经参加高考，他在内地大学读书，他今天还在内地工作，他希望自己的孩子通过高考回到上海……历史在"这一刻"定格，历史也在"这一刻"交汇，但两次"高考"却似乎有了迥然不同的"意义"：如果说 70 年代末的"恢复高考"在某种程度上呼应了以"经济发展"为特征的"经典现代化"，那么 90 年代末竞争激烈的高考同样必须承受这种"现代化"不可规避的"后果"。

三、教育"大众化"与大学的"公司化"

《99 高考》的那张"脸"上同样流露出两种不同的意义：他焦灼的眼神不光表达出对孩子命运的担忧，同时也预示了对中国大学前途的不安。"恢复高考"二十几年了，体制性解放的活力渐渐被耗尽，大学在享受改革成果的同时，也在为改革付出代价。

正是在摄影家举起照相机记录历史的那一年，对中国高等教育发展产生决定性影响的扩招开始实行。这一年我国普通高校招生 154 万人，比 1998 年增加 46 万人，增幅高达 42.6%。大学扩招从 1999 年到

2006 年，短短 7 年时间，大学招生人数呈直线上升趋势，每年递增 50
万人左右。难怪时任教育部部长周济[1]于 2006 年 3 月 19 日在中国发展
高层论坛 2006 年会上踌躇满志地宣布中国高等教育"大众化"时代的
到来："2005 年，各种形式的高等教育在校生总规模已超过 2300 万人，
比 2000 年增加 1071 万人；高等教育毛入学率达到 21%，比 2000 年提
高了 8.5 个百分点，跨入国际公认的大众化阶段。"

　　但是，回顾这段历史，不应该忘记早在 1995 年，大学扩招就已经
开始酝酿和实施，当年的高等教育毛入学率为 7.2%，是一个与某些发
展中国家如印度相比也差距颇大的比率。用当时官方的话来说，高校
对高素质人才的培养已经无法满足我国持续快速发展的经济形势的需
要了，包含的潜台词则是，日益增长的劳动力市场迫切需要更多高素
质的人力资源。这才是高校扩招的内在动力。经过三年的试点，到大
规模扩招前夕的 1998 年，当年的普通高校招生人数已经增加到 108 万
人，高等教育毛入学率也相应提高到 9.8%。

　　之所以要强调 1995 年的重要性，是因为这是中国高等教育发展的
关键一年。不仅仅扩招从这一年开始起步，而且教育部同时提出了著
名的"211 工程"，其含义是"面向 21 世纪，重点建设 100 所左右的
高等学校和重点学科的建设工程"。被列入"211 工程"名单的有 95 所
高等学校，"九五"期间，"211 工程"建设资金总量约为 183 亿元。这
个政策的出台意味着国家将重点扶植少数高校，同时也拉大了重点大
学与普通大学、经济发达地区的大学与经济欠发达地区的大学之间的
差距，使得绝大多数没有获得重点支持的高校需要想更多的办法自筹
资金。并非偶然的是，1995 年开始了大学收费的试点。一年前国务院
颁布的《〈中国教育改革与发展纲要〉的实施意见》就提出了大学收费

---

[1]　周济为前任教育部部长，现任教育部部长为袁贵仁。

的构想，1995 年开始在某些大学进行试点，1996 年则在全国大学全面实行了收费制。据统计，推行收费制后，全国高校生均学费从 1995 年的 800 元左右上涨到 2004 年的 5000 元左右，进入新校区的学生学费则在 6000 元左右；住宿费从 1995 年的 270 元左右，上涨到 2004 年的 1000—1200 元，入住新公寓楼的费用则更高；再加上基本生活费等，平均每个大学生的每年费用在万元以上，4 年需要 4 万多元。

我们可以看到，1995 年前后出台的三项政策——扩招、收费和政府工程——成为了影响今天中国大学教育状况的主导力量。"国家"和"市场"的强势介入使得中国高等教育进入"大众化"时代。但"大众化"并不仅仅是更多的人获得高等教育机会那么简单：对于老百姓来说，把孩子送进大学，还有一个怎样来供他上学的问题；对于大学生来说，上大学了，还有一个毕业后怎样找到合适工作的问题；对于大学来说，人多了，钱也多了，还有一个怎样来管理如何来花钱的问题；对于国家来说，工程上了，投入大了，还有一个如何获得回报怎样取得成效的问题……所有这些问题纠缠在一起，"国家"和"市场"深刻地制约了大学的发展路向。当然，这并不是说，大学可以自外于"国家"和"市场"，而是强调大学应该在建立学术共同体传统的基础上，与"国家"和"市场"形成良性互动。但目前中国的状况是，"国家"和"市场"掌控了大学的评价体系和品鉴指标，由此带来的后果表现为，一方面大学日益"公司化"——讲究效率、成本和市场需求，直接把大公司的管理理念和模式引进到大学；另一方面大学生日益"消费者化"——在交费进入大学之后，学生认为念大学也是一种消费，他们可以选择对自己将来就业有用的"服务"，当然对那些没有直接用处却不得不学的教学内容，则采取敷衍了事的态度。

最能反映中国大学这种怪现状的典型事例，就是前所未有地将研究生获得学位与在核心期刊上发表论文硬性挂钩。虽然这项制度在中国的许多大学实行多年，但质疑和反对的声音从来就没有停止过。随着这项规定导致的诸多弊端暴露出来，譬如越来越多学生通过花钱买版面来发表文章——在核心期刊上发表一篇 5000 字左右的文章，竟然要付出上千元的版面费——不少学校已经试图废除或改变这个规定。可是，最近上海一所大学却"逆流"而动，在毕业的研究生即将离校前夕，颁布《关于研究生学位授予科研成果量化指标体系的规定（试行）》的《补充说明》，再次重申研究生获得学位必须与在核心期刊上发表论文挂钩，而且特别强调发表在学术期刊"增刊"上的论文不能纳入评价体系。所谓"增刊"就是学术期刊为花钱买版面者专设的发表园地，上海这所大学的规定意味着许多学生花在版面上的钱打了水漂，进一步把研究生获得学位与在核心期刊上发表论文更严格和紧密地"捆绑"在一起了。

对于上海这所大学"反潮流"的规定，舆论有赞有弹。孤立地看，似乎都可以为这条规定找到某些赞成或反对的理由。但我觉得，无论是赞成者或是反对者，都或多或少地回避了一个关键，那就是这个制度的出台本身即大学"公司化"和大学生"消费者化"的产物，反对乃至废除这个规定是容易的，但要抵御支撑这个规定的"逻辑"却是困难的。

倘若要设想一种解开"捆绑"，给学生更多自由同时又能对他们的学术水平和能力进行有效考核与评价的新方案，那么前提条件就是拒绝以"国家"和"市场"为导向的逻辑，而以建立大学自身的主体性为目标，从学术共同体的传统出发，重新构想准确考核研究生学术水平和科研能力的替代性方案。同时这也意味着从大学内部的制度建设入手，来强化学术共同体的传统，只有当自身的传统足够强大，才能够以"我"为主，与"国家"和"市场"形成良性互动。

四、对"科学意志"和"历史意志"的追求

如果要求大学拒绝以"国家"和"市场"为导向的逻辑，问题的关键就在于大学是否拥有"自我主张"。这种主张既包括对大学传统的重视，又蕴含对大学体制的反思。早在 1929 年，海德格尔在他的教授任职演讲《什么是形而上学》时，预告了与科学的危机相伴随的大学的危机："科学领域分崩离析。处理各自对象的方式迥然不同。各种律令在分崩瓦解中纷然杂陈，如今只靠大学和系这种技术组织把它们拢在一起，并通过给专业设置实践目的的方式实现其意义。相反，科学的根脉在其本质的基础中已经死亡。"但他在将大学在现代社会的命运加以"危机化"的同时，并没有放弃对大学"自我主张"的构想。四年后，海德格尔就任弗莱堡大学校长，发表了题为《德国大学的自我主张》的就职演说，他明确提出："德国大学的自我主张就是追求其本质的、原初的、共同的意志。我们将德国大学视为这样的高校，她从科学出发，并通过科学，来教育和培养德意志民族命运的领导者和守护者。追求德国大学的本质的意志，就是追求科学的意志，也就是追求德意志民族的历史精神使命的意志，这个民族是一个在自己的国家中认识自己的民族。科学和德国的命运必须同时在追求这一本质的意志中获得权力。然而，只有，也只有在下面这种情形下，它们才能实现这一点，那就是，我们——教师和学生，一方面让科学直面其最内在的必然性，另一方面在德国命运极度艰难的时刻承负起它的命运。"尽管这篇演讲涉及海德格尔与纳粹的复杂关系，但当时另一位可以说与海德格尔持不同政见的德国哲学家卡尔·雅斯贝尔斯在报上看到这篇演讲以后，马上给海德格尔写信，称赞他"直归早期希腊的伟大气魄，使我被一种新的同时也是不言而喻的真理所触动……人们能够在您的讲话中期望实现一种哲学地阐释着的方式。基于这个原因，您的谈话

具有一种更值得信赖的实质内容"。

　　虽然有人批评雅斯贝尔斯写这封信有"耍手腕"的嫌疑，不过就对"大学理念"的理解而言，他和海德格尔还是有颇多相通之处，很容易认同海德格尔对大学"危机"的诊断。雅斯贝尔斯发现教育、军队与民主政治的关系——即大学、社会与国家关系的极端而具体的表现——并不如想象的那样和谐，虽然从长远的目标来看，"对于德国民族的未来来说，教育比军队更为重要，因为不成功的教育管理所带来的灾难性后果，一直要影响几十年"，但事实并非如此，一方面冲突日益加剧的世界格局强化了军队的重要性："此刻的亲在则完全系于在一个以武力相威胁的世界里被保护的程度如何，因此政治家、议会和政府都把注意力集中在军队上，而不重视教育制度"；另一方面，急功近利的"选票政治"同样抵消了教育的重要性和优先性："教育和军队这两者的重要性远远超过了社会政治，而社会政治家为了获得选民的投票，不惜一切给所有组织的国民小恩小惠以收买人心。而对整个教育制度的关注却退到后台。"这两方面的原因都深深植根于"现代性"问题的内部，不可能轻易解决，所以"什么是关系到我们民族精神和道德未来最为重要的事，在目前的政治家眼中，是最无关紧要的"。[1] 而在战后为重建德国大学而写的《大学之理念》中，雅斯贝斯重申"大学的自我主张"，强调大学应该具有某种超越性的使命："大学自然是服务于实际目的的机构，但它实现这些目的是靠着一种特殊精神的努力，这种精神一开始的时候是超越于这些实际目的的，它这样做只是为了以后以更大的清晰度、更大的力度、更冷静的态度重返回到这些目的中。"其实用另一种将科学与哲学结合起来的方式表达出与当年海德格尔类似的"大学理念"：大学的根本在于对"科学意志"和"历史意志"

[1]　卡尔·雅斯贝尔斯：《什么是教育》，邹进译，北京，生活·读书·新知三联书店，1991年。

的追求。

　　纵观中国现代大学的发展历程，无论蔡元培式的"放弃做官思想"、"一心研究学术"的大学理念，或是毛泽东时代的大学承担科技创新的崇高使命，怀抱培养新人的伟大理想，都可以看作是对"科学意志"和"历史意志"的自觉追求。只有"公司化"了的大学在"市场"和"国家"的压力下，逐渐失去了"自我主张"。前几年围绕着"北大教改"，早就有有识之士指出，大学不是养鸡场！所谓"教改"不过是在全球大学"麦当劳化"——这是对"公司化"的一个更形象的比喻——的潮流中"随波逐流"了一把。但由此引发出来的关于"华人大学理念"的讨论，却可以看作是一种恢复"大学自我主张"的可贵努力。所谓"华人大学的理念"，最早是由曾任香港中文大学校长的金耀基提出来的："华人的高等教育在国际化的同时，在担负现代大学的普遍的功能之外，如何使它在传承和发展华族文化上扮演一个角色，乃至于对建构华族的现代文明秩序有所贡献，实在是对今日从事华人高等教育者的智慧和想象力的重大挑战。"[1] 如果说这一提法最初还比较拘泥于香港后殖民教育的历史语境，那么在"北大教改"中重提"华人大学理念"，就不仅仅为了强调"华人大学的根本使命……是要加强中国人在思想、学术、文化、教育的独立自主，而绝不是要使华人大学成为西方大学的'附庸藩属'"，更重要的是它对"中国大学的自我主张"提出了十分迫切的要求。中国大学要避免成为"附庸藩属"——不仅仅是西方大学，也包括"市场"与"国家"——就必须具备自己的"意志"和自我的"主张"：在科学的意义上，它是科技的自主创新；在历史的意义上，它是文化认同的创造。

---

[1]　金耀基：《大学之理念》，北京，生活·读书·新知三联书店，2001 年。

　　只有这样，大学才可能在一个民族"命运极度艰难的时刻承负起它的命运"！

2007 年 9 月改定于上海

第二辑　短暂年代

六、"读什么"与"怎么读"

——纪念"新时期文学30年"和"当代文学60年"

一

"当代中国文学60年"这一概念的提出，在我看来，并不是因为"整日子"的到来而生产出的应景词。它意味着"共和国60年"成为了讨论一个时代文学的时间单位，这就迫使当代文学研究不得不处理整体把握历史的难题性，也即"前30年"和"后30年"的关系问题。尽管思想界早已有人试图用新的"通三统"来重新确立共和国历史的整体观，[1]但当代文学研究却一直避免面对历史的难题性，或者使用漫长的现代文学传统来取代当代文学的具体性，如此这般的文学史叙述往往可以略过难缠的50年代和60年代，直接把现代文学和"后30年"

---

[1]　参见甘阳:《新时代的"通三统"——三种传统的融会与中华文明的复兴》，这是2005年5月12日他在清华大学公共管理学院"北京共识"论坛第四讲的演讲，他当时提出:"从毛时代和邓时代的连续性着眼，实际上我们不应该把改革25年来的成就和毛泽东时代对立起来，而是要作为一个历史连续统来思考。如刚才说的，邓时代的改革是以毛时代为基础的，所以我认为我们没有必要把这两个时代对立起来。我以为我们需要摆脱那种非此即彼的思考方式，把改革的25年完全孤立起来，把它与前面的中国历史对立起来，却看不见毛时代与邓时代的连续性。我们今天不但需要重新看改革与毛时代的关系，而且同样需要重新看现代中国与传统中国的关系，不应该把现代中国与中国的历史文明传统对立起来，而是同样要看传统中国与现代中国的连续性。"正是基于这种连续性的历史观，他提出了新时代的"通三统"，即"改革开放的传统"、"社会主义建设的传统"和"数千年中国文明的传统"这样"三种传统的融合"。另可参见甘阳:《通三统》，北京，生活·读书·新知三联书店，2007年。

联系起来；或者寻求更微观的文学史范畴，譬如纯文学、艺术性或现代主义，由此构造的文学史叙述同样可以把 50 年代以后不适合在大陆讲的文学故事，嫁接、转移到台湾、香港等华文世界，漂泊离散，别开新传……然而种种叙述都无法回避当代中国文学的转折与当代中国政治、社会和经济的变迁之间极其密切的联系。即使不用"前 30 年"和"后 30 年"这种似乎将政治和文学直接关联起来的时间单位，而改用当代文学研究中更为通用的譬如"新时期文学 30 年"这样的文学史范畴，同样需要面对"新时期文学""新"在"何处"的追问。在这样的追问下，"新时期"的"新"同样无法用文学自身的逻辑来说明，必须诉诸政治、经济和社会的解释。今天"重返 80 年代"的题中应有之义，就是要回答作为转折时期的"80 年代"是如何把"过去"告诉"未来"，将"旧迹"带入"新途"，从而可能催生出某种历史的整体观。这再次说明了当代文学史的书写如果仅仅依靠诸如"审美"、"风格"和"文体"……这类文学内部的范畴，只能变成作家作品评论的汇编，无法从"历史"的高度来把握"一个时代的文学"。

　　不过，要从历史高度把握"一个时代的文学"，并不意味着直接将文学史和政治史、社会史对应起来，甚至线性地强调后者对前者的决定作用。相反，虽然需要在"终极意义"上将文学放入社会历史语境之中，但"文学文本"与"社会历史语境"之间却是繁复多样、灵活开放的多重决定的关系：一方面，社会历史不单只在内容层面上进入文学文本，更重要的是它必须转化为文学文本的内在肌理，成为"形式化"了的"内容"；另一方面，文学在文本层面上对"巨大的社会历史内容"的把握，同样不能是"反映论"式的，而是想象性地建构新的社会历史图景，把文本外的世界转化为文本内的"有意味"的"形式"。因此，"写什么"和"怎么写"的辩证法应该统一在"文本"上，也就是社会历史语境需要以"文本化"的方式进入文学，同时文学对

"社会历史内容"的呈现，端赖于对新的文本形式的创造。

由于"文本"的中介作用，像"前 30 年"和"后 30 年"以及它的变种"新时期 30 年"或"改革开放 30 年"作为"政治史时间"对当代文学史的书写尽管具有深刻的影响甚至制约作用，但这类时间还是不能直接转化为 "文学史时间"，特别是不能成为我们理解这一历史时段文学的"基本范畴"。现在可以清楚地看到，当"开放"与"保守"、"新"和"旧"构成一种坚固的对立时，文学史的视野也就随之变得狭隘、僵化。然而问题在于，如果要打破这种固化了的文学史视野，出路并不在于完全退回到"纯文学"或"纯审美"的领域，因为"审美"和"政治"的二元对立依然是由"新"与"旧"这一主导型的"话语装置"生产出来。所以，新的"文学史时间"的产生必然要以突破这一话语装置为前提，离开了某些习以为常的基本范畴，摆脱了某种单一的历史时刻，我们是否可以找到更具体的，更能体现社会历史语境和文学文本之间复杂关系的分析单位，不只是在观念思潮的层面上，而且可以在物质文化的层面上把"当代中国文学 60 年"加以"历史化"和"形式化"。

在我看来，这一种新的文学史想象是否可行，关键依然在于"文本"和"文本化"。只不过这儿所说的"文本"不是"新批评"意义上封闭的"文本"，而是可以沟通语境的物质载体；"文本化"也不是什么"文本之外别无他物"，而是强调在文学中所有"语境"都必然以"文本"的形式出现。正如李欧梵所言："目前文学理论家大谈'文本'（text）阅读，甚至将之提升到抽象得无以复加的程度。我在这方面却是一个'唯物主义者'，文本有其物质基础——书本，而书本是一种印刷品，是和印刷文化联成一气的，不应该把个别'文本'从书本和印刷文化中抽离,否则无法观其全貌。"[1] 将"文本"与书籍、出版以及更广泛的印刷文化富有想象力地勾连在一起,的确打开了文学史研究的新思路。其中"书籍史"和"阅读史"的研究路向特别引人注目,新文化史家罗歇·夏尔提埃(Roger Chartier)曾指出:"从一个更大的视角观之,我们必须在书籍形式或文本(从纸卷到抄本,从书籍到荧幕的)支撑物的长时期历史,以及解读习俗史里,重新书写印刷术的开端。至此,文化史或可在文学批评、书籍史以及社会文化学的交叉道上,找到一个新的区域。"[2] 譬如一般认为,启蒙思想家如卢梭等的思想对法国大革命爆发产生了重要影响,但普林斯顿大学的罗伯特·达顿(Robert Darnton)就通过对大革命前法国书商的进货订单,特别是从瑞士走私进来的"clandestine books"书目的研究,吃惊地发现其中绝大多数是色情淫秽读物,卢梭等人的著作连影子都见不到。达顿甚至认为,阅读这些印刷品的人也许更多,它们"或许比之名家的杰作更加深远地表达和影响了过去某个时代的心态"。因此,究竟是什么样的书籍——是思想著作还是淫秽小说——导致了法国大革命?这个问题引起了史学界激烈的争论,罗歇·夏尔提埃就不同意罗伯特·达顿的观点,他认为不是这些"clandestine books"的流传引发了大革命,而是革命者和后来的历史学家为了寻求大革命的起源及其合法性而将书籍和大革命联系在一起。不论争论的结果如何,所有参与讨论的史学家都承认达顿的研究打破了历史学家对启蒙经典的重视,将所谓的"地下文学"引入了正统史学讨论中,极大地拓展了史学研究的视野。而把"书籍"和"大革命"联系在一起的问题意识,则打破了达顿所谓"任何一位主流历史学家任何时候都不会试图把书籍理解为历史中的一股力量"的限制。

---

[1]   李欧梵:"书的文化",载《读书》,1997年2期。
[2]   罗歇·夏尔提埃:"文本、印刷术、解读",载林·亨特(Lynn Hunt)编:《新文化史》,江政宽译,台北,麦田出版有限公司,2002年,第243—244页。

　　与文学史研究更为密切的是，关于"什么书籍引起了法国大革命"的争论，引入了一个非常重要的概念：readership。夏尔提埃反驳达顿的一个重要论点就是，我们无法轻易在"他们读什么"（what they read）和"他们怎么读"（how they read）之间建立起必然联系。这两位历史学家谁是谁非姑且不论，但 readership 的提出，的确极大地深化和发展了书籍史研究的路向，使之不再停留在单纯罗列史料，硬性排比关系的水平上，而是可以进入到人的阅读、思想和意识等更为幽深的历史层面。[1]

　　也许有人会说，文学史的"影响研究"不就考虑了这些问题吗？何必要重提什么"阅读史"和"书籍史"呢？问题在于所有的"作者"首先是"读者"，因此，所谓"影响"往往也落实在"书籍"上。而且"影响研究"更多着眼于"影响者"之于"受影响者"的"影响"上，对"受影响者"的主动性有所忽略。但"阅读史"却强调"阅读"的能动性，在"语境化"的前提下，"阅读者"可以对"书籍"进行"创造性"的"阅读"乃至"误读"。因此，夏尔提埃特别强调："不论被左右或落入计策，读者常常觉得自己全神贯注于文本，不过，交互地，文本也以各种方式深植于不同读者的脑海中。于是，有必要将经常没有交集的两种视角一并考察：一方面，研究文本及传达文本之印刷作品之组织被规定之解读方式；而另一方面，专注于个人的招供来追踪实际的解读，或者在读者社群——其成员共享同样的解读形式或诠释策略的'诠释社群'——的层次上，重新建构出实际的解读。"[2]这种解读自然不限于文学，有一个意大利历史学家金斯伯格（Carlo Ginzburg）写过一本书，题目挺怪，叫《奶酪与蠕虫》》（*Cheese and*

――――――――――
[1]　关于近年来西方学术界对于"书籍史"和"阅读史"的讨论以及如何将其引入晚清以来中国语境中的思考，可以参见张仲民：《从书籍史到阅读史——关于晚清书籍史／阅读史研究的若干思考》，载《史林》，2007 年 5 期。
[2]　罗歇·夏尔提埃："文本、印刷术、解读"，载《新文化史》，第 223 页。

Worms: The Cosmos of a Sixteenth-Century Miller)，[1] 是"新文化史"也是"阅读史"研究的代表作。为什么这本书有这样一个怪名字呢？因为它研究的对象是 16 世纪意大利一个名叫曼诺齐欧的磨坊主，他当时产生了一种异想天开的观点，认为上帝和天使诞生于蠕虫，而蠕虫又是从一块巨大的元素尚未分离的奶酪中产生的。所以这本书有一个副标题"一个 16 世纪的磨坊主的精神世界"，金斯伯格试图解决的问题是，曼诺齐欧为什么会产生这种被宗教法庭视为"异端"的思想——他两次被宗教裁判所拘捕——这个磨坊主的回答很有意思："我的观点来自我的头脑。"历史学家则不能停留在这样简单的回答上，他试图揭示是什么将这些观点灌输到曼诺齐欧的头脑中，于是金斯伯格把焦点放在了磨坊主的阅读生活上：既关注他读过的书，更注重他读这些书的方式。当年宗教法庭对曼诺齐欧审判记录的一份手抄稿给金斯伯格提供了有力的线索，通过搜寻曼诺齐欧读过的书——其中最关键的是已经翻译成意大利语的《圣经》——以及将这些书籍和曼诺齐欧的自我辩护词中对书籍一致、颠倒和异常的引用进行对比，来分析他阅读方式的关键所在。

《奶酪与蠕虫》极具启发性的是，金斯伯格对磨坊主阅读方式的研究没有停留在个人偏好的层面，而是和时代的"知识范型"以及"文化霸权"联系在一起。他找到了曼诺齐欧阅读《圣经》的关键所在，一方面处于教会官方文化与文艺复兴时期新知识人文主义影响的边缘之间，另一方面则是他头脑中的这两种文化与意大利农民的口头传播文化之间的相互作用，而他的阅读就处在这三者关系的交汇处：由于经过农民口传文化中满足口腹之欲的过滤，再加上文艺复兴人文主义思想的影响，进而"物质主义"地颠覆了《圣经》的创世记神话。这

---

[1]　Carlo Ginzburg: *The Cheese and the Worms*：*The Cosmos of a Sixteenth-Century Miller*，The Johns Hopkins University Press，1992。

就是所谓创造性的阅读方式：一套交叉的话语，它以特定的方式生产性地激活了一组给定的文本和它们之间的关系。[1]

虽然文学史研究中也有对作家"藏书"和"阅读"的研究，譬如对于鲁迅的藏书研究，专著就不止出了一本，最近就出版了韦力写的《鲁迅古籍藏书漫谈》，上下册两大本，但基本上属于"史料"甚至偏向于"收藏"，缺乏"阅读史"的视野。借用 readership 的说法，这样的研究最多也只能告诉我们鲁迅"读什么"，至于他"怎么读"，则只能暂附阙如了。更何况研究鲁迅的阅读也是一件不容易的事情，据说当年王瑶先生看到鲁迅的藏书，感叹那么多书我们都没有读过，如何来研究他呢？有一位日本学者北冈正子写过一本《〈摩罗诗力说〉材源考》，考察鲁迅在日本留学时所写的《摩罗诗力说》的资料来源，认为很多观点和论述都是从当时流行或不流行的日文和德文著作中摘录、整理出来的，在某种程度上她通过对这篇文章的研究"复原"了鲁迅"阅读"状况，但北冈正子对"阅读"的理解又是十分保守的，她仅仅把自己的研究停留在找到资料来源的水平上，认为《摩罗诗力说》是"编译"之作。日本老一辈鲁迅研究专家丸山升虽然肯定北冈正子工作的意义，但对她轻率的结论还是表示了不满："近年来北冈正子所做的工作[2]是划时期的工作。她详细探讨了鲁迅留学日本时所写论文的材料来源，包括青年鲁迅有时像用剪刀加糨糊组成的立论部分，但不管怎么说，在剪刀加糨糊的方法之中依然显示出鲁迅很强的独立性。"[3]

按照我的理解，丸山升所谓"独立性"指的应该是"阅读"的"能动性"，即"阅读"始终处于"交叉"的网络之间，既和"阅读者"个人的"创造性"有关，也与他所处时代的语境深刻地联系在一起。

[1] 参见托尼·本内特（Tony Bennett）："文本、读者、阅读型构"，黄驰等译，载《马克思主义美学研究》第9辑，中央编译出版社，2006年。
[2] 北冈正子"摩罗诗力说材源考笔记"，《野草》9号（1972年10月）起连载。
[3] 丸山升："日本的鲁迅研究"，靳丛林译，载《鲁迅研究月刊》，2000年11期。

离开了明治时代日本知识界对西方文学和哲学的独特理解以及这种理
解中所蕴含的危机感，我们就不可想象鲁迅在《摩罗诗力说》中如何
"生产性地激活"他所阅读的那些"书籍"。在这个意义上，对于"创
造性"的"读者"来说，"书的边界从未清晰鲜明：越出题目、开头和
最后一个句子，越出书的内部形态及其自律形式；被捕捉于其他书籍、
其他文本和其他句子相关的系统之中：它是网络的一个结……书不单
单是人们手中的物品，也不会蜷缩在这小小的将它封闭的平行六面体
之中；它的统一是可变的、相对的。一旦有人对那种统一表示疑问，
它马上就失去自明性；它只能在复杂的话语领域的基础上暗示自身，
译解自身。"[1]

因此，将"阅读史"纳入到文学史研究中，其作用不仅具有方法
论的意义，更重要的是带来了一种更开放、更辩证、更具有历史性的
视野，在这种视野的观照下，"断裂"的关系或许显示出深刻的"延
续"，"对立"的双方可能分享着共同的前提，表面的"相似性"也许
掩盖了深层的"矛盾"……对这一切不懈的探究，将会化作重新绘制
文学史地图的内在动力。

二

2009 年 1 月，在《班主任》发表 32 年之后，刘心武谈起当时他对
这部小说的构思，特别强调了"书名"在其中所起的作用："我构思和
写作《班主任》，是在 1977 年的夏天。那时候"两个凡是"的氛围依
然浓郁。但我决定不再依照既定的标准去写《睁大你的眼睛》那类东
西，尝试只遵从自己内心的认知与诉求写"来真格儿"的作品。我此

---

[1] 福柯语，转引自托尼·本内特（Tony Bennett）："文本、读者、阅读型构"，黄驰等译，载《马克思主义美学研究》第 9 辑。

前在中学任教十多年，长期担任过班主任，有丰厚的生活积累，从熟悉的生活、人物出发，以中学生和书的关系，来形成小说的主线，质疑"文革"乃至导致"文革"恶果的极左路线，从而控诉"四人帮"文化专制与愚民政策对青年一代的戕害，发出"救救孩子"的呐喊，以期引起社会的关注。要完成这样一个主题，在小说里必须写进一些书名。"[1]有人做过统计，除《毛选》四卷、《共产党宣言》和《马克思主义的三个来源和三个组成部分》以外，《班主任》中一共出现11种中外文学作品。按照刘心武的分类，这11种中外文学作品大体上可以分为四类，"第一类，是中国古典文学作品，《唐诗三百首》《辛稼轩词选》就是它们的代表性符码……第二类，是1919年至1949年的现代文学……我刻意肯定性地提到《茅盾文集》……第三类，是1949年到1966年前半年的文学……我刻意提到《暴风骤雨》《红岩》《青春之歌》，还让《青春之歌》成为人物冲突的一个重要道具。第四类，是外国文学……出现了《战争与和平》《盖达尔文集》《表》……提到了巴尔扎克的《欧也妮·葛朗台》。"[2]然而这些书名在小说中大多数只具有某种装饰性，起关键作用的是英国女作家伏尼契的那本《牛虻》："别的东西都收进书包了，只剩下那本小说。张老师原来顾不得细翻，这时拿起来一检查，不由得'啊！'了一声。原来那是本文化大革命以前，中国青年出版社出版的长篇小说《牛虻》。"[3]我们都知道，《牛虻》是否是"黄书"所引发的争论极大地深化了《班主任》的内涵，也是这部看上去还颇为粗糙的作品能够成为新时期文学经典的深层原因。小说发表后不久就有读者指出："作品中写围绕《牛虻》这本书的冲突

---

[1] 刘心武：《〈班主任〉里的书名》，载《文汇报·笔会》，2009年1月7日。
[2] 同上。
[3] 刘心武：《班主任》，载《人民文学》，1977年11期。以下引用该小说不再注明出处。

是很有普遍性的。"[1] 刘心武当时也承认："有关《牛虻》的情节也是虚构的，为了设计这一情节我颇费了一番心思。但这一情节又确实产生于我所熟悉的生活，我是把一系列生活中亲历的真事加以综合、概括、集中、再加以想象，写出了这一段情节。"[2] 正是"这一段情节"让人们看到，谢惠敏和宋宝琦似乎是两类根本不同的青年，但从他（她）们对《牛虻》的一致看法中，发现了别人通常予以忽视的或者是习焉不察的那个严重的相同点，由此认识到一个重大社会问题。[3]

　　然而，就像《班主任》中张老师苦恼于如何向学生解释《牛虻》不是一部"黄书"，而是一本感动过一代青年的"激情之作"一样，刘心武精心设计的这一情节同样具有暧昧性，一方面正如有论者已经指出的，以《牛虻》为代表的外国文学阅读谱系在此刻的重新确立，既是对文革"文化专制"的有力批判，也是向"十七年"文化秩序的致敬，"对以《牛虻》为代表的文学阅读知识谱系的恢复"，表露出"某种'向后看'，对于'过去'（'十七年'代表的秩序与传统）的怀念之情"；[4] 但另一方面不能忽略的是，因为这部小说作者是英国女作家，所以《牛虻》是一部不同于俄苏文学——如《班主任》中也提到的《表》——的欧美文学作品。对《牛虻》归属的文学版图的暗示，偷渡了"新时期文学"即将表露的"走向世界文学（欧美文学）"的愿望，对应着即将到来的"改革时代"就是向"西方（欧美）"开放。不过，具体到《班主任》的叙事策略中，无论是"向后看"还是"向前看"，两种姿态其实相当微妙地"杂糅"在一起，如果说"俄苏"表示"向后"，而"欧美"代表"向前"，那么可以说《牛虻》是一本被"俄

---

[1]　"青年工人和中学生谈《班主任》"，《文学评论》1978 年 5 月号。
[2]　刘心武："生活的创造者说：走这条路"，载《文学评论》，1978 年 5 月号。
[3]　"为文学创作的健康发展扫清道路——记《班主任》座谈会"，《文学评论》1978 年 5 月号。
[4]　参见项静：《遭遇"西方"——1980 年代文学中"现代"故事的几种叙述方式》中对《班主任》的分析，上海大学博士学位论文，2009 年。

苏"因素充分渗透了的"欧美"小说,是一部反抗强权、争取自由的"世界现代革命小说"。在 20 世纪 50 年代的中国,《牛虻》这部"欧美小说"之所以引起人们的关注,是因为《钢铁是怎样炼成的》的主人公保尔最喜爱的作品就是《牛虻》,甚至书中的丽达就称呼保尔为"牛虻同志"。这样一来,《牛虻》在还没有被介绍到中国之前,就已为广大读者所熟悉和喜爱。《班主任》就通过石红说出这样的看法:"《牛虻》这本书值得一读! 这两天我正读《钢铁是怎样炼成的》,里头的保尔·柯察金是个无产阶级英雄,可他就特别佩服'牛虻'……"同时苏联也早就翻译了这部作品,并且予以高度评价。当年译者李俍民就是先后在旧书摊和书店里买到两种《牛虻》俄译本和一种英文原版书。两种俄译本,一种是由儿童出版社出版,一种是由青年近卫军出版社出版。他反复对照三种不同版本的优劣,仔细体味其中的不同,认为儿童版上半部好于下半部,青年近卫军版则下半部好于上半部,但颇为令人惋惜的是:两种版本均有许多错漏译处、且均为删节本。于是他只能遵循英文原版来译,并参照俄译本的长处翻译成文。[1] 但中国青年出版社在正式出版李俍民的译本前,要求他按苏联青年近卫军出版的俄语版本加以删节,并在这一版《牛虻》的"出版者的话"中,作出同样的说明,而且 1953 年出版的《牛虻》还采用了苏联儿童出版局的俄译本中叶戈落娃所写的"序",译本的插图也取自青年近卫军出版局的俄译本,文中的注释也是根据该俄译本的注释加以补充而成。[2] 由此可见,在《班主任》中刘心武其实还调动了《牛虻》一个隐而未彰的因素,即它是由《国际歌》开创的"世界革命文学"一部分,对《牛虻》的态度,某种意义上也就是对革命的态度:

　　　　张老师皱起眉头,思索着。他回忆起自己中学时代的情况。那

---

[1]　胡守文:"能不忆《牛虻》",载《中华读书报》,2000 年 8 月 30 日。
[2]　伏尼契:《牛虻》,李俍民译,北京,中国青年出版社,1953 年。

时候，团支部曾向班上同学们推荐过这本小说……围坐在篝火旁，大伙用青春的热情轮流朗读过它；倚扶着万里长城的城堞，大伙热烈地讨论过"牛虻"这个人物的优缺点……这本英国小说家伏尼契写成的作品，曾激动过当年的张老师和他的同辈人，他们曾从小说主人公的形象中，汲取过向上的力量……也许，当年对这本小说的缺点批判不够？也许，当年对小说的精华部分理解得也不够准确、不够深刻？……但，不管怎么说——张老师想到这儿，忍不住对谢惠敏开口分辩道：

"这本《牛虻》可不能说成是黄书……"

可是"革命的书"怎么会被"误读"为"黄书"呢？如果要证明它不是一本"黄书"，仅仅说它是一本"革命的书"就够了吗？如果说《牛虻》"黄"仅仅意味着它描写了爱情，那么当年李俍民之所以要翻译这部小说，不就是因为他发现《钢铁是怎样炼成的》中包含了一个所谓"牛虻问题"吗？[1] 而"牛虻问题"指的不就是保尔为了革命，甚至可以牺牲爱情吗？他爱丽达，但受"牛虻"的影响，要"彻底献身于革命事业"，保尔就按照"牛虻"的方式来了个不告而别，如此看来，爱情不就应该是这部革命小说的题中应有之义吗？那么，谢惠敏究竟在什么意义上"误读"了这本书？是因为"里头有外国男女讲恋爱的插图"吧？宋宝琦是不是也在同样的意义上"误读"它呢？"这本书是从宋宝琦那儿抄出来的，并且，瞧，插图上，凡有女主角琼玛出现，一律野蛮地给她添上了八字胡须。又焉知宋宝琦他们不是

---

[1]　李俍民说："在浩如瀚海的外国文学作品中，我为什么偏偏要翻译《牛虻》这样一部小说，把它呈现给我国的青年读者呢？这首先要从尼·奥斯特洛夫斯基写的《钢铁是怎样炼成的》那本书谈起。……我热爱这部书……但同时在这部小说中却有一个问题使我无法获得解答，这就是牛虻问题。在书中，丽达把保尔称作'牛虻同志'。从书中另一些情节看来，这部描写英雄人物牛虻的小说显然对保尔（其实也是对作者自己）产生了深刻的影响。"，参见胡守文："能不忆《牛虻》。

把它当成'黄书'来看的呢？"倘若《牛虻》本来是试图用"阶级论"（"斗争"）来克服人性论（"爱情"），那么聚焦于爱情的读法，是否隐含了"人性论"和"阶级论"相互关系的"颠倒"？只不过宋宝琦在"野蛮"的层次上欣赏这种"颠倒"，而谢慧敏却在"觉悟"的意义上要批判这种"颠倒"，那么张老师怎么办呢？他只能停留在发发感慨吗？——"生活现象是复杂的。这本《牛虻》的遭遇也够光怪陆离了。"——但在"张春桥、姚文元那两篇号称'阐述无产阶级专政理论'的'重要文章'大可怀疑，而'梁效'、'唐晓文'之类的大块文章也绝非马列主义的'权威论著'……"的时代氛围中，张老师面对被自己学生视为"黄书"的《牛虻》，也必须拿出自己的"读法"来，绝非靠"将颠倒的东西重新颠倒过来"就能解决问题。既然不能完全用"阶级论"来证明《牛虻》不是一部"黄书"，那么张老师是否也要在新的历史语境中"误读"它呢？借用刘心武当时另一篇同样引起轰动的小说的题目，张老师如何来处理《牛虻》中"爱情的位置"呢？那个曾经被"阶级论"克服了的"人性论"有没有可能借此浮出历史的地表，开始讲述另一个故事呢？大约在《班主任》出版20年以后，一位和刘心武同姓的作家刘小枫在《牛虻和他的父亲、情人和她的情人》一文中，完美地叙述了"牛虻"的另一个故事，一个不是坚强女性伏尼契而是小资作家丽莲讲述的故事，一个取"革命故事"而代之的"伦理故事"："丽莲讲叙的其实不是革命故事，而是伦理故事。没有那些革命事件，牛虻的故事照样惊心动魄；相反，若没有了那些伦理和情爱，牛虻的革命故事就变得索然无味，还不如我自己亲历的革命经历"；[1] 而在《班主任》发表30年以后，"革命的故事"已经离我们很远了，"丽莲的讲法是革命故事的讲法，不是伦理故事的讲法：革

---

[1]　刘小枫："牛虻和他的父亲、情人和她的情人"，载刘小枫：《沉重的肉身——现代性伦理的叙事纬语》，上海：上海人民出版社，1999年。

命故事的讲法只有唯一的叙事主体，伦理故事的讲法是让每个人自己讲自己的故事，所谓多元的主体叙事。丽莲只让牛虻讲叙自己的故事，使得伦理故事变成了革命故事。要把革命故事还原为伦理故事，就得离开丽莲的讲法"，[1]当刘心武用这样一种方式来为《班主任》中的《牛虻》定位时，这个故事的另一种讲法是否已经"圆满"到连当事人的记忆被改写而不自觉的程度："《牛虻》的作者英国女作家伏尼契在西方文学史上不占地位，《牛虻》更远非经典，但这本书由于特殊的历史原因，曾在上世纪五十年代成为中国大陆发行量极大、影响极深的一部外国小说。"[2]

这又回到了所谓 readership 的问题，也即"读什么"和"怎么读"之间的关系有多种可能性，每一种可能性的展开都铭刻在具体的历史语境中。当年《班主任》对于《牛虻》的巧妙运用，贯通了它兼具"西方"和"革命"的双重身份，进而打开"人性"与"阶级"之间的对话空间。但这一切的效用都建立在《牛虻》作为"世界现代革命文学"的基础上。假设在《班主任》中，不用《牛虻》，而是用来自苏俄的《钢铁是怎样炼成的》或是同样由英国女作家写的《简爱》来代替，一定达不到同样的效果。正因为有一种"世界革命"的想象，《班主任》才能以面向"十七年"历史的方式展望"八十年代"的未来。程光炜在一篇题为《我们是如何"革命"的——文学阅读对一代人精神成长的影响》中曾经指出："对 1949—1959 年间出生的这一代人来说，革命传统教育、爱国教育和政治教育当然是人生教育系统中相当重要的部分，然而深刻地塑造了他们的世界观和人生观，对其一生思想模式和人格操守产生重大影响和规范作用的，应该是对 50—70 年代革命

---

[1]　刘小枫："牛虻和他的父亲、情人和她的情人"，载刘小枫：《沉重的肉身——现代性伦理的叙事纬语》，上海：上海人民出版社，1999 年。

[2]　刘心武：《〈班主任〉里的书名》。

历史文学的阅读。在对解放后出生的这代青年实施的庞大和革命化的教育工程中，文学虽然只是一个较小的项目，它形象化的功能，和当代性、青年性的特征，却能最大限度地吸引青年人的人生选择，深入他们的精神世界，发挥其他教育方式不可替代的作用。检讨一代人文学阅读的历史，也许其意义并不亚于对一个时代的检讨，因为，它毕竟包蕴了一代人人生成长和思想寻求的全部隐秘。"并且敏感地观察到"革命文学阅读"对"伤痕文学"的影响，但他把这类影响仅仅理解为是负面的："在这里，50—70年代的文学教育继续在组织着作家们的文学思维和对生活的叙事，他们仍然在用偏重夸张的战争文化视角介入人物的情感世界，用仇恨的文化心态及哲学标准来评价生活的是非。准确地说，他们是在以'革命的方式'来反省'革命的错误'，不同只是，'文革后'和'文革前'在时间观念上是历时的，而它们在精神状态上却最大限度地体现出了共时的特征。"[1]但在我看来，恰恰是这种"暧昧"的"共时性"，使得"八十年代文学"的"前三年"显露出更多的过渡期特征，使得人们意识到历史的叙述并非如后来那样光滑。而进入到80年代，特别是80年代中后期"新潮小说"兴起之后，"伦理的故事"彻底取代了"革命的故事"，什么是"西方文学史"上"有地位"的"作品"已经成为了讨论文学不证自明的前提，甚至转化为判断文学好坏的标准，《牛虻》这类"暧昧"的作品自然就没有什么地位了。

也正是在这种背景下，如余华这样曾经的"新潮小说家"尽管可以怀旧似地回忆起自己当年阅读"革命文学"的情形："我把那个时代所有的作品几乎都读了一遍，浩然的《艳阳天》、《金光大道》，还有《牛田洋》、《虹南作战史》、《新桥》、《矿山风云》、《飞雪迎春》、《闪闪

---

[1] 程光炜：《我们是如何"革命"的——文学阅读对一代人精神成长的影响》，载《南方文坛》，2000年6期。

的红星》……当时我最喜欢的是《闪闪的红星》，然后是《矿山风云》。"甚至不无夸张地述说："从《东方红》到革命现代京剧，我熟悉了那些旋律里的每一个角落，我甚至能够看到里面的灰尘和阳光照耀着的情景，""我突然被简谱控制住了，仿佛里面伸出了一只手，紧紧抓住了我的目光。"[1] 却从来没有觉得有必要处理"革命文学"与自己创作之间的关系。相反，他在创作上给自己划定的阅读谱系是在"西方文学史"上大有来头的"卡夫卡的传统"："仅仅是在几年前，我还经常读到这样的言论，在大谈巴尔扎克、托尔斯泰的智慧已经成为了中国文学传统的一部分，而二十世纪的现代主义文学却是异端邪说，是中国的文学传统应该排斥的。……卡夫卡、乔伊斯等人的作品已经成为世界文学的经典……然而在中国他们别想和巴尔扎克、托尔斯泰坐到一起。他们在中国的地位，是由一些富有创新精神的作家来巩固的，这些作家以作品确立了自己的地位，同时也丰富了中国文学的传统。"[2] 而据贺桂梅的考察，余华那篇后来屡被研究者引用的文章《川端康成和卡夫卡的遗产》（1989 年），最初发表时开头有这样一段话："如果我不再以中国人自居，而将自己置身于人类之中，那么我说，以汉语形式出现的外国文学哺育我成长，也就可以大言不惭了。所以外国文学给予我继承的权利，而不是借鉴。对我来说继承某种属于卡夫卡的传统，与继承来自鲁迅的传统一样值得标榜，同时也一样必须羞愧。"但收入到 1998 年出版的《我能否相信自己——余话随笔选》（人民日报出版社）时却被删掉。贺桂梅认为："这一看似微小的改动，实则并非毫无意义。如果不惮做一个也许看来有些夸张的结论的话，那么这处改动或许显露出余华对自己曾经秉持的某种'世界主义'（'西方主

---

[1] 余华："阅读"、"音乐课"，载《日常中国——70 年代老百姓的日常生活》，南京，江苏美术出版社，1999 年。参见程光炜：《我们是如何"革命"的——文学阅读对一代人精神成长的影响》。
[2] 余华："两个问题"（1993 年），载《我能否相信自己——余华随笔选》，北京，人民日报出版社，1998 年，第 174 页。

义')的文学观念的自觉或警惕。"[1]但把余华在《阅读》中狂欢似地对
"革命文学"的回忆和这处改动联系起来看，问题恐怕比什么对"西方
主义"的警惕更为复杂。余华的"革命文学"记忆的出场，并非以对
"西方主义"的反省为前提，恰恰相反，只有当"卡夫卡的传统"变成
一种"普遍化"的文学史"常识"——正是这种"常识"决定《牛虻》
这类作品是没有文学史地位的——以后，"革命文学"才能有效地转化
为"怀旧"的对象，甚至是"消费"的对象。

三

　　这样看来，对20世纪80年代"新潮小说"背后的文学阅读谱系
的梳理，不能仅仅依靠那类标语口号式的"某某传统"的标榜。而
要回的历史的现场，恐怕必须借重于一些更直接的材料。《收获》杂
志的资深编辑程永新写了一本很有意思的书，叫《一个人的文学史
（1983—2007）》，意思是透过他个人的视角——更准确地说，是他作为
文学编辑的职业视角——来呈现80年代以来的中国文学，为我们重新
思考杂志与作品、编辑与作家之间的互动关系，乃至文学史的写作方
式以及阅读在其中发挥的作用等问题提供了某些可以深入下去的契机。
从宏观来看，因为《收获》杂志在当代文学特别是80年代文学中的特
殊地位，书中发表的那些80年代中期新潮小说家如马原、余华、苏童
和孙甘露等人写给程永新的书信，是非常珍贵的第一手资料，不仅让
我们了解了80年代先锋文学兴起背后的许多不为人知的故事，并且通
过这些资料，有可能进一步不单从"断裂"，而是从更复杂的"延续"
角度来理解整个80年代的文学；落实到微观层面，则把问题加以具体

---

[1]　贺桂梅："先锋小说的知识谱系与意识形态"，载《文艺研究》，2005年第10期。

化了，譬如在马原写给程永新的一封信中，他谈到自己计划开始长篇小说的写作："最后就是去写长篇的事。我打算元月去，也就是把这里的事处理完就去，早一点，心里也踏实些，这么久没有写长东西心里总是不平衡，总想尽量写得好。"那么在马原的心目中，"好的长篇小说"的标准是什么？这个好的标准又是从哪儿来的呢？下面这段话特别重要："回来马上就翻出那些喜欢的长篇，而且一定要篇幅短些的：《红字》，《鼠疫》，《一个自行发完病毒的病例》（《考德威尔小说选》中的）；《烟草路》，《伪币制造者》，《普宁》，《佩德罗巴拉莫》（《胡安·鲁尔弗小说选》中的）；《城堡》（卡夫卡），《第二十二条军规》（约瑟夫·海勒）。"[1] 很显然，他的阅读兴趣和写作标准就来自于这些来源复杂的书籍，某些书籍甚至冷僻到需要注明出处才能使资深文学编辑明白的地步。如果把这些书籍和马原后来在他《作家与书或我的书目》以及类似于《小说》这样的文章中提到的罗布-格里耶、萨洛特、巴思、乔伊斯、福克纳和博尔赫斯等作家的小说进行比较的话，会发现书信中的书目似乎要更传统实在一些，那种简单地用"现实主义"和"现代主义"的二分法来区分不同阶段作家的文学史写法似乎碰到了困难；如果进一步去研究这些书籍出版、流通和阅读的情况，我们就不难发现马原小说在 80 年代文学中的"革命性"，也离不开"传统"的延续和继承。尽管在很多人眼中，外国文学的翻译和出版似乎尚未被纳入到"当代中国文学传统"中，就像"阅读史"和"书籍史"几乎没有进入文学史领域一样。

　　因此，在这个意义上理解"重返 80 年代"的命题，就不是为了怀旧，而是希望从"重返"中生长出一种历史的"整体观"，这一整体观在今天可以用"当代中国文学 60 年"来命名。但这一整体观得提出并

---

[1]　程永新：《一个人的文学史（1983—2007）》，天津，天津人民出版社，2007 年，第 14 页。

非为了抹杀"八十年代文学"的"独创性"——当年李泽厚在《画廊谈美》中已经高度评价这种"独创性",并将其视为"一代人"成长、呻吟、苦难和抗争的"心灵对应物"[1]——而是把"独创性"作为进入历史的契机,进而追问"独创性"与"历史性"是怎样建立起联系的,这种联系如何在"历史叙述"中被定型化,是否还有重新解放出来的可能⋯⋯也许在这一系列追问中,我们不可能马上得出一个完美的答案,但毕竟激发了历史的多样性和复杂性。与此相反,从今天"重返"这个"伟大的时刻",如果只是满足于把历史中的"80年代"转化为可以消费的"八十年代"——用詹明信的话来说,就是"将1950年代的事实转换成为一个截然不同的东西:'五十年代'来再现"——这种"怀旧"是"作为对于失去我们的历史性,以及我们活过正在经验的历史的可能性,积极营造出来的一个征状",那么它难免要重蹈马克思所嘲笑的覆辙:"悲剧"与"喜剧"的倒错,"英雄"和"丑角"的混淆。[2]

2009年6月30日改定于上海

---

[1]　李泽厚:"画廊谈美",载《文艺报》,1981年第2期。
[2]　这里借用的是马克思在《路易·波拿巴的雾月十八日》中的著名论述:"黑格尔在某个地方说过,一切伟大的世界历史变和人物,可以说都出现两次。他忘记补充一点:第一次是作为悲剧出现,第二次是作为笑剧出现。"

七、"前三年"与"后三年"
——"重返80年代"的另一种方式

一、"缝合"之不可能：如何"重返80年代"？

洪子诚在《"当代文学"的概念》一文中指出："在谈到20世纪的中国文学时，我们首先会遇到'新文学'、'现代文学'、'当代文学'等概念。这些概念及分期方法，在80年代中期以来受到许多质疑和批评。另一些以'整体地'把握这个世纪中国文学的概念（或视角），如'20世纪中国文学'、'晚清以来的中国文学'、'近百年中国文学'等，被陆续提出，并好像被越来越多的人所接受。许多以这些概念、提法命名的文学史、作品选、研究丛书，已经或将要问世。这似乎在表明一种信息：'新文学'、'现代文学'、'当代文学'等概念，以及其标示的分期方法，将会很快地成为历史的陈迹。"确实，"当代文学"在20世纪80年代遭遇的危机，首先就表现在当代文学与现代文学的二分法或者近代文学、现代文学和当代文学的三分法面临着极其严峻的挑战。倘若近代文学和现代文学因为自我的完成和封闭而有可能"自洽"，那么当代文学的危机恰恰来自它的"未完成性"：不仅作为起点的"1949年"遭到挑战，而且内在包含着的"1979年"成为了另一套历史叙述的新起点，一套试图整体上把握 20 世纪中国的"现代化阶段论"的新起点。这样一来，当代文学就要在双重意义上为自我的存在辩护，一方面要站在"1949 年"的立场上强调当代文学的"历史规定性"，也即中国的社会主义革命和实践规定了当代文学的历史走向；另一方面则要包含"1979 年"的变化来整合当代文学的内在冲突，也即如何将"前三十年"（1949—1979）的"革命与建设"和"后三十年"（1979—2009）的"改革与开放"作为一个有机整体来把握。

然而，绝大多数对于当代文学概念的讨论以及相关的当代文学史写作，或多或少地回避了上述两个方面的难题性，只有洪子诚的《中国当代文学史》对此有比较明显的自觉，他细致地分疏了当代文学的三重含义："首先指的是 1949 年以来的中国文学。其次，是指发生在特定的'社会主义'历史语境中的文学，因而它限定在'中国大陆'的这一区域中……第三，本书运用'当代文学'的另一层含义是，'当代文学'这一文学时间，是'五四'以后的新文学'一体化'倾向的全面实现，到这种'一体化'的解体的文学时期。中国的'左翼文学'（'革命文学'），经由 40 年代解放区文学的'改造'，它的文学形态和相应的文学规范（文学发展的方向、路线，文学创作、出版、阅读的规则等），在 50 至 70 年代，凭借其时代的影响力，也凭借政治权力控制的力量，成为唯一可以合法存在大的形态和规范。只是到了 80 年代，这一文学格局才发生了变化。"很显然，当代文学的第二点和第三点含义分别针对的是"1949 年"和"1979 年"这两个不同的历史起点，不过细心分疏，还是可以看出他所使用的策略略有差别：针对"1949年"，强调的是当代文学的社会主义性质，但针对"1979 年"，却需要面对"20 世纪中国文学"这类叙述所强化的"断裂"说——即前三十年的当代文学使五四开启的中国现代文学进程发生了"断裂"，只有到了 70 年代末的新时期文学，这一进行才得以继续——而提出"延续"

说，也即前三十年的当代文学，"是'五四'诞生和孕育的充满浪漫情怀的知识者所作出的选择，它与五四新文学的精神，应该说具有一种深层的延续性"。[1] 仅就文学精神而言，这种"延续"似乎并不会引起太大的异议，可是一旦引入了文学体制，就会发现现代文学和当代文学之间的区别，并不在于文学的语言、形式和内容方面的差异，而是来自于现代文学体制和当代文学体制之间的巨大转变。现代文学是依靠什么生产出来的？它的生产机制是什么？这样的一个生产机制在 1949 年之后发生怎样的变化？当代文学又是如何依靠着这个体制的变化重新确立起来的？并表现出与现代文学不同的文学形态和文学面貌？围绕着这一系列问题，引申出来的就是洪子诚老师一直强调的"当代文学的一体化倾向"。

所以，程光炜老师在他的《文学讲稿："八十年代"作为方法》一书中，故意要用对现代文学与当代文学的分野、分歧和分化的讨论，作为他"重返八十年代"起点。人们可以很轻易地举出一大堆理由来证明当代文学和现代文学本是一家，不难打通，然而实际上，20 世纪中国文学在今天未能一统天下，当代文学也没有成为历史陈迹。究其原因，是因为 20 世纪中国文学虽然以打通为诉求，实则用 80 年代构建出来的现代文学的"启蒙"和"审美"之双重面影，遮蔽了当代文学的政治性，进而"缝合"起现代与当代之间的差异与断裂；而在某些人眼中是高度意识形态化的当代文学也必然要面临合法性危机：它既无法改变 1949 年新中国成立这一政治性奠基所赋予自身的起点，同时又必须包容 70 年代末以来改革开放带来的深刻转折，因此，当代文学只能以其内在的"断裂"承载着巨大的历史内容。"缝合"的叙述固然光滑，却是以牺牲研究对象的丰富和复杂为代价的；"断裂"的历史

---

[1]　洪子诚："关于五十至七十年代的中国文学"，载《文学评论》，1996 年 2 期。

虽然无法达成共识，却也以难以克服的矛盾显示出研究的难题性，拒绝任何轻率的断言和盲目的自信。问题的关键并非如何在"缝合"与"断裂"之间作出非此即彼的选择，无论是"缝合"还是"断裂"，作为历史叙述的策略，只能被理解为是"叙述者"的"态度"。当然，这种态度不仅仅由叙述者的主观意识和感觉结构所决定，更是被特定的历史处境、社会背景和知识范型所架构。由此如何在"缝合"的叙述中发现内在的"断裂"，以及在"断裂"的历史中重新想象"连续性"叙述的可能，应该是更有意义的工作。

　　这正是程光炜老师的"深意"所在，现代文学也好，当代文学也罢，如果不能真实地面对复杂的历史和变动的现实，只能沦为概念的游戏，而"重返八十年代"所要激活的恰恰是现代文学和当代文学曾经有过的回应"历史"与"现实"的那种"活力"。众所周知，正是从"文革"到"改革"的转折造就了所谓"八十年代"，以它为中心，向上可以回溯到"文革"和"十七年"中国家与文学之间的特殊形态，向下则能够把握住整个八十年代以降直至九十年代文学的新走向。以往对"八十年代文学"的研究总是强调它与"文革文学"以及"十七年文学"之间"断裂"的一面，对两者之间的"延续"却视而不见或有意忽略。需要指出的是，"断裂"和"延续"既不是简单的对立，也不是庸俗地归结为"没有文革文学，何来新时期文学"，而是在注重"八十年代文学"的"转折性"特征的前提下，发掘更深层次的"延续性"。这种"延续性"特别明显地表现在国家与文学的关系上，也即具有鲜明中国特色的现代全能主义国家体制（既表现为文化和知识体制，也表现为经济和政治体制）及其改革与文学创作（包括围绕创作而产生的出版、批评、宣传等活动）及其改革之间的多重联系、相互影响和彼此冲突上。正是在这种复杂的视野中，"重返八十年代"显得尤为必要和紧迫。

二、作为"方法"的"八十年代"：为什么要重视"前三年"？

把"八十年代"作为一种"方法"来把握，意味着"八十年代"不仅是"物理时间"，同时也是"文学史时间"，甚至可以超越一般时间的限制，成为某种"价值"和"视野"的代名词。因此，作为"方法"的"八十年代"既非"本质论"地重建"八十年代文学"的"史实"，力图恢复历史的真相；也不是"怀旧式"地追思"过去的好时光"，把历史中存在的"八十年代"转化为可供大众消费的"八十年代热"；而是"如何将熟悉的'八十年代'重新'陌生化'和'问题化'。另一个问题是，如何让清晰、有力和不容分说的'知识'多少带上一点点'历史的同情和理解'，而不是单刀直入和直接攻取的阻力和难度"。[1]

但"如何将熟悉的'八十年代'重新'陌生化'和'问题化'"，也有不同的策略。因为我们"熟悉的'八十年代'"所关涉的核心命题就是"现代化"叙事，这套叙事在政治上表现为从"以阶级斗争为纲"转移到"以经济建设为中心"，在历史观上则体现为"现代化史观"取代了"革命史观"，在文化上则是"自律性"和"自主论"替代了"他律性"和"服务论"，具体到文学方面，当然是"纯文学"的"审美"论述逐渐取得了霸权地位。借用雷蒙德·威廉斯的术语，可以说在"八十年代"，"新兴"的"现代化"叙事占据了"主导"地位，而原来具有领导性的"革命"叙事下降到"残余"境地。如此一来，所谓"将熟悉的'八十年代'重新'陌生化'和'问题化'"，就意味着"重返八十年代"必然要重新检讨主导"八十年代"的"现代化"叙事。然而，重新检讨"现代化叙事"也有不同的路向：如果仅仅是出于对

---

[1]　程光炜：《文学讲稿："八十年代"作为方法》，北京，北京大学出版社，2009年。

20世纪90年代以来高度市场化进程的不满以及简单地将这种不满归结在"文化"的失落或"知识分子"的边缘化，那么很有可能一厢情愿地美化"八十年代"，似乎那时的"文化热"或"知识分子"已经前瞻性地批判了今天"市场经济"的弊端。某种程度上引导了"八十年代热"的《八十年代访谈录》（查建英）自觉或不自觉地就是用这种策略来重新讲述"八十年代"的故事；而作为被访谈者之一的甘阳则把他当时主编的《当代中国的文化意识》的书改名为《八十年代的文化意识》重新出版，在"再版前言"中，甘阳强调指出："八十年代似乎已经是一个非常遥远的时代。八十年代的'文化热'在今天的人看来或许不可思议：'文化'是什么？这虚无缥缈的东西有什么可讨论的？不以经济为中心，却以文化为中心，足见八十年代的人是多么地迂腐、可笑、不现代！但不管怎样，持续近四年（1985—1988）的'八十年代文化热'已经成为中国历史意识的一部分。"与查建英的"怀旧"情绪不同，他以"西学在中国"的问题意识带出了"八十年代文化热"中颇为独特的现象，那就是"文化热"中所引介的"西学"——无论是"诗化哲学"还是"批判理论"——"不以经济为中心，却以文化为中心"，既先在地包含了对"现代化"内在分歧——只是到了20世纪90年代，才将这种分歧表示为"现代性对现代化的反思"或"反现代的现代性"——的某种自觉或不自觉的把握；又敏感地蕴含着对业已展开的"市场化"——当时官方的表述从"有计划的商品经济"逐步放开为"社会主义商品经济"——后果与弊端的警惕和批判。可他只是将"西学之引入"以及"西学"内部的"现代性分歧"归结为"当代中国的文化意识"，却没有进一步地追问，为什么在"市场化"尚未大规模成为现实的"八十年代"，"文化热"却在"意识"层面上转化出对"市场化"弊端的克服？

很显然，回答这个问题不能局限在"文化热"或"西学热"的内部，否则只能推导出当时翻译和介绍的对象本身如尼采、海德格尔或法兰克福学派等具有反思和批判"现代化"叙事的特质，无法深入地揭示是何种动力或怎样的"前理解"决定了"文化热"对"反（思）现代化"思潮的接受。这样看来，"文化热"以及相应的"八五新潮"之所以构成"重返八十年代"的重点所在，一方面固然是由这一潮流在整个八十年代所扮演的具有转折意义的角色所决定的，另一方面则与它以"反（思）现代"的方式汇入"现代化"叙事的姿态密切相关：仅就文学而言，"八五新潮"确立的"纯文学"想象和"审美"现代性，确实具有批判"现代化"后果的功能，不过这种批判依然服从于"现代"合理分化逻辑的支配，无论是"文学回到自身"还是"审美自律性"的建立，最终都屈服于"现代性"各安其位的规划，即使是批判者，也被迅速转化为对批判对象的另类支持。如果从"纯文学"发展到今天的延长线来看，当代文学日益成为某种圈子的玩意——或是孤芳自赏，或是迎合市场——逐渐丧失和社会生活的对话能力，不难发现这一危机的萌芽早在"八五新潮"就开始出现了。

　　然而，正如我前面有意引用威廉斯的说法，文化的位置在转型时代可能发生一系列具有连锁效应的位移，"新兴"的文化争取到领导权，成为了新的"主导"文化，导致"旧有"的文化丧失领导权，只能以"残余"的形式存在。值得注意的是，"主导"不等于全面接管，"残余"也不是都被消灭，更何况"新兴"文化上升为"主导"文化，"旧有"文化下降为"残余"文化，在两者运行轨迹的交汇处，必然伴随着激烈的冲突和摩擦，此消彼长的过程中"残余"文化不仅反复争夺"主导"地位，即使丧失了领导权，也不意味着从此退出历史舞台，"残余"文化之所以被称为"残余"，就是它在"主导"文化的宰制下，也能潜在地发挥绵长悠久的作用。蔡翔、倪文尖和我在讨论"八十年代文学"时，就特别强调不要把"八五新潮"变成了"八五主潮"，即不能简单化地用一种"现代化叙事"一统天下——甚至那种以"反（思）现代化"面目出现的"叙事"也难免暗合"现代化"的另一种逻辑——而是要注意到各种不同"叙事"之间的摩擦、冲突和交汇。譬如我们提出"重返八十年代"必须高度关注"前三年"的"过渡作用"：所谓"前三年"，并不仅仅具体指向作为"八十年代"开端的1977 年至 1979 年这三年，而是更广泛地涵盖了 70 年代末 80 年代初这一更长时段的"过渡期"，通过对这一过渡期放"电影慢镜头"，不难发现"革命"叙事与"现代化"叙事之间微妙复杂的关系，从而为重新理解"八十年代"尤其是突破"八五新潮"构建的单一视野提供了可能性。[1] 所以也有更年轻的朋友不无鼓励地认为，我们的讨论虽然不是一种严格的文学史书写，却试图重新创造某些可以用来重新叙述文学史的概念，诸如"前三年"、"少数"/"多数"的时代、"八五新潮/主潮"等等。原因在于当人们面对"八十年代文学"时，如果只按照时间顺序说出"伤痕文学"、"反思文学"、"改革文学"和"八五新潮"时，却发现这些概念无法涵盖为数不少的同时期作家，以至于这些作家必须以另一种作家论的文学研究方式来研究，并且，对于这些作家的研究又无法创造出新的概念，以至于他们仿佛是历史中不可处理的幽灵和孤证。[2] 为了更深入地把握"八十年代文学"，当然需要重新寻找新的文学史范畴和概念，不过更重要的似乎是摆脱单一叙事的束缚，发掘转型期文学的特征，形成一种更开放、更灵活和更复杂的文学史眼光。

三、"八十年代"在何种意义上终结：重读"新写实"

具有这样一种眼光来重读八十年代，那么不只是"前三年"值得

[1]　蔡翔、倪文尖、罗岗：《文学：无能的力量如何可能》
[2]　林凌：《文学中的财富书写——新时期文学写作演变再考察》

仔细分析，"后三年"同样需要认真解读。和"前三年"一样，"后三年"也不是只包括 1987 年至 1989 年这三年，而是更宽泛地指向 80 年代末 90 年代初中国社会又一次影响至今的深刻转型。具体而言，至少包含了改革实践的转向和改革方向的讨论两个方面，前者指的是从"农村体制改革"转向"城市体制改革"，由于城市体制改革涉及面相当广泛，引入市场机制也非一蹴而就，由此导致了关于"改革方向"的讨论，譬如围绕城市体制改革，就有以"价格体制改革"为先导还是以"企业所有制改革"为先导的争论，前者俗称"闯物价关"，实际上指的是改革原有的计划价格体制创造出新的市场关系，由此也衍生出"价格双轨制"的过渡形态，并为形成"官倒"等腐败现象提供了现实条件；后者则是希望以"产权明晰"的方式，将国有大中型企业私有化……如果和前苏联发生的"休克疗法"等激进市场化的方式相比较，中国的市场化过程始终是一种渐进式改革。而 1987 年十三大提出"社会主义初级阶段理论"是一个重要的基点，这个理论的提出——其关键点在于，由于生产资料公有制占主导地位和实行按劳分配的原则，中国已经是一个社会主义社会，但因为经济上处于落后的地位，也即"先进的社会主义制度"与"落后的社会生产力"之间的矛盾，所以必须利用市场的力量大力发展生产力，才能实行社会主义的现代化——进一步确证了"改革开放"的发展路向。这一路向大致可以概括为如下几个方面：经济增长率的提高特别是农业和商业领域的多种经营以及商品化、市场化趋势的不断加强；国内和国际贸易的持续增长特别是通过外债和外资扩大了使用海外资本和技术的机会；通过"家庭联产承包责任制"既解体了原来的集体化农业和农村结构，又转移大量农业剩余劳动力到更多产、更赚钱的副业、商业和工业领域；无论是城市和农村，居民的收入和消费都有相当程度的增加，尽管这个增加过程往往是以不均等的方式展开的，但在绝对质上都有不同程度的改善……这种改革的路向用当时的话来说，是"市场调节"和"计划调节"相结合，其实质则是建立具有中国特色的市场经济体制，起到关键作用的应该是1984年10月召开的十二届三中全会所作出的《中共中央关于经济体制改革的决定》，后来人们所熟悉的"利改税"、"拨改贷"以及"放权让利"都出自这个《决定》。而"八五新潮"的兴起以及迅速地确立主导地位，恰恰与市场经济体制的建立互为表里——不妨借用张旭东的说法，这确实是一种"改革时代的现代主义"，也许这种"现代主义"对"市场经济体制"在意识上构成了某种批判，但就其根源而言，它依然高度依赖于"改革时代"，甚至成为了这一时代的"文化逻辑"。

只不过市场经济有其两面性：我们不能光留意"新小说在1985"的盛况，却忘记了同样在1985年，伴随着工业生产率高达20%的惊人增长，北京、上海等大城市居民第一次深刻地体会到市场的危害——通货膨胀的爆发使得居民生活必需品的价格上升了30%，普通城市居民的生活水平急剧下降；而在农村，相应的问题也出现了，最突出的也许是由于集体经济的解体，原来集体所拥有的各类设备或分或卖；而之前数十年高集体积累所建立的社会、生产和生活基础设施也日趋老化——如农田水利基本建设无人问津，农村合作医疗制度基本解体，农村学校的数量和学生注册人数则急剧下降——国家农业投资逐渐减少，其他集体性投资和私人生产性投资都被引导到更赚钱的商业和工业中去了，由此引起了1984年到1989年间的农业停滞；更不用说由于无法对价格体系进行全面的改革，很长一段时间"计划"与"市场"的价格实行"双轨制"，导致了所谓"官倒"等一系列严重的贪污腐败……对上述现象的描述并非否定改革的成就，而是为了说明，1985年之后，恰恰是在改革无论是在实践上——表现为"市场经济体制"的逐步确立，还是在理论上——体现为"社会主义初级阶段理论"的提出，都取得显著成效的同时，也暴露出相应的问题和必须克服的危机。

成效与危机并存，这就是"后三年"所面临的复杂状况。就"成效"而言，"市场经济体制"的逐步确立自然意味着"现代化"叙事占据主导地位，传统"革命"叙事逐渐退场。"王朔热"的出现尤其是那份"顽主"式地戏谑"革命"传统的自信，对应着的就是这一历史过程；从"危机"来看，虽然不至于完全破坏改革的共识，却分化出对改革的不同理解，坚持在社会主义自我更新的框架内进行改革与激进地要求按照西方市场经济模式进行改革，构成了这种理解图谱的两极，中间自然还有形形色色的过渡形态；更关键的则是，人们开始意识到"改革"不仅不能解决所有的问题，还带来了新的问题，而且这些新问题是以前没有遇见过的，也找不到现成的解决方案，这就导致了一种前所未有的焦虑感和危机感。譬如当时从中央关于精神文明建设的文件到媒体围绕各种社会新闻展开的讨论，都涉及所谓"一切向钱看"带来社会风气败坏、道德沦丧的问题，尽管可以在理论上弘扬"共产主义道德"来抵制"一切向钱看"的风气，但找不到从根本上杜绝这一风气的方式。正如一句流行语——"钱不是万能的，没有钱却是万万不能的"——表明的，"市场经济体制"的逐步形成不仅确立了金钱关系的合法性，而且进一步将各种复杂的社会关系重置于金钱的客观性上，由此使得人与自我、人与社会以及人与国家的关系发生了一系列根本性的变化，并最终导致了"八十年代"的终结。

当时的"新写实小说"最早感受到这种关系的变化，并且力图用具体形式把握这一变化所导致的"八十年代"的终结。与"八五新潮"影响下的先锋派小说相比，由于坚持用具体化的方式把握现实的变化，"新写实小说"并不处于"先锋派"抽象化形式试验的延长线上，而是表现为对现实主义的复归，当然，这种复归并非简单地回到传统现实主义的创作方法上——一方面现实生活的急剧变化已经对传统现实主义的方法构成了挑战；另一方面则是即使在形式、技巧和手法上呈现出回归现实主义的趋势，但不容忽视的是，这种回归同时也内在地包含了对"八五新潮"所标示的现代主义形式探索或正或反的回应——而是在更高的层面上构成了一种经过"先锋派"艺术淘洗的"新型"的现实主义。由此可见，作为一种创作方法上的革新，"新写实"既可以放在在现实主义和现代主义相互吸纳彼此制服的复杂关系中来理解，不过从"形式的意识形态"的角度来看，推动"新写实"成为一股潮流的动力，也许更应该从 80 年代"后三年"中国社会面临的转机与危机中寻找。特别是"后三年"社会结构和情感结构的转变如何形式化为"新写实"小说文本叙述结构的变革，两者之间的中介和勾连，恰恰是今天重读"新写实"以及通过重读勾勒"八十年代"全貌所需要关注的焦点所在。如果离开了机关性质的改变，那个也叫"小林"的大学毕业生，作为另一个"组织部新来的年轻人"，大概就不会经历"一地鸡毛"的平庸吧（刘震云：《一地鸡毛》）；假设没有了工厂单位的解体，那个叫"印家厚"的中年人，虽然一直活得不轻松，但估计也没机会体验"烦恼人生"的滋味吧（池莉：《烦恼人生》）……在这个意义上，陈小碧用"日常生活的启蒙"来概括"新写实"小说的主题内在于 80 年代启蒙主义却又在另一个层面上构成了对启蒙的质疑；用"生活政治"来描述"新写实"小说的政治性表现为徘徊在"去政治化"和"再政治化"的两面之间；用"微观权力"来界定"新写实"小说对现代性的反思既有对微观权力运作的发现和再现又有对宏大叙述的疏离和忽视；用现实主义和现代主义的变奏来勾画"新写实"的艺术追求有可能在简单的二元对立中走通创作的"第三条道路"……[1]

---

[1]　陈小碧：《回到"事物"本身——论"新写实"小说兼及 1990 年代文学转型》上海，复旦大学出版社，2011 年。

她对"新写实"的研究为我们重读"80 年代",尤其是把握处于 80、90 年代之交的"后三年"以及意识到"80 年代"不可避免的终结,提供了一个不可多得的视角。

八、预言与危机：重返"人文精神讨论"

一、知识分子的"失语"与"大拒绝"

2003 年，正好是 1993 年兴起的"人文精神讨论"的"整日子"，上海交通大学以"人文精神讨论十年祭"为题，邀请这次讨论的主要发起人之一王晓明发表演讲。"祭"是一个相当庄严但也意义明确的词汇，它表示"人文精神讨论"在经过十年风雨之后，可以正式地进入"历史"了。然而，王晓明在这个以"祭"为题的演讲中，却再一次强调了重提"人文精神讨论"的现实性与必要性：

> 我今天所以在这里重谈"人文精神"大讨论，更是因为，我觉得十年前发生的人文精神的讨论，并不仅仅是一个已经过去了的事情，它其实依然是我们现实生活的一部分。为什么这么说？并不是说这个讨论一直延续到了现在，而是说这个讨论所针对的那些问

题，在这个十年里，非但没有消失，我甚至觉得它们还日长夜大，在我们的现实生活中越来越重要。[1]

的确，假设根据"消解宏大叙述"的"后现代"观点，"人文精神"本身就是一个可疑的"元叙述"；如果按照"各领风骚三五天"的商业化逻辑，十年前的"讨论"早该扫入"故纸堆"了；倘若遵循"知识分工、学科分化"的学院化原则，"人文精神讨论"顶多只能算是"越位逾规"的"争论"，很难说有多少学术价值……然而，"人文精神讨论"的可贵之处就在于，它没有放弃整体上把握社会状况的努力，尽管这种努力在当时还显得十分艰难和稚弱——这就区别于"后现代"只能停留在"微观"层面的"犬儒"姿态；它高调地将"人文精神"界定为"超越性"的和"普遍性"的："'人文精神'，是对'人'的'存在'的思考，是对'人'的价值、'人'的生存意义的关注，是对人类命运、人类痛苦与解脱的思考与探索。人文精神更多的是形而上的，属于人的终极关怀，显示了人的终极价值。"[2]也许今天看来，这种简单对"人的价值"的诉求值得反思——但在当时却非常明确地表示出对"利益至上"的"商品经济大潮"的抵抗。之所以"人文精神讨论"具有这种"大拒绝"的品格，根本上是因为"讨论"的基调是由知识分子的身份而不是后来流行的专家学者的角色决定的。正如王晓明在"十年祭"的演讲中说的："这场讨论是中国知识分子在那样一个社会剧烈动荡、迷茫、痛苦、困惑的阶段之后，开始慢慢地恢复活力，发出声音的开始。20世纪80年代知识界非常热闹，各种观点很多，讨论很热烈，但从1989年夏天至1992年，几乎没人说话，很沉

---

[1]　王晓明："人文精神讨论十年祭——在上海交通大学的演讲"，载当代文化研究网：http://www.cul-studies.com/community/wangxiaoming/200505/1939.html
[2]　高瑞泉、袁进、张汝伦、李天纲："人文精神寻踪"，载《读书》，1994年第4期。

闷，而'人文精神'的讨论可以说是知识界第一次重新大声说话。正因为是第一次，所以许多人都会加入，因此，客观上就成为一个标志，一个知识界恢复思想活力的标志。"[1] 可以补充的是，虽然在"人文精神讨论"之前，知识分子也尝试着从巨大的"历史震惊"中挣脱出来，恢复自我的身份认同。譬如"学术史与学术规范"的讨论，就可以被理解为知识分子力图在变动的时代重新寻找位置的一次努力。[2] 无论是"学术规范"还是"岗位意识"，它们代表的是知识分子在历史性溃败之后的"向内转"：转向学者、学术和学院，与社会的关系则维系在"学者的人间情怀"上。也就是在学院与社会之间重新划分了一条界限，如果有谁随便跨越这条界限，轻则斥之为浮躁，重则被视作不尊重学术，丧失了学者安身立命之本。尽管"学术史与学术规范"的讨论有其特定的历史意义，但今天回头来看，不能不指出这种"向内转"在某种程度上为 20 世纪 90 年代中期之后知识分子迅速"学院化"和"体制化"做了理论上的准备。而"学院化"和"体制化"的结果就体现在，一方面由于"知识分化"和"学科分工"的不断强化，学院中的学者逐渐失去了整体性把握社会的能力，由关注公共问题的知识分子转化为聚焦专业领域的专家学者；另一方面与"学院化"相配套的是教育"产业化"，大学无时无刻地需要面对各种的市场要求：项目市场、科研市场、招生市场和就业市场……等的共同作用，使得大学的"学术人"同时也被定位为"市场人"和"经济人"，并且在市场经济中逐渐蜕变为一个特定的"利益集团"。

与"学术史与学术规范"讨论相比较，很容易看出来，"人文精神"讨论体现出"大拒绝"的品格，相当大的程度上是因为它坚持了

---

[1]　王晓明："人文精神讨论十年祭——在上海交通大学的演讲"。
[2]　关于"学术史与学术规范"的讨论，可以参见《90 年代思想文选》第一卷中所收录的相关文章，罗岗、倪文尖编，南宁，广西人民出版社，2000 年。

知识分子的立场。尽管这两次在时间上几乎前后相续的讨论，都可以看作是知识分子重新自我认识、自我定位的努力，但和"学术史与学术规范"讨论不同的是，"人文精神"讨论对知识分子的身份认同不是建立在"向内转"的基础上，尽管很多参与讨论者都强调了知识分子的独立性，譬如陈思和指出"人文精神是一种入世态度，是知识分子对世界对社会独特的理解方式和介入方式，是知识分子的学统从政治中分离出来后建立起来的一种自我表达机制"；而许纪霖则更具体地强调知识分子工作的"超越性价值"，借以与"政治激情"或"商业激情（名利欲望）"相对，他认为可以将人文精神理解为一种新的"道"，"这种'道'不再期望以意识形态的方式将学术和政治'统'起来，它只是在形而上的层次上为整个社会的文化整合提供意义系统和沟通规则"。这种新"道统"与"学统"和"政统"的关系是平等的，积极的，生动的。他把人文价值视为"不亚于钱、权的第三种尊严"。[1]但这种"独立性"不是依附于学院制度，而是要在"学统"之外找到某种更坚实的内在依据。这一内在依据如果可以称之为"道统"的话，那也不是一种抽象的"形而上之道"——尽管"人文精神"倡导者们似乎也没有着重厘清"道统"究竟是何含义，从而被批判者称之为"具有极为强烈的神话性"——然而，就像陈思和所说："人文精神只能在与时代的对话甚至龃龉中产生"，[2]知识分子"独立性"的"内在依据"重新确立，必然意味着"知识分子"与"社会"、"时代"之间关系的重建。具体而言，则是在 1989 年至 1992 年这一历史巨大的转折面前，知识分子如何恢复言说自我、社会和世界的能力问题，如何在新的历史语境下生产意义、再造价值的问题，也即在 20 世纪 80 年代所形成的思想、理论和知识"共识"逐渐破灭的危机时刻，怎样走出"失语"

[1] 许纪霖、陈思和、蔡翔、郜元宝："道统、学统与正统"，载《读书》，1994 年第 5 期。
[2] 同上。

困境的问题。王晓明在一篇题为《我们能否走出失语的困境》的文章中相当生动真切地描绘出这种"危机感"。

　　20世纪80年代晚期的一系列社会事变，却像扑面而来的风沙，刮得我晕头转向。仿佛从一个长长得美梦中骤然惊醒，四周的一切都那么陌生，不要说社会、公众、政府那样的大事物了，就是我自以为熟悉的个人，都一个个出乎意料；甚至我自己，我内心深处的那些隐秘的冲动，也接连叫我大吃一惊。难道我先前对它们的认识，都只是一堆幻觉？难道我牢牢捧住的新的希望，也竟是建立在幻觉之上？我不敢相信，又不能不信，于是就像受骗的孩子那样，勃然大怒了。可是，你怎么会受骗的？

　　那该杀的骗子又在何方？我满怀愤激去搜索目标，却发现自己走入了鲁迅说的"无物之阵"，并没有哪个单独的势力能够为这骗局负责，它更像是造化设下的一个圈套，两百年来中国人遭逢的种种境遇，整个民族在危机中作出的种种选择、知识分子对社会命运的种种理解，甚至你自己的知识背景和思想能力——倘若这一切都成了那个骗子的同党，你又向谁去发泄你的怨恨？"[1]

　　因此，为了克服"失语"的困境，知识分子必须将"自我"与"社会"统一起来，既要确立自我，又要把握社会。于是在"人文精神"讨论中，我们可以很清楚地看到，知识分子对"自我"的批判——最严厉的说法莫过于"自甘堕落"[2]——同时也是对社会的批判，而对精神的把握——不论宣称"人文精神"早就"失落"或是正被"遮蔽"——无疑是对"现实"的把握。这也正是不少"人文精神"倡导

---

[1]　王晓明："我们能否走出失语的困境"，载《90年代思想文选》（第一卷）。
[2]　王力雄："渴望堕落——谈知识分子的痞子化倾向"，载《东方》，1994年第11期。

者的自我理解和自觉意识，还是王晓明说得清楚，"人文精神讨论"是
"一场针对现实的精神问题而展开的讨论，它源发于我们具体的生存经
验，是始终在中国特定的社会、文化和思想环境中酝酿、伸展并最终
破土而出的。"[1]

二、以"精神"把握"现实"

那么，当时他们面对的是怎样一种"现实"呢？1992年春天带
动的市场化大潮呼啸而至。尽管只有短短的一年时间，人们还不太清
楚这场"大潮"究竟会怎样深刻地改变中国社会，但就知识分子熟悉
的文坛而言，1993年已经显得颇不平静：这一年，各种报刊纷纷扩版
和改版，既是适应信息量倍增的现实，也是为新兴的广告业提供更多
版面。一批纯文学刊物为了适应市场经济和满足读者需要，纷纷改版
为综合性文化刊物，而同时在中国创办时间最久、在文坛具有极大影
响力的大型文学期刊《收获》却在经济上陷入窘境；这一年，文人纷
纷"下海"经商，陆文夫创办"老苏州弘文有限公司"，张贤亮创办
"宁夏艺海实业发展有限公司"，谌容一家创办"快乐影视中心"。笔名
"周洪"的畅销书写作群体与中国青年出版社签约，三年内，所有署名
"周洪"的书稿，都只能由中青社出版，被新闻媒介称为"周洪卖身"
事件；而在这一年，以"朦胧诗人"著称于世的顾城在新西兰威赫克
岛上用斧头砍死妻子谢烨，自己自缢身亡，"诗人之死"引发了文学
界、思想界和媒体的激烈讨论；这一年，王蒙在《读书》上发表题为
《躲避崇高》的文章，热烈地为被大众喜爱却饱受舆论批评的作家王朔
辩护；也在这一年，上海的一批知识分子在《上海文学》第六期上发

---

[1]　王晓明：《半张脸的神话》，广州，南方日报出版社，2000年。

表了长篇对话录《旷野上的废墟——文学和人文精神的危机》，批判的矛头直指文学界和知识分子的精神溃败，至此拉开了长达两年之久的"人文精神讨论"的序幕。[1]

从简单的回顾中不难看出，巨大的社会变化最初并不是以整体性的方式呈现的，而是作用于不同人群的经验领域。从 20 世纪 80 年代走来的知识分子，他们对"商品化"、"市场化"的第一感觉无疑来自于和自己密切相关的文化领域，但文化领域的变化却以"时代"的显著"落差"表现出来：这边厢，90 年代轰轰烈烈的"下海"潮，文人追着赶着顺应市场经济规律；那边厢，80 年代俱成往事，昔日岁月里风光无限的人事趋向沉沦与没落……因此，报刊改版、文人经商、签约写作虽然不足以概括作商品经济大潮的全貌，但作为中国式"市场经济"的某种表征，固然显示出在新的社会变动面前，文化作为商品为满足市场需要而发生的变异，然而，尤为关键的是，它比抽象的"市场化"更直接地逼问知识分子在新的历史语境下如何安身立命？ 80 年代以来形成的一系列对自我、社会和未来的理解还能发挥作用吗？对敏感的知识分子而言，尽管他们没有而且当时也认为不必要对社会变动进行详实的调查研究，但这没有妨碍知识分子从"精神"、"意识"和"理想"的高度来"预言"式地把握"现实"和"时代"。这不是一个简单的"经济基础"与"意识形态"对应的问题，而是复杂的"精神"与"现实"互动的辩证法。不过，造就这种现象的原因其实一点也不神秘，它直接来自于80年代知识分子对社会和时代的整体性承担，离开了80年代这一"理想"状态，我们根本不能想象"人文精神讨论"的动力和洞见从何而来。就像当时已有论者指出的那样，"人文精神讨论"中尽管充满 "普遍性"、"终极关怀"、"超越"和"形而上"等抽

---

[1] 上述资料参考了张志忠:《1993: 世纪末的喧哗》, 济南, 山东教育出版社, 2002 年。

象的概念词汇，但这一问题的提出，本身就是知识分子对于当代现实的思考和回应，充满了"世俗关怀"。这种"关怀"的社会对应物，在90年代的语境中就是商品化、市场化经济转型的现实。[1]

因此，在"人文精神讨论"中，对"现实"状况的把握几乎毫无障碍地转化为"精神"困境的表述。在引发讨论的那篇对话录中，王晓明等人指出当下整个社会对文学的冷淡，文学创作上的媚俗、自娱、消费性、商品化和想象力贫乏等等，表明我们目前面临着"深刻的人文精神的危机"，"对发展自己的精神生活丧失了兴趣"。在商品经济大潮冲击下，价值观念大转换，五千年以来信仰、信念和信条无一不受到怀疑、嘲弄，却又缺乏真正的建设性的批评。"今天的文化差不多是一片废墟"。[2] 不应该仅仅把这些看起来颇为严厉的批评看作是知识分子面对市场化大潮的自艾自怜，而是要从中感受到在这种对文学和文化状况的哀叹中，是否凝结了这一时代某种未被人道破的精神创痛，以及知识分子面对精神困境所应该承担的责任？王力雄在一篇当时影响很大的文章《渴望堕落》中，将知识分子与社会变动的关系表达得更为彻底，他强调知识分子承担着"终极关怀"的价值系统，是凝聚社会的粘结剂，缺少它便会引起社会紧张和冲突。中国社会的精神结构本已百孔千疮，若是唯一担负对其进行重建、更新和修补之职能的知识分子放弃坚守，自甘堕落，并且"反戈一击"，对于未来的危机，中国知识分子恐怕难以推卸自身责任。[3] 今天回头来看，王力雄的某些说法可谓不幸而言中。社会变了，时代变了，人的精神生活又会发生怎样的变化？知识分子是否需要为这个变动的时代创造新的精神形式？

---

[1]　刘康："对中国当代文化思潮的几点思考"，载《文艺争鸣》，1994年第6期。
[2]　王晓明、张宏、徐麟、张柠、崔宜明："旷野上的废墟——文学和人文精神的危机"，载《上海文学》，1993年第6期。
[3]　王力雄："渴望堕落——谈知识分子的痞子化倾向"，载《东方》，1994年第11期。

　　这些迫切的问题至今并未得到满意的答案。而"人文精神讨论"却早在变化刚刚开始时直觉式地预示了变化中的"危机"，把这个时代需要怎样的"精神生活"和"精神状况"的问题摆在了人们面前。这也就是为什么十年过去了，王晓明还特别愿意指出："'人文精神'讨论毕竟打开了一个另外的空间，一个讨论生存的意义、价值、伦理和精神信仰的空间。与对制度性问题的讨论相比，这个空间好像是虚的，是无形的。可是，今天我们回过头来看，就会发现，制度性的改革并不能够解决一切，它还需要另一方面的支援或配合，这所谓另一个方面，用一句老话来讲，就是'人心'……是'人文精神'的讨论，以那样一种强烈的方式，把这个精神的问题，这个精神生态的恶化的问题，特别提到了公众的眼前。在这个意义上，我觉得，这个讨论因此具有了特定的生命意义，好像一直还活着，延续到了今天。"[1]需要进一步指出的是，"人心"的问题即精神性问题并不依附于制度性问题，相反，历史地看，中国作为"后发性"现代化国家，几乎在每一个时代转折期，"精神"、"思想"和"意志"都发挥了巨大的作用，甚至起到了"制度性变革"的先导作用。而今天的"危机"某种程度上却是"精神落后"的"危机"，因为近十几年来逐渐形成的市场社会达成的共识是，"制度性变革"可以在根本上解决"精神性问题"。譬如在"人文精神讨论"中，某些经济学家关于"市场经济"能够自发产生"人文精神"的意见在当时只能算是一家之言，却在以后成了主流意识

---

[1]　　王晓明："人文精神讨论十年祭——在上海交通大学的演讲"。

形态。[1] "市场万能"的幻想导致的恶果大家有目共睹。所以，重返
"人文精神讨论"的必要性来自目前面临的"精神危机"，当然，所谓
"重返"并不意味着可以照搬当年讨论的内容来解决现在的问题，而是
需要重温"人文精神讨论"表现出的知识分子特有的"整体性"品格，
重建"人文精神讨论"突显出的知识分子必备的以"精神"把握"现
实"的姿态，重现"人文精神讨论"折射出的知识分子理想的对"意
义"、"价值"的追求。只有在这样统一的视野下，当代的"精神危机"
才不会被理解为仅仅是人文知识分子的危机、人文学科的危机和人文
社会科学研究危机，而是社会整体性危机的表征。只有在对当代社会
进行整体把握的前提了，我们才可能找到解决危机的方案。[2]

三、重返文学的立场

这就是为什么"人文精神讨论"特别重视文学的原因了。甚至可
以说"人文精神讨论"体现的正是一种文学的立场，尽管这种立场在
今天已经显得那么不合时宜，就连当年"人文精神讨论"的参与者也
弃之若敝屣。[3] 但不可否认的是，文学以及围绕着文学的相关机制的确

---

[1]　参见"人文精神：经济学家发言了"，载《中华读书报》，1995 年 11 月 5 日。其中经济学家盛洪
的观点颇具代表性，他认为市场经济的规则与人文精神、道德理想其实是一致的，自由、平等、公正、
守信这些神圣精神其实都源于最初的经济行为，只有在市场中人们才可能追求个人利益的最大化，这也
是经济学自由主义传统的出发点，也是它最真实的人文精神所在。市场经济中出现的道德沦丧、物欲横
流问题，应从计划经济中找原因，计划经济的物质化和等级制使整个民族精神物质化，摧毁了存在中国
几千年的伦理本位的道德规范。失去道德规范的中国人带着计划经济时的道德习惯进入市场经济，势必
爆发计划经济培养出来的全部人性恶，但此种爆发是暂时的，人们在追求个人利益的过程中会发现一些
暂对自己不利的规则其实是有利的，于是会形成道德自律，这是人文精神的前提。
[2]　王晓明在"人文精神讨论十年祭"中从总结"人文精神讨论"的经验教训的角度，强调了研究当
代中国现实的重要性，甚至称"研究当代中国社会，我个人认为这是摆在中国知识界或人文和社会科学
界面前的一个最重要的任务。我们今天的人文学术的最大的动力或者活力，就是来自于对这样一些问题
的回答。但有趣的是，他几乎没有提到"文学"在其中还能发挥怎样的作用。
[3]　譬如朱学勤就是"人文精神讨论"的参与者之一，但他成为"自由主义者"之后，就常常嘲笑中
国知识分子的"文学性"以及与此相关的"文化批评"，参见朱学勤："在文化的脂肪上瘙痒"，载《读
书》，1997 年 11 期，以及最近的"鲁迅的思想短板"，载《南方周末》，2006 年 12 月 14 日。

在某种程度上呈现出社会精神状况的"全息图像"，它以其对人的心灵、欲望和潜意识的敏感，比任何一门"分科之学"对"精神生活"的观察都更全面、生动、深入和复杂。我们不会忘记拉开"人文精神讨论"序幕的对话录《旷野上的废墟》，有一个醒目的副标题"文学和人文精神的危机"。他们从"文学杂志纷纷转向，新作品的质量普遍下降，有鉴赏力的读者日益减少，作家和批评家当中发现自己选错了行当，于是踊跃'下海'的人，倒越来越多"这种文学市场化的现象，发现"文学的现状"普遍存在着"从'文学应该帮助人强化和发展对生活的感应能力'后退，从'这个世界上确实存在着精神价值'这个立场的后退"，进而指出文学的"后退"标志着社会精神状况的危机，即"人文精神的危机"。[1] 很显然，倘若不拘泥于"人文精神"究竟有何实质性的含义，而是把它宽泛的理解为社会精神状况和精神生活，那么文学在这儿不仅仅是社会"精神生活"的表达，同时它也参与到塑造时代"精神状况"的历史过程中，并且以其特有的感性化品质，成为某种主动性力量。

那么，今天的文学是否还具有这种力量呢？表面上看，文学的处境与20世纪90年代初期相比较，似乎显得越来越困难。但是，这种困难不仅仅来自于"消费社会"的来临，文学逐渐被边缘化，因为历史地看，现代意义上的文学正是与消费社会相伴而生，同时又时时刻刻反抗着"消费"的逻辑；也不能完全归因在"景观社会"的兴起，影像对阅读的挑战早在一百年前就已经内在于文学创作之中了……尽管我们承认，由于技术、媒介和市场关系的变化，文学不得不面临许多前所未有的难题。譬如在当代中国，"市场化"趋势导致的不单是"流行读物"与"文学作品"争夺地盘，更关键的是在现代合理分化的

---

[1]　王晓明、张宏、徐麟、张柠、崔宜明：《旷野上的废墟——文学和人文精神的危机》，载《上海文学》，1993年第6期。

规划下，文学成为了专业主义的领地，它可以与市场保持一段距离，可同时也和道德、政治、历史与社会不发生直接交涉。

即便如此，只要"语言"依然是"人"与"人"、"人"与"世界"之间最重要的连接之一，那么文学的地位就不可能轻易动摇。就像美国哲学家理查德·罗蒂（Richard Rorty）所言，人类休戚与共感的形成，所依靠的不是一种共同语言，而只是人人都会有的"痛"的感觉，尤其是其他动物所不可能有的那种"痛"：屈辱。[1]但"痛"是一种非语言性的存在，如果要让人们感同身受，那就必须用语言来描述。这一描述不是简单的一次性"反映"，而是复杂的"再现"过程，它至少涉及三个层面：首先，将非语言性的"痛"转化为语言性的对"痛"的描述，即使不过多地考虑语言的建构作用，也应该清醒地意识到这是对不可表达之物的表达，需要运用各种策略、修辞和技巧才能达到相应的效果；其次，人类对"痛"的感受范围正日益扩大。随着对种族、性别、阶级和文化之间界限的不断跨越，原来许多不被重视甚至不被承认的"痛"逐渐被纳入到人类经验的版图中，必然要突破用来描述"痛"的固有语言形态。为了让更多的人感受到这愈益深广的"痛"，不仅是如何运用新的策略、修辞和技巧的问题，更重要的是要创造出新的表达方式和新的语言形态；最后，对于那些生活在社会最底层的被压迫者来说，他们常常处于"痛"加诸身而"无言"的状况中：一方面由于历史原因和现实境遇，被压迫者没有学会用"语言"来描述自己经验，甚至觉得根本就不值得去言说自我的处境，所以我们几乎听不到什么来自"底层"的"声音"，另一方面则是他们已经痛苦到无法用旧的语言来表达，甚至旧的语言构成了理解被压迫者经验的障碍……如何让被压迫者发出自己的声音，如果他们不能自己完成，

---

[1]　参见理查德·罗蒂在《偶然、反讽与团结》中的相关论述，徐文博译，北京，商务印书馆，2003年，以下引用该书，不再另外注明。

就需要别人替他们言说。"代言"问题在呼唤新的表达和新的语言的同时，必然要面对更严峻的言说伦理和权力关系。

无论是一般性的表达，或是日渐扩大的感受领域，还是要求"代言"的底层经验，这些共同构成的"再现"过程，意味着人类的"休戚与共感"需要透过"语言"——更确切地说，是对语言极富想象力的使用——创造出来：只有把陌生人想象为和我们境遇相同的人，只有把他们承受的痛苦转化为我们的感受，我们才真正建立起"人"与"人"之间的"想象的共同体"。把这两个不同的世界联系在一起的就是"语言"，尤为关键的是人们能否创造性地运用语言来达到这个效果。而我们都知道，就由经验到语言的化合作用而言，文学正是担负这一使命的最佳选择。理查德·罗蒂说得更加直白："逐渐把别人视为'我们之一'，而不是'他们'，这个过程其实就是详细描述陌生人和重新描述我们自己的过程。承当这项任务的，不是理论……是小说。狄更斯、施赖纳或赖特等作家的小说，把我们向来没有注意的人们承受的各种苦难，巨细靡遗地呈现在我们眼前。拉克洛、亨利·詹姆斯或纳博科夫等作家的小说，把我们自己所可能犯下的各种残酷，巨细靡遗地告诉我们，从而让我们进行自我的重新描述。"

尽管理查德·罗蒂对文学在社会中位置的讨论，离不开他所身处的历史语境，即"富裕的北大西洋民主社会"，其立论的根本也绕不过西方现代性"公"与"私"的内在分裂："要在理论的层次上将自我创造和正义统一起来，是不可能的。自我创造的语汇必然是私人的，他人无法共享的，而且也不适合于论证；正义的语汇必然是公共的，大家共享的，而且是论证交往的一种媒介。"但是，他对文学在当代世界中的重要性的强调，不只是有力地回应了媒体时代"文学之死"的喧嚣，而且赋予文学某种穿透"公"与"私"界限的可能性：在诗学和政治、心理和社会、自我创造与追寻正义……之间建立沟通，达到平衡。

因此，文学所面临的巨大困难，就不光来自于外部社会条件的变化，而取决于是否具备将变化的外部条件转化了自我创造的能力。这就是瓦特·本雅明（Walter Benjamin）所谓"作为生产者的作家"："一个透彻思考过当代生产条件的作家"的工作"不只是生产产品，而同时也在于生产的手段"。他要求作家深刻理解文学的"当代生产条件"，却并不是为了成为"熟练"工人，只会生产"合格"产品，而是需要一种创造性的能力，把"当代的生产条件"在"产品"中生产出来，也就是要"生产"出"生产的手段"。[1] 这意味着作家必须寻找和具备新的技术或技巧，才可能更深刻的介入和影响社会。借用理查德·罗蒂的说法，在"痛"的经验与对"痛"的描述之间，起关键作用的依然是新的语言技术或技巧。

当然，这里突出技术或技巧的重要性，并不是提倡那种单调乏味的形式主义或漫无目的的先锋实验。相反，无论是本雅明的"生产"还是罗蒂的"痛"——前者带有明显的马克思主义的痕迹，后者则深深打上了杜威式自由主义的烙印，分歧是毋庸置疑的，却也有同样毋庸置疑的共同点：反对"为艺术而艺术"——都将自身视为形式探索或技巧创新的前提与动力。但对于现今的绝大多数作家来说，由于文学史的"自律性"书写和文学经典的"非语境化"建构，形式和技巧变成了一个从社会历史过程中分化出来的独立领域。特别是随着现代主义的兴起，文学与生活的关系似乎已经不再成为写作的核心议题，作家可以在形式和技巧的独立领域进行纯粹的、"无涉功利"的探索与试验，由此造成了文学内部的"公"与"私"分裂："私文学"承受了

[1]　Walter Benjamin: The Author as Producer, trans. by Edmund Jephcott, in *Reflections*, HBJ, New York, 1978.

来自"文学史"的压力,"影响"和"创新"的焦虑使得作家专注于形式探索,而现代性合理分化造就的"具有内在深度的自我"则源源不断地提供相应的情绪、感觉和幻想,尽管就文学作为一门独立的艺术而言,各种形式探索和技巧创新可谓成绩斐然,但同时却让文学越来越成为"少数人"的事情,最终使得文学变成了远离"公共性"、"无法与他人分享"的"自我创造"的最高典范;相应的,"追寻正义"的文学——也即关注现实、介入社会的"公文学"——就被视为低一个档次的创作。

　　这种文学等级制度造成了非常严重的后果,一方面,强调文学"公共性"的作家容易产生逆反心理,有意规避形式探索,甚至故意用"反智"的姿态来对抗文学经典和文学史秩序,那种简单、直接和粗暴的态度不仅没有弥合"公"与"私"的分裂,反而扩大了两者的距离,导致了对所谓"纯文学"相对狭隘的理解;另一方面,对"纯文学"的狭隘理解使得热心介入社会的作家产生了对文学的"原罪",一种丢失了"纯文学"和"自我"的焦虑挥之不去。为了缓解焦虑,时时不忘对更高一个等级的形式探索表示敬意,于是在他们的作品中,就不难发现"媚俗"式地在对现实的描述上添加种种象征、隐喻或幻觉,以期达到超越"写实"的效果。殊不知,这种"赎罪"行为不但没有将"自我创造"和"追寻正义"有机地结合起来,反而更深刻地彰显出"文学"内在的分裂。不论"反智"还是"媚俗",都以割裂"经验"与"言说"的有机联系为前提,"反智"姿态以一种本质化的方式忽略了"言说"对"经验"的建构和揭示作用,因为"言说"方式的陈旧和保守,即使发现了新的"经验",也往往被淹没在俗套和滥调中;"媚俗"行为则抽象化地对待各种"言说"方式,把它们当作可以随意嫁接和拼贴的玩具，完全无视形式创新的动力来自于"经验"的压迫和表达的困难，种种技巧和手法的使用难免沦为游戏和花腔。

遗憾的是，当今的文坛俗套和滥调比比皆是，游戏与花腔成为时尚，却几乎没有作家像青年卢卡奇那样坚定地相信写作"不是在寻求一种新的文学形式，而是十分明确地在寻找一个'新世界'。"[1]然而，任何一个具有"生产性"的作家都必须面对来自"新形式"和"新世界"的双重挑战，才可能穿透文学领域中日益深化的"公"与"私"的界限，在"生产条件"和"生产产品的手段"之间、在"自我创造"和"追寻正义"之间建立有机联系。这种联系意味着作家对世界体验越深，他的发现就越多，而要把这些新发现表达出来，就不可能仅仅使用现成的形式或技巧，必须有所创新，才可能将新感受表述为一种公共的经验，从而在新的层次上产生"休戚与共感"，所以在这个意义上，一个作家苦苦追寻的是"形式化"了的"经验"，倘若他没有找到可以把"体验"表达出来的"形式"，那么人们就会觉得这种"体验"根本就不存在；同样的，作家的创新欲望也可以来自于"形式"的焦虑，因为在他动笔写作之前，文学史和文学经典已经累积下无数的手法、技巧和形式，举一个极端的例子吧，在19世纪末文学现代主义兴起之后，所有号称回归写实主义的创作，其实都已经把"现代主义"当作了"缺席的在场者"。面对这种"层累"的写作秩序，如果一个作家没有在形式上创新的自信，那么他几乎不可能动笔。但是这种自信不可能完全来自于自我的独特性，而应该植根于个人对世界的深刻介入和体验。所以在这个意义上，一个作家苦苦追寻的是"有意味"的"形式"。离开了背后宽广深邃的"世界"，单纯的"形式"只能被理解

---

[1]　参见卢卡奇在《小说理论》中的相关论述，载《卢卡奇早期文选》，张亮等译，南京，南京大学出版社，2004年。以下引用该文不再另外注明。

为语言的"游戏"。"形式"与"世界"之间这种往复回旋的关系，正如卢卡奇所说，"一切艺术形式都是由生活中的超验的不和谐规定的，这种形式将生活接受下来并组织成为自身完美的总体的基础"。假使不过分拘泥于这段话的黑格尔色彩，那么"形式"、"生活"、"组织"和"总体"……这一系列古典概念所蕴含的意旨，依然是当代文学不容回避的使命。

在某种意义上，我们愿意强调，重返"人文精神讨论"，就是重建更加宽广开放的文学立场。特别是今天的人们"精神状况"既面临着旧的控制，又遭遇了新的奴役，其表现形式往往以市场社会对人的主体性进行更深入的"操控"为特征，因此特别重视对人的"意识"、"欲望"和"精神"的开掘。相应的，如果要应对这种新的危机，那么就必须在一个人如何转变成为一个主体的过程，也即所谓"主体化"的过程中展开斗争和争夺，只有通过斗争，将权力控制的过程转变为力量争夺的空间，主体才不会朝向现成的或静态的目标，而是开放为某个目标之主观努力的自我塑造过程。[1]很显然，在这个斗争的过程中，文学可以发挥特别重要的作用。因为我们清楚地看到，与"人文精神讨论"结合在一起的文学作为一种回应"整体性危机"的"想象方式"，曾经争取到"批判"的位置，那么，在新的危机时刻来临之际，同样应该寄希望于一种经过反思的文学立场，可以重新激发起新的活力。

2006 年 12 月于纽约

---

[1]　关于"文学"在人的"主体化"过程中发挥"反抗"作用的论述，可以参看拙著《危机时刻的文化想象》的"后记"，南昌，江西教育出版社，2005 年。

九、"短暂的 90 年代"与当代文化研究的使命

　　作为 Cultural Studies 的文化研究，虽然是从西方传过来的，在学术谱系上可以追溯到英国文化研究甚至更早的德国法兰克福学派，而且在北美学术界也一度成为显学。但是在中文世界里，我觉得文化研究的引入，它不是单纯作为一种学术新潮或者一个新兴学科进入的，为什么这样说呢？这就涉及所谓"短暂的 90 年代"，"90 年代"这个时间概念具有较大的空间涵盖意义，指的是包括港台和大陆在内的"中文世界"在最近 20 年间都发生了极其重要的变化，正如汪晖所强调的，"90 年代"，并不完全等同于 20 世纪 90 年代的自然时间，虽然与之有很大重合，它意味着"从 80 年代末发展至今的一个进程，其特征是市场时代的形成以及由此产生的复杂巨变"，同时，它"也许会像许多时代的终结一样，'90 年代'的离去需要一个事件作为标记"。[1] 而这正是我想强调的，这一变化在"2008 年"前后因为一系列重大事件的发生——譬如席卷全球的金融海啸，中国大陆的汶川大地震、北京奥运会，台湾地区的政党轮换，香港地区的天星码头事件……——发生了

---

[1]　汪晖：《去政治化的政治：短 20 世纪的终结与 90 年代》，北京，生活·读书·新知三联书店，2008 年。

转折、改变甚至终结，这也是我为什么要在"90 年代"之前加上"短暂"这个形容词的原因，它表明在中文世界中近20年的变化如此之快，以至于"二十年弹指一挥间"，时间显得如此"短暂"了，同时这一快速的变化似乎还没有得以充分展开，特别是知识分子对于这一时代的认知与反思还显得相当匆忙和局促，"大约到 1990 年代的中期，中国知识分子才从前一个震荡中复苏，将目光从对过去的沉思转向对我们置身的这个陌生时代的思考"，却又因为上述重大事件的发生而转向、转折和终结。这就揭示出"短暂"的另一层含义，就像英国历史学家霍布斯鲍姆感受到"短暂的 20 世纪"的"终结"一样："对诗人艾略特来说，'世界即是如此结束——不是砰地一声消失，而是悄悄耳语地淡去。'短暂 20 世纪告终的方式，事实上两者兼具。"[1] 并非巧合的是，正是在"短暂的 90 年代"期间，文化研究不约而同地在中文世界兴起了。这使得我们必须思考一个问题，文化研究从学术渊源上确实来自西方，但进入中文世界却有着更为现实的关怀，特别是它相当自觉地对应着某些重大转折的时刻，成为了这个时代某种意义上最为敏感的神经。

文化研究在"中文世界"的兴起

文化研究在台湾地区的兴起和 1987 年的"解严解禁"有着直接关系。当时，从海外，特别是美国回来一大批知识分子，这些知识分子在政治倾向上很多都参加了"党外运动"，在学术训练上则大多数在美国念了博士，甚至有一些是博士毕业后留在美国的大学教书。他们回到台湾，一方面参与政治运动和社会运动，直接推动台湾地区社会的

---

[1]　霍布斯鲍姆：《极端的年代》，郑明萱译，南京，江苏人民出版社，1999 年。

变革，另一方面他们也试图在学术上找到介入政治和社会的方式。正是出于这种背景，对于学院知识分子来说，在西方所学的知识和所受的训练必须转化出一种应对本土性问题的方式，文化研究就是这样进入到台湾语境中的。当时一位学者叫陈光兴——后来成为台湾地区文化研究领军人物——提出了一个著名的说法，把台湾地区的文化研究界定为"去殖民的文化研究"，这一界定"开始追溯文化研究论述形构中第三世界的这条历史轴线，将原有对于文化研究的认定复杂化。并且在历史的当下，为重新追溯'文化研究'在帝国核心以外地区实践的传统，提供了历史的契机：在所谓后冷战年代，我们被迫从既有的学科局限及地理区隔中出走，目的是要回应新自由主义全球化及其区域化的效应，其中包括原先搁置与关闭的历史问题，也包括新的问题。在文化研究的大伞下，或许有些在其他学科无法开展的问题能够在这个开放的领域中进行，与此同时，也可能改变当代文化研究实践的去政治化、去历史化的倾向，重新找回正在流失中的理想与愿景"。[1] 从而使得文化研究可以直接把台湾地区由"解严解禁"所带来的政治过程，以及"大和解"是否可能的问题，密切联系在一起了，从而为文化研究在台湾地区的兴起找到了"现实化"的动力。那时候是台湾地区文化研究的草创期，也是黄金期，因为文化研究与台湾地区进步的思想界，分享着某种共同的底线；理论与实践相结合，无论是在政治层面，还是在学术层面上，都产生了强大的合力。然而随着省籍问题的浮现特别是"族群"的撕裂，不仅仅是文化研究，包括整个台湾地区进步的思想界，都面临着重新"社会化"和"现实化"的难题。

来自台湾地区的经验告诉我们，现实的刺激构成了文化研究兴起的前提。这种情况在香港地区同样如此。文化研究在香港的兴起与

[1]　陈光兴：《去帝国——亚洲作为方法》，台北，行人出版社，2006年。

"97回归"密切相关，这一进程同样起步于20世纪80年代中期，当时香港大学一位学者阿克巴·阿巴斯（Ackbar Abbas）写了一本很有名的书，叫《香港：文化与消失的政治》，说的是作为殖民地的香港只有在它即将消失的时候——意指"97回归"——人们才意识到香港的存在。就是在这样的背景下面，文化研究作为回应"97回归"的一种方式进入到学院中，于是在香港岭南大学有了文化研究系，香港中文大学建立了文化与宗教研究系（内设文化研究学部）。在香港，1984年中英联合声明发表之后，一直到"97回归"，然后进入到"后97"的时代，可以说，整个的政治气候、社会氛围和知识生产至今依然被"97回归"所界定，对这一状况的研究、谈论和争辩，成为了香港文化研究的最重要的特色。王家卫在《花样年华》中故意设置"2046"的房间门牌号以及他后来干脆把电影命名为《2046》，都以符号化的方式相当微妙地流露出香港"97回归"后的复杂情绪。就像香港文化研究者罗永生指出的那样："从大部分香港人亲身感受到的文化经验来说，一百五十多年来的香港，有着繁杂多样的过去，并无清晰线索，然而'97回归'，却逼着所有人去面对和接受一个统一版本的历史命运。在'线性历史观'下所描画的'历史'长河中，香港完成了政治'回归'。"[1]

与港台相比较，大陆的文化研究似乎要晚了一拍半拍。大陆的文化研究可以分成两个层面来谈，一个层面是致力于引进西方的文化研究成果，主要是介绍英国文化研究或者美国文化研究的理论工作和个案研究，侧重于译介方面，而且力图把文化研究作为一种新的学术思潮放在学科内部来处理，譬如文艺学这个学科就是把文化研究当作文艺理论的某个新发展、新阶段来接受的。这种学科化对待文化研究的方式同样也带来了取消文化研究批判性的倾向，譬如当时就有人认为

---

[1]　罗永生："时间的暴力·记忆的政治"，载《字花》，第2期。

文化研究应该拥抱大众文化，因为文化研究的兴起和大众文化的流行是相辅相成的，所以就把法兰克福学派从文化研究的领域中排斥出去，原因在于法兰克福学派是以精英立场来批判大众文化；但更有意思的文化研究应该是在另一个层面上，可以说是打上引号的文化研究，我把它称之为属于中文世界的广义的文化研究，可以和台湾和香港的文化研究的兴起构成对应关系的文化研究，作为一种对处于转折过程中的社会现实进行回应的文化研究……因为转折中的社会出现了许多新问题，是以往的社会从来没有遭遇过的，仅仅依靠现成的知识储备和思想准备也难以回答的。"短暂的 90 年代"是以"革命世纪的终结为前提展开的新的戏剧，经济、政治、文化以至军事的含义在这个时代发生了根本性的转变，若不加以重新界定，甚至政党、国家、群众等等耳熟能详的范畴就不可能用于对这个时代的分析"。[1] 这个时代面临的新问题可以大到譬如讨论中国向何处去的问题，也是在一个新的全球化语境下展开的，和以往孤立地看待这个问题显然不一样；小到生活方式上各种各样的改变，譬如网络对人们的日常生活的影响，差不多就是在最近十年的时间——从 1998 年到 2008 年——一个刚刚公布的数据显示，中国网民的人数超过了美国，成为世界上网络人口最多的国家，这会对中国的现实和中国人的生活产生怎样的影响，我想不是那么容易回答的。

重新寻找回应时代的方式

正是在这样一个过程中，我们才能真正体会到，不仅是整个中国社会的宏观结构发生巨大变化，同时包括个人的生活方式也在激烈的

---

[1]　汪晖:《去政治化的政治：短 20 世纪的终结与 90 年代》。

改变。面对巨变的社会和自我，当代文化研究需要承担起怎样的使命，在这儿无法充分展开讨论，但我可以指出一个有意思的现象，那就是有许多原来做中国现当代文学研究的人——包括我自己在内——转而去做文化研究，这是为什么呢？一个很重要的因素是，在20世纪80年代，中国现当代文学研究还没有完全被"学科化"，它在学术上的活力很大程度上来自于文学与社会、与现实、与历史的密切联系，因为那时候，很多社会热点问题（既有现实的，也有来自历史的）往往通过文学表现出来，当时一篇作品可能就会引起整个社会的轰动。但是到了90年代之后，文学完全被边缘化了，现当代文学研究则与这种边缘化的状况相呼应，充分地"学科化"、"学院化"了。譬如在中国现代文学研究界，从80年代后期开始就有人不断提出，不要叫"现代文学"了，可以改名叫"民国文学"，以后"中国现代文学史"就变成"民国文学史"，这样，"民国文学史"能够顺利编入"中国文学史"中去，然后按照中国文学史一路讲下来，"清代文学"之后，自然就是"民国文学"了，"现代"这个概念也许可以从此搁置不提了，"新文学""新"在何处也无需追问了……由此可以看出"学科化"背后隐含着多么大的"去政治化"和"去历史化"的压力。尽管没有什么人真去写"民国文学史"，但现在炒得很热的"中国古今文学流变"之类致力于所谓"打通"的讨论、课题和著作，只不过是当年"民国文学"更高级的变种罢了。

在高度学科化的情况下，文学研究甚至包括整个人文学术研究，都面临着用怎样的方式来回应这个社会变化的问题。就拿文学研究来说吧，可以举一个小的例子，那就是如何来研究"80后"这批作家，因为问题不在于郭敬明、韩寒之类的小说写得好不好，他们比不比得上鲁迅，比不比得上王安忆，关键在于他们处理文学的方式变了，用学术一点的说法，是整个文学生产机制发生变化了，"郭敬明"和"韩寒"今天已经变成一个个品牌，他们有自己的公司来运营作品、刊物和书籍以及其他衍生产品，围绕着他们的文学写作、销售和阅读已经和整个社会的变迁联系在一起了，甚至在某种程度上成为了这个社会的"征候"。如果文学研究还是用传统方式来解读"80后"，而没有意识到需要处理更大的问题，那么生产出来的成果大概也只能在学院内部消费吧。我觉得当代文化研究至少在重新作出一种努力，一种重新沟通理论与实践、学院与社会、思想和现实之间关系的努力。虽然今天还是有不少人对文化研究很不以为然，甚至很不客气地说文化研究的功能就是"指鹿为马"，我也认为文化研究确实有指鹿为马的危险，或许也真有人借着文化研究的名义在干"指鹿为马"的事，但至少我相信文化研究在今天还能保持那么一点活力，就是因为它力图去回应——不是以学科的方式，而是带着80年代那种特有的乌托邦精神——这个社会的变化，并且立足于这种变化试图作出某种新的思考和解释。当然，我也必须承认，中文世界的文化研究就像"短暂的90年代"一样，同样面临着重新出发的问题。现在的台湾文化研究、香港文化研究有的被体制吸纳进去，有的则因为无法应对新的变化出现了危机，中国大陆的文化研究作为后来者，是具有"后发优势"，还是"重蹈覆辙"，确实还要拭目以待。

第三辑　自东徂西

十、文学与侵略战争

——也谈"竹内好悖论"

说实话，讨论这个题目是我无法完成的任务。之所以写下这些零散的阅读笔记，可以看作是对读书中遇见的以及不得不面对的困惑、苦恼和不安的真实记录。尽管这不是一段愉快的阅读经验，但它对思想的刺激却在现实的映衬下愈显激烈。首先要感谢孙歌、赵京华、董炳月和林少阳诸先生的努力，他们对日本现代思想的绍介和研究在为我们打开了一个新视野的同时，也把许多严峻的问题重新摆在了中国思想界的面前。

一

竹内好在《〈中国文学〉的废刊与我》的结尾处写道："所谓文学的衰退，客观地加以说明的话，就是：世界不具有文学性的构造。今日世界与其说是文学化的，不如说是哲学化的。今天的文学处理不了大东亚战争。"一般人肯定认为，将文学与"大东亚战争"直接联系在一起，自然"政治"上是极"不正确"的，甚至连竹内好的研究者也不得不承认，"他在寻求思想强度的时候，往往失却政治的正确性。战争期间支持'大东亚战争'是一例。"[1] 只有孙歌富有洞见地指出,《〈中国文学〉的废刊与我》"在理解竹内好的文学立场方面,这是非常重要的文献,因为它正面表述了竹内好的'回心之轴',并把这种回心之轴外化为真正的行为。从解散中国文学研究会到主张日本的自我否定,从鼓吹大东亚战争的理念到消解国民国家的框架,竹内好使他的文学性构造在 1943 年那个苦难的年头负载于一个最费解的形态,这就是在战争这一凝聚和激化了现代性问题症结点的现代性事件的白热化阶段,竹内好试图将世界的哲学化构造转化为文学性构造"[2]。但她为了避免坐实文学与战争之间的关联,还是用"过多的理想主义激情"、"对一时一地局势的判断失误"来替竹内好辩护,并且特别强调他的失误不是"原理上的失误",因而竹内好的思想"能够超越时空地成为我们的精神财富"。[3]

在我看来,"政治"上是否"正确"并非讨论思想问题的第一要义。因为顾忌政治正确与否,必然会以接受某种不言而喻的"共识"为前提,反而影响了将思想历史化和语境化的工作。譬如竹内好对于文学的强调,很容易使得正为文学迅速边缘化而焦虑的中国文学研究者产生认同感,进而在抽象的意义上引为 "精神财富"。然而,竹内好所谓的文学究竟是何种文学?为什么具有和哲学相对抗的构造世界的功能?这种功能为什么要以"大东亚战争"作为现实的对应物呢?倘若离开了现实的对应物,文学还能继续拥有构造世界的功能吗?……如果不能对这一系列问题细加参详,恐怕我们就很难分辨出竹内好思想中哪些是"启示",而哪些又是"危机"?甚至是"危机"中潜伏着"启示","启示"中暗藏着"危机"?而这恐怕是"竹内好悖论"的更

---

[1]　铃木将久:"竹内好的中国观",载《二十一世纪》2004 年 3 期。
[2]　孙歌:《竹内好的悖论》,北京:北京大学出版社,2005 年,第 47 页。
[3]　孙歌:《竹内好的悖论》,第 48 页。

深一层的意义所在。

　　在竹内好的表述中——"今日世界与其说是文学化的，不如说是哲学化的"——"文学化"与"哲学化"构成了一组对立的概念。这组对立概念不仅清楚地表达了竹内好对"今日世界"的判断，而且明晰地呈现出建构这组概念的历史语境：日本自明治以来资本主义化所导致的危机以及种种试图克服、超越危机的冲动与尝试。正如哈如图涅（Harry Harootunian）所言："20 世纪 30 年代的日本作家和知识分子广泛认为，他们生活在一个历史的危机时代，而这一危机肇始于此前推行的资本主义现代化规划。当时大多数工业社会都面临着同一危机，后者还波及各自的殖民地。全球经济大萧条不过是为各地的思想者提供了一个契机，使他们对资本主义现代性先前释放出来的，但似乎已成功化解的巨大的社会、经济、政治以及文化矛盾获得了一次认识的机会。当时人们谈论得较多的是文化（艺术）领域，尤其是生活中的矛盾已尖锐地蚀进日本生活肌理的那些方面，因为在这些领域中，出现了明显的裂痕、非连续性和多重时间的共存，这为严格地评价、判断和进而界定日本的现代主义为何物提供了一个焦点。"[1] 这儿也许不必太过拘泥于现代主义这个概念，从上述的讨论中可以看到，"哲学化"对应的是资本高度抽象的逻辑：国民国家和市场经济正在以它们独特的方式"脱社会化"，把文化的内在差异兑换为发展的普遍要求，所有的一切都被置放在经济与"消费"的客观性之上。由此引起的"反动"自然指向了"具体化"的，代表着自然情感和肉体感觉的文学。需要强调的是，这种对文学的诉求，不以承认作为现代性分化的后果和现代体制的组成部分的"（现代）文学"为前提，而以"反（现代）文学"的面貌出现，因为在"反（现代）文学"论者看来，所谓"（现

---

[1]　哈如图涅："'构想的不定性'：顽强的现代主义和法西斯主义在现代日本"，载《视界》（第 12 辑），李陀、陈燕谷主编，石家庄：河北教育出版社，2003 年。

代）文学"也已经"哲学化"了，也就是所谓"今天的文学处理不了
大东亚战争"。

那么，怎样的文学才能处理"大东亚战争"？更进一步地追问或
许应该是，为什么会要求文学必须处理"大东亚战争"呢？当时以
"反（现代）文学"的面貌出现的文学诉求不是单一的，而是具有多种
形态。在这些形态中至少有两种取向比较有代表性。

一种是小林秀雄式的文学诉求，他同样是以反"抽象化"来争取
文学的"真实感"和文学的"直觉"与"洞见"。他所谓的文学可以一
直追溯到《万叶集》的诗人和 18 世纪的本居宣长。将文学追溯到《万
叶集》，这一行为本身就是为了建构现代日本国民国家文学"正统"谱
系，这一谱系的建立是以祛除"汉意"（也即"汉文化"的影响）为前
提的；与此相应，本居宣长吸引小林秀雄的，也是因为他的"排汉"
主张：不管长久以来如何依赖于输入的外来知识原理，真实的日本情
感性，在它被"汉语"遮蔽之前，依然存在于民族生活的层层积淀中。
据小林秀雄所言，恢复本居宣长设想的这种自然的情感性，也就是文
学性，要求一种坚定的立场，以抵抗"理性原则"以及在行为和认知
中"抽象性"的统治。很显然，小林秀雄将本居宣长以"日本性"对
抗"汉化"（"支那精神"）的图式置换为以"日本性"对抗"西化"
（"现代性"）的图式。但是小林秀雄似乎忘记了，正是前一个"图式"
建构了作为"现代国民国家"的日本和日本文学。以"虚构"的"日
本性"来对抗刻意"他者化"的"现代性"，小林秀雄对文学的诉求只
能像哈如图涅所说的，"除了肯定那种'如其所是'，即维持现状的政
治，其他任何政治的可能性也都消失了"[1]。

与此形成对照的，是夏目漱石对文学的诉求。他也是以"反（现

---

[1]　哈如图涅"'构想的不定性'：顽强的现代主义和法西斯主义在现代日本"。

代）文学"的面貌来表达对文学的诉求，人们一定记得他在《文学
论·序》中"有被英国文学所欺而生不安之感念"的名言吧！按照柄谷
行人的解释，我们不应该把夏目漱石的这种"感念"笼统地称之为接
触到非本民族文化者的认同危机。因为这样说时，已经将文学视为不
证自明的东西，而看不到文学之意识形态性了。夏目漱石"被英国文
学所欺而生不安之感念"，不仅意味着他对以英国文学为代表的"（现
代）文学"的拒绝，同时也抗拒了以"排汉"为前导建立起来的日本
"（现代）文学"。他之所以能够这样做，柄谷行人说"漱石不期然地看
到这一点，不用说是因为他熟谙汉文学之故"。需要强调的是，这儿所
谓的汉文学并非实体性的（譬如把它落实为"中国文学"），而是被设
想为在文学的彼岸无以回归且不确定的某种东西。[1]

　　如果把竹内好对文学的诉求放入上述两种取向中，毫无疑问，他
是接近于夏目漱石那种对文学非实体化而注重机能性的理解。但值得
注意的不只是这种表面上的相似性，更需要关注以"反（现代）文学"
的面貌出现的文学诉求的现实对应物，也即以"反现代性"为特征的
"替代（现代）性方案"。假设没有"替代（现代）性方案"的内在支
持，文学不可能被想象为行动，只能是沦为现代体制内部的空想。这
也许就是竹内好再三强调的文学的政治性吧。他说："真正的文学并不
反对政治，但唾弃靠政治来支撑的文学。它所唾弃的文学，在孙文身
上看不到'永远的革命者'，而只看到了革命的成功者或革命的失败
者。为什么唾弃呢？因为这种相对的世界，是个'凝固的世界'，没有
自我生成的运作，因而文学只会死亡。文学诞生的本源之场，总是被
政治所包围。"（《鲁迅》）竹内好区分了两种文学与政治的关系，一种
靠"政治"支撑的"文学"，它对应的是"凝固的世界"，也就是现代

---

[1]　柄谷行人：《日本现代文学的起源》，赵京华译，北京：生活·读书·新知三联书店，2006年，第8页。

体制所生产出来的"文学"，这种"文学"不仅不能认识孙文的意义，更不可能处理"大东亚战争"，所以理所当然地遭到他的"唾弃"；另一种是其"诞生的本源之场，总是被政治所包围"的"文学"，也就是内在于"替代（现代）性方案"的"文学"，可以转化为"行动"的"文学"，这种"文学"所呈现的是根本性的"政治"。这种对"文学"与"政治"关系的理解，不是单单属于日本的现象，只要注意到如海德格尔和本雅明这类思想家的心路和思路历程，就能够很清楚地把握，任何一种以反"（现代）文学"面貌出现的"文学诉求"，必然要和"替代（现代）性方案"结合才能显示出它批判和超越"资本主义自由—民主共识"的力量，无论这种批判从"右翼"的法西斯主义，还是从"左翼"的马克思主义展开。

二

　　无论从"世界"的视野，还是从"日本"的方向来看，夏目漱石的文学诉求都是高度政治化的。当然，这是竹内好期待的而非唾弃的文学与政治的关系。小森阳一通过重读《文学论》，把夏目漱石产生"有被英国文学所欺而生不安之感念"，从而转向了"汉文学"的过程，理解为他把"汉学中所谓的文学"和"英语中所谓的文学"来进行对比，并且强调"汉学"和"英语"是作为"（大清、大英）帝国"的"表征"，在努力构建"现代国民国家"的"日本文学"上发挥作用。小森阳一指出，从"世界"性的角度来看，两种在不同时间和空间，并且在内容上有着决定性的差异的相互封闭的"文学观"，在一个来自日本——一个曾经属于"大汉学帝国"，现在又要和"大英帝国"结为同盟的国家——的留学生的脑海里相互交叉，促使他开始探究，具

有普遍性的文学到底是怎样一种言语表现。[1]这就把夏目漱石文学诉求
背后潜藏着的对"替代（现代）性方案"的想象，放入到"帝国"与
"国民国家"的复杂关系——特别是"帝国"与"国民国家"相互转化
的关系——中来考察。其中起到关键作用的是一连串的战争：英国对
曾是"大汉学帝国"中心的清国挑起鸦片战争，推进殖民化；而曾经
是中国属国的日本则在日清战争（甲午战争）中获胜，完全扭转了双
方的力量对比。但正如布尔战争所显示的那样，大英帝国的荣光开始
迅速地褪色，终于和可能沦为殖民地的日本缔结了日英同盟。这是日
本的国家主义和民族意识勃发的时代，然而，游学伦敦时的夏目漱石
却想从昔日形成的、现在依然在发挥作用的"世界帝国"的共通语言
这一层面出发，思考"文学到底是什么"，这和从具有国家主义性质的
国民文学，或者国家语言、民族语言的角度来思考文学的态度是背道
而驰的。回国后，夏目漱石在东京帝国大学举办有关"文学论"讲座
的时期，正是日俄战争之后日本日益走向帝国主义道路的阶段，这不
能不说是一个极富象征意味的行为。

　　通过讨论"何为文学"的象征性行为，夏目漱石否定和拒绝的是
什么？他认同和企盼的又是什么？按照柄谷行人的说法，夏目漱石所
谓"欲举其一生钻研汉文学"，其"汉文学"蕴涵着极其丰富的"政治
性"意义。这种"政治性"对于夏目漱石来说，就是"汉文学"意味
着现代诸体制建立起来之前的某种时代氛围，具体而言，也即明治维
新的某种可塑性。这种可塑性体现在"民主主义和汉文学的结合，这
看上去仿佛是一种悖论，其实这正是明治维新本身蕴含着的悖论"[2]。
在某种程度上，历史包含了出现"两种明治维新"的可能性："天皇的
明治维新"和"西乡隆盛的明治维新"。一方面，明治维新是在中国思

---

[1]　《帝国的文学／文学的帝国》。
[2]　柄谷行人：《日本现代文学的起源》，第 32 页。

想的语境下实行的，就西乡隆盛而言，如果没有中国及朝鲜的革命同时进行，日本的明治维新是根本不能成立的。柄谷行人甚至将西乡比喻为托洛茨基和切·格瓦拉，"试图将日本的革命输出到中国和朝鲜去。从表面上看，输出革命和侵略是难以区分的"[1]。另一方面，革命的发展扩大将危及国家的安定，对此十分恐怖的革命政府便驱逐西乡，由此引发西南战争（1887年）。可是，镇压西乡的政府，其后则开始了对朝鲜的侵略，这就是日清战争（甲午战争）。就这样，西乡的悲剧性之死奇特地扭结在既对立又相通的两个方面：一方面使之成了自由民权主义和亚洲主义的象征，另一方面又成了日本对外扩张的象征。

明治以来日本历史的发展，清楚地显示出文学对应的就是战争，套用竹内好的语式，夏目漱石也许会说"今天的文学处理不了西南战争"。但他的选择却不是对战争"双义性"的承担，而是坚守"汉文学"与"自由民权主义"的结合，拒绝了"国家主义"和"对外扩张"。柄谷行人将夏目漱石的立场视为一种独特的对普遍性的追求，"把漱石对普遍性的追求与冈仓天心及内村鉴三相比较，会清晰地展现出其独特性。比如，内村极力将基督教普遍化，并将此从西洋的历史独特性中分离开来。然而，到了晚年，他完全退缩到几乎与历史的现实脱离开来的'信仰'世界。冈仓的泛亚洲主义则与他个人意志相违，为后来的日本帝国主义所利用。漱石是不承认西洋的普遍性的，但也不想将'东洋'作为普遍性而理念化。他谋求一种超越东西方的普遍性。因此，他的思想既不是冈仓那样'诗化'的，也不是内村那样'信仰'的。漱石没有提出任何有积极意义的东西，但他没有逃遁到任何一个极端里去，他只是在东洋和西洋'之间'不停地思考"[2]。

---

[1]　柄谷行人：《日本现代文学的起源》，第8页。

[2]　柄谷行人：《日本现代文学的起源》，第33—34页。

三

正如韩毓海在《竹内好何以成为问题》中发现的，与人们惯常把日本近代的开端与明治天皇与明治维新联系起来不同，竹内好心目中最能象征近代日本起源的历史人物，却极有可能是被视为"最后一个武士"的"西乡隆盛"，而作为象征和"凝缩"的历史事件，其实也是战争，特别指的是"西南战争"。就这点而言，竹内好似乎与夏目漱石很相似，也是在文学与战争——即政治的极端表现形态——的对应关系中思考明治维新的某种"可塑性"。然而，在对"西南战争"的态度上，两人却出现了明显的分野，竹内好选择了对战争"双义性"的承担，并且推而广之，形成了对"支那事变"以及"满洲事变"——也就是日本侵华战争——的理解："正像前面略有言及的那样，日本的西南战争与政治文学之关系，如果把时代错一下位，那么就和中国的戊戌变法以及义和团事件之与政治文学的关系很相像。如果这种比附成立，那么尽管情况有别，也正像把辛亥革命同'文学革命'联系起来一样，把国民革命与革命文学联系起来，也就并非生拉硬套了。或从另一个角度说，这种关系也和"满洲事变"后的政情与民族主义的兴起很相近。"正是从"日清战争"开始，到日俄战争，再到"满洲事变"和"支那事变"，战争的"双义性"在日本思想界不断地被认同、被强调甚至被激赏。所以一旦战争爆发，国家主义者、启蒙主义者、基督教徒甚至包括自由民权派人士都异口同声地表示支持。沿着这一思路，就很容易理解竹内好在《大东亚战争与吾等的决意》中表达的"感动的打颤，仿佛望见一道长虹似的行星划破夜空"的感情，以及在《〈中国文学〉的废刊与我》的结尾处对文学与战争关系的处理："所谓文学的衰退，客观地加以说明的话，就是：世界不具有文学性的构造。今日世界与其说是文学化的，不如说是哲学化的。今天的文学处理不了大东亚战争。"直至战后为强调"近代超克论"的合理性，而重申大东亚战争的"双义性"："龟井排除了一般的战争观念，从战争中只抽取出对于中国（以及亚洲）的侵略战争这一侧面，而试图单就这一侧面或者部分承担责任。仅就这一点来说，我愿意支持龟井的观点。大东亚战争既是对殖民地的侵略战争，同时亦是帝国主义的战争。这两个方面事实上是一体化的，但在逻辑上必须加以区分。"[1]

　　对战争"双义性"的讨论，日本已有不少学者进行得相当深入，子安宣邦在清华大学的演讲中就指出："对于'事实上是一体化的'战争，通过'在逻辑上加以区分'，其历史重估论在作出此区分的议论者那里得以确立起来。重估论试图对无法区分的东西作出区别。进而我想补充说，发动对中国战争的日本军部和日本政府，也都是把这两个侧面区分开来的。他们始终没有把对中国的战争看作战争而称其为'支那事变'。日本的战争具有两个侧面，这是日本帝国曾经有的认识，那么，大东亚战争重估论除了是帝国认识的继承以外，还能是什么呢？"[2]也许我们不必纠缠于这个同样有过分强调"政治正确"之嫌的论述，而是重新回到文学与政治的关系上，进一步思考竹内好与夏目漱石的分野究竟发生在哪儿？回过头来看，问题的关键依然在对文学——以"反（现代）文学"的面貌出现的文学诉求——的理解上。尽管竹内好和夏目漱石都注重文学的非实体化的"机能性"功能，但夏目漱石有着对"汉文学"的执着，而竹内好则由于和"日本浪漫派"的密切关系，趋近了类似小林秀雄的文学路向。尽管在实际的论述中，竹内好没有表现出那么露骨的"日本主义"，而把自己灵感源泉放在了诸如中国和亚洲之类的"他者"上，无论是战前的鲁迅还是战后的中

---

[1]　竹内好：《近代的超克》，李冬木等译，北京：生活·读书·新知三联书店，2005年。
[2]　子安宣邦："竹内好问题试论——'文学'之根本的政治性"，赵京华译，载《书城》2005年第10期。

国革命，并且获得了一系列至今依然弥足珍贵的洞见。不过无法回避的是，这一系列洞见也是建立在"盲视"的基础上。夏目漱石的问题在于他只能想象某种"历史"潜在的可能性，所以"没有提出任何积极意义的东西"，只能在消极的意义上运用文学（理论与创作）。相比之下，竹内好期望在积极的意义上将文学转化为行为，因此他更迫切地需要文学的现实对应物，如果现实中没有这种对应物，就需要在想象中创造出这种对应物，这样才能提供转化的路向。落实在具体的语境中，转化的路向是什么呢？大东亚战争抑或亚洲以及中国革命。对前者，今天很多人当然是避之唯恐不及，后者却往往成了中国学者赞赏竹内好思想的焦点。可是，就像竹内好自己说的那样，作为"抵抗"欧洲这一（现代性）"主体"的亚洲，"与地理区分没有关系"。[1]这意味着竹内好很大程度不是在"实体"意义上理解亚洲和中国，而是将亚洲和中国视为进入日本现实的"方法"。"何谓方法？方法便是将自己的思想在现实中进行检验的假说。"[2]我想，问题不在于竹内好可不可以这样"误读"亚洲和中国，从接受者的角度，把亚洲和中国作为"方法"，自然有其合理性和必要性，但是，对于中国人来说，中国永远不是也不可能是"方法"，而是活生生的历史。倘若能够从竹内好的中国论述中吸取某种资源的话，那么就是"中国"之所以曾经走通过文学与政治在积极意义上转化的路向，是因为中国在创建"国民国家"的过程中从来没有放弃对"文明国家"的向往，是因为中国革命始终是"国际共产主义运动"的重要组成部分，是因为"中国的马克思主义"既是民族主义的，同时也是国际主义的，没有发生像"日本马克思主义"那样在"大东亚战争"之后集体转向的悲剧。或许，这才是我们今天面对"竹内好悖论"最应该发掘的历史财富吧。更何况，现

---

[1]　竹内好：《近代的超克》。
[2]　松本健一：《竹内好论》，东京：岩波书店，2005年。

代中国这种对于"文明国家"的追求并非孤立的现象，印度学者南地（Ashis Nandy）就指出甘地和泰戈尔都曾试图从印度悠久的历史传统和文化多样性中发展出对抗"国家主义"的"文明主义"。[1] 因此，如何将亚洲各地这些互相呼应同时又可能彼此冲突的历史经验转化为应对现实处境的想象策略，成为了一个颇为迫切的问题，而建立在这种问题意识上"连接"与"断裂"，或许愈加能够凸现出今天重新构想亚洲的意义。

2006 年 4 月改定

---

[1]　参见 "The Illigitimacy of Nationalism: Rabindranate Tagore and the politics of Self"

十一、革命、传统与中国的“现代”
——沟口雄三的思想遗产

进入 21 世纪，“整日子”特别多，刚刚送走了“改革开放 30 周年”（2008 年）、“共和国 60 周年”（2009）和“五四运动 90 周年”（2009 年），马上就要迎来“辛亥革命 100 周年”（2011 年）。虽然 7 月 13 日去世的日本学者沟口雄三先生（1932—2010）已经无法亲眼看到纪念“辛亥革命 100 周年”的盛况，但早在 2007 年 5 月，他应《台湾社会研究季刊》之邀发表了《辛亥革命新论》的演讲——该演讲的繁体字版本发表在 2007 年 9 月出版的《台湾社会研究季刊》，简体字版本发表于 2008 年第 4 期的《开放时代》，内容相似的日文本则以《辛亥革命的历史个性》为题，发表在 2006 年 9 月出版的《思想》上——重新强调了辛亥革命之于中国现代历史的重要性。沟口先生指出，人们往往简单地将辛亥革命视为“两千年来王朝体制终结”，却没有想到“此乃中国历史的空前大事件”，“而当时的国际社会却视其若朽木之终，自然之势而已。因此，其历史意义不仅未被同时代人所关注，亦被后人所轻视”。[1] 当然，后人轻视辛亥革命更深层次的原因是，若以建立

---

[1]　《辛亥革命新论》，以下引用该文，不再注明。

中央集权的现代民族国家为目标的"现代化史观"判断，只是使"旧体制"解体而无明确的"新体制"诉求的辛亥革命，只能是一种"现代化"的反动；如用反帝反封建为目标的"革命史观"衡量，"辛亥革命与1949年的建国革命相比，则只能是不彻底的革命"。

譬如辛亥革命前后的军阀纷争和混战往往被视为革命的"不彻底性"和"反现代性"的表现，然而沟口先生却认为："在迄今为止的历史观里，从清末到民初的军阀，一直被视为中国近代国民国家建设的障碍，往往被看作是封建余孽。但是，如果我们拥有与明末清初批判知识分子的历史课题意识共鸣的经验，能够与他们一直在清代历史的涌动中被一路带到辛亥革命，那么，恐怕对于军阀的评价就不会那么单纯了。"[1]具体而言，他将"近代军阀"看作是从明末清初一直到辛亥革命这一长的历史时段的产物。在明末清初之际，历史变革的特征是力图确立一种相对于中央主导的地方官僚行政而由"乡里"主导的地方行政。沟口先生称其为"乡里空间"。这个"空间"不能单纯地在与"官"相对的"民间"意义上使用，因此它对应的"行政"与"治理"也就不同于欧洲历史上与"官"相区别的"市民自治"或"地方自治"，而成为了明末清初以降直至整个清代膨胀为相当规模的"乡治"。也即成为官僚与乡绅、地方实权派、普通民众等复杂结合而成的"公共空间"，在这个"空间"中"官"与"民"相互对立，同时也相互补充，或者既相互合作又相互利用，结果他们一起分担了地方行政。如果注意到这个"乡里空间"的形成过程，把它作为一个基准俯瞰清代，那么自然会观察到清王朝体制崩溃的历史：这种"乡里空间"在伴随镇压太平天国兴起的湘军、淮军成立之时获得了质变的契机，不

---

[1]　沟口雄三：《中国的思维世界》，孙歌等译，南京，江苏人民出版社，2006年，"序言"部分。

久，清朝开始遭遇到以"军阀"形成为标志的"乡里空间"的极度膨
胀，面临各省的独立宣言，最终走向崩溃。如果注意到了这样的历史
过程，军阀就不再仅仅是封建余孽，而有可能被视为"乡里空间"的
一种可能形态。

　　将"军阀的形成"和明末清初以降逐渐膨胀的"乡里空间"和
"乡治"联系起来，显示出沟口先生的论述策略，不仅力图超越"现代
化史观"和"革命史观"的限制，而且更深刻地揭示出背后制约这两
种颇多分歧的史观的"欧洲标准"："军阀显然是依靠欧洲标准无法准
确衡量的中国历史的产物。通过在中国的脉络里勾勒这历史上的一页，
我们也得以使欧洲的标准相对化，了解它在亚洲'本土'中的限度。"[1]
问题在于，假如"欧洲标准"无论以革命或反革命的方式出现，都无
法解释中国问题和中国经验时，那么很显然需要确立另一套具有解释
力的标准。沟口先生在与西洋思想史家川出良枝一次谈话中就认为，
应该把以千年为单位计算的历史"纵带"和以实体、观念为主的欧洲
"横带"之交叉点作为研究场所，来反驳过去对中国"现代"的传统解
释。他说："例如1911年的辛亥革命，是以联省的形式来进行的。从
横带的角度来说，其民族主义、打倒王朝体制和向共和政体的过渡等
主张，几乎都可以用欧洲概念来进行说明。这种解释或许成为一种清
朝是被欧洲的力量所打倒，然后中国才变成了军伐割据的'混乱'的
趋势之印象。事实上，省的独立运动是以省作为行政单位，并在军事、
政治、经济上都很有组织地运转的结果。这种省自立的完成过程，也
就是推翻王朝的组织性完成过程。坦率地说，推翻王朝体制的基本力

---

[1]　沟口雄三：《中国的思维世界》，"序言"部分。

量是纵带，而不是横带。"[1]

　　由此可见，在将"欧洲标准"相对化的同时，沟口先生力图从"中国传统"内部发现革命的动力。所谓"推翻王朝体制的基本力量是纵带，而不是横带"，就是指辛亥革命的主要力量，并非传统型的叛军或异族军队，而是蓄积于民间的"各省之力"或称"一省之力"——这里的"一省之力"，指的是军事力量（以湘军等地方武装为基础的省规模的团练等）、行政力量（实行"乡治"的力量，如善会、善堂等）、社会力量（宗族所拥有的社会影响力等）、经济实力（商业实力）等民间的综合性力量——追溯"一省之力"的来源，不难发现鸦片战争以来的西方因素固然发挥了相当重要的作用，但其根源却在于明末清初的"乡里空间"乃是"地方公论"展开的空间，"地方公论"指的是黄宗羲所主张的应承认"民"作为社会经济存在之主体性，所构想的一地之事应委之予一地，"以地方之手管理地方之公事"之"公论"；或者借用顾炎武更加简洁明了的说法，那就是"寓封建之意于郡县之内"。正是这一空间的规模由明末的县一级扩充至清末的省的范围，从而最终导致清王朝体制的崩溃。可是，以往常常将明末的"公论"和"封建"无分别地解读为清末的"地方自治"，亦即与自欧洲东渐的"地方自治"概念相提并论。结果清朝中叶追求的目标，不知于何时何地便被换为欧洲市民革命色彩的"地方自治"，也即一种自立于"官"之外的制度性的"民"的体制之"自治"，一种将"国家"与"社会"的关系二元化之后试图"重新发现"的"社会"。在这一"发现"的过程中，原有的"以地方之手理地方之公事"意义上的官、绅、民合作的"乡治"，便被视为不吻合欧洲意义的"自治"而被排除在视野之

[1]　沟口雄三、川出良枝：《对谈：中国の「天」と西洋の「神」》，「UP」2001年12月号，转引自村田雄二郎：《孙中山与辛亥革命时期的"五族共和"论》。

外了。结果，黄宗羲、顾炎武之后继者自然也就无处可觅。但假如我们不将明末之"公论"、"封建"置放于"地方自治"的逻辑中，而是将其限定在中国的"乡治"语境下，便可从整个清代找出成百上千的"乡治"的后继者。

　　沟口先生在一次访谈中说道，1978 年他发表了《所谓东林派人士的思想》一文，这篇文章当时还有一个副标题："前近代期中国思想的展开（上）"，"对于我来说这篇论文是翻过一座大山的尝试，这篇论文只有上篇没有下篇。这次的《辛亥革命的历史个性》应该相当于其下篇"。[1] 如果按照沟口先生所言，将这两篇差不多相隔 20 年的论文做一个贯通性的阅读，就更能看出他将辛亥革命放置在"明清传统"的延长线上来理解，这一极具挑战且颇有争议的观点绝非一时的奇思妙想，而来自于沟口先生对"何谓中国的'现代'"这一问题持续数十年的严肃思考。就像《所谓东林派人士的思想》揭示出的，辛亥革命的动力可以回溯到黄宗羲的"公论"和顾炎武的"封建"，但他们的思想也非空穴来风，而是植根于晚明以来中国思想文化和政治经济更广泛的变迁。一般认为，晚明的变迁构成了某种"中国式现代"的渊源，譬如早在 20 世纪 30 年代，周作人就把"中国新文学"的"源流"追溯到李卓吾的"童心说"和袁宏道的"性灵说"。后来的论述者基本上沿袭了周作人的思路，将晚明对"私"和"欲"的承认视为现代欧洲意义上的"个性解放"、"人性诉求"甚至是具有内在深度的自我的确立，只不过由于这种自我的确立仅仅在"意识"和"思维"的层面展开，缺乏与之匹配的实体化的"市民社会"，因此"萌芽"之后难逃"凋敝"的命运，这就是日本学者岛田虔次所谓"中国近代思维"

---

[1]　村田雄二郎等：《沟口雄三氏访谈录》。

的"挫折"。

可是，沟口先生并不仅仅在"思维"层面上把握晚明的变迁。假如简单地把晚明对"私"和"欲"的承认限定在"意识"变革的领域，那么与之匹配的"市民社会"的"缺席"必然要导致其夭折和断裂。然而，在晚明以来"公论"和"封建"的脉络中，"私"和"欲"却具有另一种"实体化"的可能，它们不是指向现代意义的"个性"和"人性"，而是重新确立"合天下之私以成天下之公"（顾炎武语）的原则，反对皇帝"以我之大私为天下之大公"（黄宗羲语），从而把士大夫阶层的"欲望"放在"天理"名义下已确立其经济上的主体性，也即保全在"地主和商人等富民层"主导之下的城市、乡村的安宁。与之相对应的则是"明初以来实行了里甲制，而到了明末清初时，出现了里甲制难以包容的新的土地支配关系，'地主制'就在这一时期渐渐引来了它的体制化时期"[1]。这种"地主制"的确立就意味着"乡里空间"和"乡治"的可能，它打开了另一条通往"现代"之路。正是在这个意义上，尽管现代中国革命的主体已经从"士大夫阶层"转移到"大众"，但就内在理路上来看，黄宗羲由"地方公论"出发，主张与"王土"对立的"民土"思想，确实打开了一个新的空间，因为"中国式现代"的起源并非确立真正的自我，而是改变土地支配关系和在此基础上的国家权力的实质性转换。所以沟口先生才会这样来理解中国革命与中国现代性的关系："在政治、经济思想上，孙文的资产阶级主导的共和思想（在包括'民生主义'这一点上，具有中国的特色）使它（近代）的蓓蕾丰满，经过继之而起的人民的民生革命而开花，因而超越阶段进入一个新的现代。我之所以把它看作开花，是因为只有

---

[1]　沟口雄三：《所谓东林派人士的思想》。

农村的无产阶级即土地革命才是中国革命的主流。这既是当然的又是重要的。"[1]

据说，沟口先生本科所学的是中国现代文学，他的毕业论文以"赵树理和人民的文学"为题。尽管后来他投身到更广博的中国历史和中国思想领域，但沟口先生苦苦求索的问题意识，似乎从来就没有离开过他思想的"原点"。

谨以此文纪念"以中国为方法"的思想者沟口雄三先生！

2010 年 7 月 23 日

---

[1] 沟口雄三：《中国前近代思想的曲折与展开》，陈耀文译，上海：上海人民出版社，1997 年。

十二、如何重新规划普遍性？

——柄谷行人《书写语言与民族主义》与"独特普遍性"
的构想

一、如何进入文本：深层阅读与表层阅读

面对一个文本，我们总是需要找到一种阅读方法才能进入文本，打开文本。大体而言，阅读方法可以分为"深层阅读"与"表层阅读"。虽然这两种阅读方法都强调"对文本字里行间的细读"（read between the lines），但就"深层"和"表层"而言，还是有着相当大的区别。所谓"深层阅读"，就是政治哲学家列奥·施特劳斯倡导的阅读经典的方法。他认为所有经典文本都包含了两个层面：一个层面称为"俗白教导"，也就是表面上讲的话。施特劳斯学派往往把"经典"看成是"导师"，导师的教导看上去是讲大白话，好像一讲出来就明白了，其实如果只懂大白话，是永远读不懂经典的。那么怎样才能读懂经典呢？施特劳斯接着指出在"俗白教导"的背后还有一个更深的层次，也即"隐晦教导"，就是说"大白话"的下面还潜藏着很多"黑话"，关键在于如何将"黑话"读懂："一本显白的书因此就含有两层

教诲：一种是具有教诲性质的大众教诲，处在前台；另一种是关于最重要的问题的哲学教诲，仅仅透过字里行间暗示出来。这并不是要否认某些伟大作家会把某个名声不好的人物当作传声筒，公开表达某些重要的真理，但这样一来，他们实际上就表明自己多么强烈地反对把这些真理直接宣示出来。"[1] 这种阅读方法当然和其极端精英化立场密切相关。与"深层阅读"相区别的是"表层阅读"，这是精神分析学家拉康发明的一种阅读方法。有趣的是，拉康曾经赞赏过施特劳斯的"深层阅读"："阅读施特劳斯的书会受益匪浅，这些书好似一片国土，历来为那些选择自由的人提供收容所，在书中作者反思了写作的艺术与迫害。"[2] 但他作为精神分析大师，还是另辟蹊径提出了"表层阅读"，这种阅读方法的要害之处，用拉康那种语不惊人、死不休式表达来概括，就是他的那一句名言："马克思发明了征候。"精神分析最重要的工作就是发明征候，但为什么是"马克思"发明了"征候"呢？拉康的言下之意是马克思对商品的分析和弗洛伊德对梦的分析，两者之间存在着类似的同源同构的关系。为什么可以把似乎不相干的马克思和弗洛伊德都看成是征候的发明者呢？拉康认为他们两人的共同点就是注重"表层"，无论马克思对商品的分析，还是弗洛伊德对梦的分析，都不认为在商品或者梦的背后存在着什么秘密；相反，他们要揭示的恰恰是"商品"或"梦"的背后没有什么秘密，所有的秘密都呈现在表面，更具体的说，就是用"形式"的方式完全呈现出来。弗洛伊德对梦的分析注重的不仅是梦见了什么，而且是怎样做梦。他把"梦"称之为"梦的作品"（"dream-work"），即将"梦"当作一个形式化的作品来把握，这样才能"剔除对隐藏在梦的形式背后的内容的迷恋，把我们的注意

[1]　列奥·施特劳斯（Leo Strauss）：《迫害与写作艺术》（*Persecution and the art of writing*）刘锋译，北京：华夏出版社，2011年，第29页。
[2]　转引自坎特（Paul A Cantor）：《施特劳斯与当代解释学》，程志敏译，载刘小枫主编：《经典与解释的张力》（"经典与解释"丛刊第一辑），上海：上海三联书店，2003年。

力集中于形式本身，集中于梦的作品之中，'潜在梦思'从属与梦的作品"[1]。同样的，马克思也认为商品的秘密并不存在于商品的背后，而是存在于商品的形式之中。用他自己的话说，就是："劳动产品一采取商品形式就具有的谜一般的性质究竟是从哪里来的呢？显然是从这种形式本身来的。"[2] 齐泽克在《意识形态的崇高客体》一书中指出，马克思和弗洛伊德对"商品"和"梦"的阅读，关键在于避免了对假定隐藏在形式后面的内容那种崇拜性的迷恋，通过分析要揭示的秘密不是被形式——商品的形式、梦的形式——隐藏起来的内容，而是这种形式自身的秘密。"把形式化约为本质和隐藏内核是不够的，我们必须考察过程——这与梦的作品是一样的——正是通过这个过程，被隐藏的内容采取了这样的形式。"[3] 也就是说，它的秘密恰恰是呈现在"表层"，而不是隐藏在"深层"。

可以肯定的是，当齐泽克在讨论"马克思怎样发明了征候"这个问题时，他完全没有意识到日本学者柄谷行人早在 20 世纪 70 年代末期就对此有了清醒的认识。柄谷在《日本现代文学的起源》一书的第六章《关于结构力——两个论争》中明确指出："马克思和弗洛伊德的工作常常被理解为'深层的发现'。其实正相反，他们所做的是试图要解体掉使深层得以产生的那个阶层分化的透视法（目的论、超越论），他们所注视的正是所谓的表层。但是，这从反面也说明把他们变成'深层'的发现者的这个知识透视法是多么的强力无比。"[4] 这说明早在 20 世纪 70 年代，柄谷行人就意识到马克思和弗洛伊德都是"表层思想家"，而不是"深层思想家"。所谓"表层思想家"，就是强调他们要揭

---

[1]　齐泽克(Slavoj Zizek)：《意识形态的崇高客体》（*The Sublime Object of Ideology*）第20页，季广茂译，北京，中央编译出版社，2002年。
[2]　马克思：《资本论》（第一卷）北京：人民出版社，1975年，第88页。
[3]　齐泽克：《意识形态的崇高客体》，第20页。
[4]　柄谷行人：《日本现代文学的起源》，赵京华译，北京：生活·读书·新知三联书店，2003年，第143页。

露的恰恰不是隐藏在背后的秘密，而是形式本身的秘密。

　　柄谷当时没有提及拉康的理论，可他是怎么样达到与齐泽克同样的问题意识呢？考虑到柄谷是在美国耶鲁大学讲学期间构思此书的主要内容，他那时深受解构主义理论家保罗·德曼的影响，并且将这种理论影响体现在《日本现代文学的起源》的方法论意识上。这一方法论意识他称之为"颠倒"：柄谷把"现代性"看作一个认识论装置，对于这个装置带来的结果，他举了一个例子，也就是所谓"风景之发现"。一般认为，"风景"早就存在，譬如山水、丛林，等等；有了这些自然风光，才有描写山水丛林的作品。很显然，风景是第一位的，而描写这些风景的文艺作品——包括文学对自然的描写以及后来的摄影、电影等对自然的拍摄——都是第二位的。但柄谷却挑战了这一常识，他发现这样的认知秩序，其实来源于现代认识论装置的"颠倒"。通俗地讲，当然是先有山水风光，但进一步区分，山水风光作为"自然物"的存在和作为"风景"的存在是不一样的。作为"风景"的存在，恰恰是因为有了描写"风景"的文艺作品——譬如按照"透视法"来描绘风景的山水画——才将"山水风光"作为"风景"生产出来。由此，被人们看成是起源性的"风景"却是被当作是"第二位的"、处在表层的"山水画"生产出来的。柄谷把这一过程称之为"现代认识论装置的颠倒"："风景一旦确立之后，其起源则被忘却了。这个风景从一开始便仿佛像是存在于外部的客观之物似的。其实，这个客观之物毋宁是在风景之中确立起来的。主观或者自我亦然。主观（主体），客观（客体）这一认识论的场也是确立在风景之上的，就是说，并不是一开始就存在着的，而是在风景中派生出来的。"[1] 在这个意义上，他获得了"表层阅读"的可能性。正如"风景之发现"揭示出的，需要将

———————————

[1]　柄谷行人：《日本现代文学的起源》，第24页。

"颠倒"的装置重新"颠倒",背后没有秘密,所有的秘密都在表层。这一"颠倒"暗合于齐泽克对佛洛依德"释梦"的论述,通过"梦"所表达的"无意识欲望"与"潜在梦思"的关系,并非"更隐蔽和深藏",而是更加表面化,它的唯一位置就是在"梦"的形式之中,呈现在梦的作品之中。[1]

　　如果我们意识到"深层阅读"与"表层阅读"的不同取向,也就意味着面对经典可以有相当不同的进入文本的方式。施特劳斯因为有大量的对经典重读的实践,使得他的"深层阅读"为人们所熟知,但"表层阅读"除了视为范例的马克思、佛洛伊德和拉康,却少有人进行更广泛的阅读实践。柄谷行人的《书写语言与民族主义》[2]可以说提供了难得的一次实践。因为这篇文章是通过重读索绪尔和德里达来展开论述的,这就决定了柄谷的阅读姿态和阅读策略:一方面是对"表层阅读"的方法论自觉;另一方面则是如何以这种方法来重读经典。由此相关,我们对这篇文章的阅读同样具有双重性:不仅读柄谷的论述,而且更要读他如何阅读索绪尔和德里达。这样就可以达到一种双重阅读的效果,加上德里达对柄谷的文章进行了直接的回应[3],使得我们还能更切近地观察到对阅读者的再阅读。这种复杂的阅读效果可以避免以往那种把经典仅仅当作经典来阅读的局限,不是急于接受经典的论述,而是能够感受到阅读过程的展开。

　　通过重读索绪尔和德里达,柄谷行人将东西方重要的语言理论都纳入到批判视野中。当然这种批判不仅是语言的批判,更是现代性的批判,特别是立足于东亚——具体表现为西方、日本和中国之间复杂

[1]　齐泽克:《意识形态的崇高客体》,第18页。
[2]　柄谷行人的《书写语言与民族主义》是他1991年在东京世界比较文学会议上的演讲,后收入《现代日本文学的起源》中文版,是译者赵京华根据日文底稿翻译的;这篇文章还有一个中译本,是陈燕谷根据英文稿翻译的,发表在《学人》第9辑(南京:江苏人民出版社,1996年)。
[3]　雅克·德里达:《对柄谷行人〈书写语言与民族主义〉的回应》,陆怡雯译,载《新文学史》第5辑,郑州:大象出版社,2006年。

的语言关系——特殊历史经验对于现代性的批判。但我们可以继续追问下去，柄谷批判的目的是为了什么？显然不会是为了批判而批判。正如他曾经有意把康德的"批判"翻译成日语中的"评论"，强调怎么样才能把康德的哲学性"批判"转化为文学性"评论"，某种意义上就是为了抵御"批判"的一味"解构"。"批判""在美国叫作'理论'，虽然我自己也属于理论家，但我觉得只要单纯的'评论'就好了。因为在我的理论中，文学是有基础的"。[1]这里的"文学"或"评论"，都不能做狭义的理解，更多地表现为柄谷对"批判"或"理论"抽象化倾向的警惕，以及试图用"文学"或"评论"的"具体性"、"丰富性"和"独特性"来对抗、缓和"抽象化"的努力，可是他又不愿意使这种努力简单地等同于"日本特殊论"。柄谷行人毕竟是一个力图把自己思考的"日本问题"加以"普遍化"的思想家，他的格局远远超过那些仅在日本或东亚的语境中讨论问题的学者，这些人误以为在言辞上标榜东亚或亚洲的特殊性，就可能从西方普遍性中摆脱出来。柄谷当然没有这么天真，可是既然需要将日本问题提升到普遍性的高度来理解，那么如何重新处理"普遍性"与"特殊性"的关系，就成为了进入文本、展开阅读的前提性问题。

二、"无中心的中心"：怎样打破"普遍性"和
"特殊性"的共犯结构？

对于现代日本思想来说，将"普遍性"与"特殊性"的关系作为前提性问题，几乎是成为了一种宿命。因为"普遍性"与"特殊性"的对举之于明治维新以来的日本具有着特别重要的意义，它不仅表现

---

[1]　关井光男：《柄谷行人访谈：向着批判哲学的转变》，邢成等译，载《新文学史》第5辑。

为诸如"近代的超克"这样理论命题，更凝聚成日本如何自我理解的历史问题。就像竹内好所说，现代日本一方面以"优等生文化"的素质成功地向西方"普遍性"学习，完成了东洋的现代；另一方面则又以日本的"特殊性"向西方挑战，试图"超克"现代。[1]无论是"大东亚共荣圈"还是"近代的超克"，所有这些与日本侵略战争有关的论述，都是从"普遍性"与"特殊性"的对举中产生出来的。即使承认日本发动太平洋战争是为了解放东亚，驱逐西方殖民者，但也不难发现这种以"特殊性"展开的反西方战争，其内在的帝国主义和殖民主义倾向，则是更深层次地自我复制它反对的西方"普遍性"。这就是酒井直树特别指出的，"普遍性"与"特殊性"的对举已经构成了一个现代性的话语装置，单单标举"特殊性"绝对不足以颠覆"普遍性"，问题在于所谓日本的"特殊性"只不过是被西方"普遍性"生产出来，然后再次投射到作为西方"它者"的日本的自我理解中，最终确立的依然是西方的"普遍性"。因此，"普遍性和特殊性是相互加强和相辅相成的；它们之间从不存在真正的冲突；它们彼此需要而不得不努力寻求一种对称的互助关系以便避免一场对话式的碰撞，这种碰撞势必会破坏它们的所谓安全和和谐的独白世界。普遍性和特殊性为了隐藏自己的毛病而相互认可对方的毛病，恰似两个共谋犯的狼狈为奸"[2]。

怎样才能打破"普遍性"与"特殊性"这个"共犯结构"呢？直接应对的思路就是"一切都要历史化"，也就是把所有表面上看来具有普遍性的价值和话语，都还原到具体的历史语境中，借此显示出西方"普遍性"的破绽："西方本身就是一个特殊性，但是它却作为一

[1] 参见竹内好写于太平洋战争爆发期间的《大东亚战争与吾等的决意》和写于战后的《何谓近代——以日本和中国为例》，载竹内好：《近代的超克》，孙歌编，北京：生活·读书·新知三联书店，2005年。
[2] 酒井直树：《现代性及其批判：普遍主义与特殊主义的问题》，冯建三等译，载《学术思想评论》第五辑，沈阳：辽宁大学出版社，1999年。

个普遍的参照系数，按照此参照系数所有他体能够识别出来自己是个特殊性。在这一点上，西方自以为自己是无所不在的。"[1] 然而，仅仅"历史化"就够了吗？仅仅揭示出"西方"也是某种"特殊性"就能打破这个共犯结构吗？"历史化"过程确实可以把某种"普遍性"还原为"特殊性"甚至是"独特性"，但所有一切都被语境化为某些特定历史过程的产物时，既可能由于"特殊性"表面上不再与"普遍性"产生关联，而导致"怎样都行"的庸俗化倾向，也可能满足于强调局部经验的有效性，而陷于"本土化"的沾沾自喜。正是上述可能发生的趋势在慢慢地耗尽"历史化"的能量，也使得人们怀疑"一切都要历史化"的背后是否还隐藏着某种陷阱？当强调"一切都要历史化"时，是否所有一切都只能是个别的、特殊的现象，再也无法上升到"普遍性"层面？倘若"历史化"是一种将所有普遍化要求都还原为特殊与具体情境的策略，那么，在这种策略的运作下，当今世界谁又成为了唯一普遍和抽象的力量呢？由此不难联想到历史化策略与全球资本主义抽象力量的关系：在这个不断强调特殊、强化个别的时代，全球资本变成了唯一抽象与普遍之物。然而吊诡的是，全球资本虽然把持了普遍性，却往往不以抽象的面貌示人。正如那些跨国公司美轮美奂的商品广告，在各地播出时总是不忘结合各种本土元素，全球资本也常常以各种各样具体的、个性化的形态呈现，它似乎也放弃了抽象的普遍性，转而拥抱甚至故意制造形态各异的特殊性，"它说明了，每一个普遍性的意识形态概念都会被某个特殊内容所霸权化，这个内容粉饰了它的普遍性，并使之有效地运作"[2]。如果放弃了对于"普遍性"的诉求，就缺少了在终极意义上抵抗全球资本的可能。近些年来东西方

---

[1] 酒井直树：《现代性及其批判：普遍主义与特殊主义的问题》。
[2] 齐泽克：《文化多元主义，或，跨国资本主义的文化逻辑》，徐展雄译，载《知识分子论丛》第八辑，南京：江苏人民出版社，2008年。

甚嚣尘上的"文化多元主义",表面上非常讲究"政治正确",内在地却构成了全球资本主义的文化逻辑,原因就在于此。[1]

　　既然面临着全球资本这种强大的普遍化力量,那么我们该如何来重新想象"普遍性"呢?为什么不能仅仅停留在特殊经验和边缘位置上呢?马克思有一句名言"理论掌握群众",想必人们已经耳熟能详。这句名言出自《〈黑格尔法哲学批判〉导言》:"批判的武器当然不能代替武器的批判,物质力量只能用物质力量来摧毁,但是理论一经掌握群众,也会变成物质力量。理论只要说服人,就能掌握群众;而理论只要彻底,就能说服人,所谓彻底,就是抓住事物的根本。但人的根本就是人本身。"[2]马克思一方面强调了理论不能代替实践,但另一方面又极端重视理论之于实践的重要性。正如恩格斯在《〈德国农民战争〉序言》中指出的,德国工人阶级与欧洲其他各国工人阶级相比,有两大优越之处:一是他们属于欧洲最有理论修养的民族,因而保持了德国那些有教养的人几乎完全丧失了的理论感。如果工人阶级没有理论感,那么科学社会主义学说决不可能像现在这样深入他们的血肉。这就是理论的作用。德国工人阶级虽然不是欧洲最发达资本主义国家的工人阶级,却是最先进的工人阶级。为什么恩格斯可以得出这样的结论?是因为德国工人阶级具有较高的理论修养。所谓"理论",就是一种将特别的境遇和独特的经验上升到普遍性的能力,甚至是一种可以在"独特性"和"普遍性"之间"致死一跃",达到前所未有的高度的能力。假设没有诉诸"普遍性"的理论,就工人阶级自身而言,很容易落到恩格斯当时批评的"工团主义"的陷阱,就是只关注自己的利益,只争取自己的权利,仅仅停留在这个层面,就不可能具有普遍性和超

---

[1]　关于"文化多元主义"与"全球资本主义"的共谋关系,可以参见齐泽克在《文化多元主义,或,跨国资本主义的文化逻辑》一文中的相关论述。
[2]　马克思:《〈黑格尔法哲学批判〉导言》,《马克思恩格斯选集》(第1卷),北京:人民出版社,1966年,第8页。

越性。与此相关的是恩格斯描述的德国工人阶级的第二个优点，从时间上看，德国开展工人运动比欧洲其他发达资本主义国家都要迟，却给德国工人阶级带来了某种"后发优势"，除了可以吸取其他国家工人阶级斗争的经验与教训，更重要的是可以把自己的斗争与英国、法国等国工人阶级的斗争联系起来。[1] 这就为德国工人阶级提供了一个超越民族国家的视野，不再局限在某个国家内部的行动，而是拥有了更加开阔的欧洲甚至世界性的眼光，这就是所谓"工人无国界"了，也是"全世界无产者"可以"团结起来"的基础。

综合上述两个方面的优点，显示出"理论"之于"实践"的重要性。恩格斯特别指出："必须承认，德国工人非常巧妙地利用了自己地位的有利之处。自从有了工人运动以来，斗争是第一次在其所有三方面——理论方面、政治方面和实践经济方面（反抗资本家）互相配合，互相联系，有计划地进行着。德国工人运动所以强大有力和不可战胜，也正是由于这种可以说是向心的攻击。"[2] 很显然，德国工人运动成为欧洲工人运动的高峰，其背后蕴涵的就是这种将特殊的境遇、特殊共同体的利益和普遍的境遇、普遍的利益结合到一起的能力，这种能力来自于"理论"，所以才叫"理论掌握了群众"，而不仅是"群众"掌握了"理论"。通过对这段历史的回顾，我想强调的是，如果今天我们还意识不到如何才能在抽象的和普遍性的意义上与"全球资本主义"构成抵抗的关系，就不具备恩格斯与列宁曾经描述过的德国工人阶级和俄国工人阶级那种理论的勇气，同时也是一种想象力的勇气，因此无法发展出真正能够抵抗全球资本主义的力量。

---

[1]　参见恩格斯的《〈德国农民战争〉序言》相关论述，《马克思恩格斯选集》第二卷，北京：人民出版社，1972年，第300—301页。
[2]　恩格斯的《〈德国农民战争〉序言》，《马克思恩格斯选集》第二卷，第301页。关于"理论斗争"的重要性，列宁继承了恩格斯的观点，在《怎么办？》提出了更响亮的口号："没有革命的理论，就不会有革命的行动。"（《列宁选集》第一卷，北京：人民出版社，1995年，第311页）

正是在这一语境下，才能显示出我们为什么要回到柄谷行人的迫切性。因为他近些年来思考的重点——如极具原创性的著作《跨越性批判——康德与马克思》[1]——就聚焦于重新理解普遍性的问题。他的思考主要是在重读康德中展开的：众所周知，康德对笛卡尔和休谟都有批评，笛卡尔所谓"我思故我在"，也即存在着一个主观性的自我；而休谟是所谓"经验主义"，他认为存在许许多多的自我，因此一个代表主观论；另一个则是经验论。特别是休谟的观点，类似于后来的后现代主义观点，因为他强调没有一个固定的自我；而笛卡尔式主体来自于整个西方形而上学传统，一直是后现代主义批判的对象。不妨按照我们上面所讲的来做一个简单化的类比，似乎可以说笛卡尔表征了"普遍性"，休谟则是"一切要历史化"。所以在柄谷行人那里，笛卡尔和休谟的对立就显示了当代语境中理论趋向的对立，而不是一般哲学史意义上的对立。他认为，康德既要批判笛卡尔又要批判休谟，从中发展出一种新的对自我的想象和理解。康德首先认为单一的自我是存在的，这是对休谟有无数多自我的否定；但只有这种肯定是不够的，同时还要避免像笛卡尔那样把自我在现实世界中固定下来，变成一个实体，也即"我思故我在"。柄谷行人就曾从检讨西洋绘画"透视法"的角度来批判笛卡尔式主体，称之为"理性至高无上的主体"，认为所有压迫性的力量都有可能从此衍生出来。[2] 康德解决笛卡尔与休谟之间二元对立的方案是先承认自我的存在，进而指出这种自我只是作为超验论的一种统觉存在，也就是将"自我的存在"转化为"超验的存在"。"超验的自我"在物自体和现实界的关系中，首先是在物自体意

---

[1]　参见柄谷行人：《跨越性批判——康德与马克思》，赵京华译，北京：中央编译出版社，2011年。

[2]　柄谷行人指出："现代透视法的空间是笛卡尔式的空间。笛卡尔的思想由此才得以产生。因而，注意到这种空间和知觉空间的错位，而产生了对这种透视法的批判。"《现代日本文学的起源》，第140页。

义上存在，当它必须在现实界现身时，则可能呈现出无数多化身。柄谷行人承认他从康德那里学到了很多东西，譬如康德区分了"建构性理念"和"整合性理念"，"建构性理念"就是"将被现实化"的"理念"，类似于可以"被历史化"的"普遍性"，而"整合性理念"则是绝难实现的、仅仅作为目标逐渐向其迈进的"理念"，类似于无法完全"被历史化"的"普遍性"，甚至可以说这种"整合性理念"是一种假象，但在没有这个假象就无法前行这一意义上来说，它又是一种超越论假象。[1]

　　需要注意的是，康德的"自我"并非对休谟和笛卡尔对立的"自我"进行的庸俗综合，而是运用一种"视差之见"（The Parallax View），"即不光从自己的视角而且要从'他人的视角'来观察。毋宁说，情况正好相反。如果我们主观性的视角是视觉上的欺骗，那么，他人的视角或者客观性的视角也难免不成骗局。果真如此，那则作为反思的哲学之历史便只能是'视觉上的欺骗'之历史了。康德所提出的乃是揭露这种反思只能为'视觉上的欺骗'的那一类反思。作为反思之批判的这个反思，只有在自己的视角和他人的视角之'强烈的视差'上才能产生"。[2] 这也意味着维持超验意义上自我的存在，将保持一个对普遍性始终开放的维度。柄谷行人指出，这种先验性的统觉"自我"类似于笛卡尔的"我思"，他"很有道理地强调了我思的非实体性，'它不能明确地言说，一旦言说便功用尽失'。我思不是一个实在的实体，而是一个纯结构性的功能，一个空位"[3]，因此它既有别于笛卡尔式"我思故我在"的主观性自我以及休谟式经验主义的许许多多自我，又

[1]　柄谷行人：《跨越性批判——康德与马克思·中文版序言》，《跨越性批判——康德与马克思》第2页。
[2]　柄谷行人：《跨越性批判——康德与马克思·导论》，《跨越性批判——康德与马克思》第2页。
[3]　齐泽克：《视差之见》（The Parallax View），薛羽译，载《新文学》第五辑，郑州：大象出版社，2006年。

不是简单在更高的层次上追求对两者的"辩证综合"。这种先验性自我的特性，借用柄谷行人的说法，就是"有中心，但却绝对无法实体化的"。"无中心的中心"也好，"时时刻刻都处在运动状态之中，因而是非中心的中心"也罢，其目的都是为了克服康德揭示出来的二律背反，但不是为了取消二律背反，而是要坚持二律背反的不可消解，并以此为出发点构想出一个激进的批判立场。这也就是为什么齐泽克特别要指出的："柄谷从康德的'物自体'（超越现象的本体）概念读出的，并不是一个超出我们理解的先验主体，而是只有凭借现实经验不可消解的二律背反特征才能辨认之物。[1]"

　　表面上看，柄谷行人的论述似乎停留在一种哲学的玄想上，实际上他对康德的解读不是抽象哲学意义上的，而是马上把这一思考纳入到具体的政治语境中。柄谷行人进一步追问，康德这一套对于"自我"的理解，也即对于"普遍性"的理解，和康德的政治性规划，也即其政治哲学有什么关系？我们今天在什么意义上需要重返康德的政治哲学？就前一个问题而言，柄谷明确指出："康德的思考虽说具有抽象性，但却成为后来的乌托邦社会主义者和普鲁东那种无政府主义的思想先声。也因此，赫尔曼·科恩将康德称之为'德国社会主义的真正创始者'。"[2] 而后一个问题，则必须回到康德的"世界公民社会"的概念中才能更好地把握。现在人们多从自由主义的角度重新阅读康德的政治哲学，也非常注重他的"永久和平"理论和"世界公民社会"理论，十分强调从民族国家内部的公民权到世界跨国公民权的展开。对这一自由主义逻辑最通俗的表述就是"人权大于主权"，把国家内部的公民权放到世界性关系中，内在地包含了"民族国家"和"世界公民"

---

[1]　齐泽克：《视差之见》。
[2]　柄谷行人：《跨越性批判——康德与马克思·日文版序言》，《跨越性批判——康德与马克思》，第1页。

之间的对立。但柄谷行人对康德政治哲学的阐释不是在这个方向进行的，他认为康德的"世界公民社会"理论带来了现代政治哲学如何处理"政治共同体"问题的一个重大转折，因为康德对世界公民社会的设计，标志着原来那种在特定文化传统里实现的、对"自然的"民族实体的认同原则，向一种新的"普遍性"认同原则的转变，也即"世界公民社会"的设想一出现就超越了"民族国家"，而且不把"民族国家"作为"世界公民社会"的起点来考虑。这意味着在康德的"世界公民社会"构想中包含着一种新的"普遍的独特性"，它不仅挑战了"普遍性"与"特殊性"的二元对立，而且直接与从"个体性"、"特殊性"再到"普遍性"的"三位一体"的构造产生了对抗。这种对抗落实到德国政治哲学的层面，可以化约为"康德"和"黑格尔"的对抗，也就是不以"民族国家"为基础的"世界公民社会"与建立在民族国家基础上的"公民社会"的对抗。

　　一般认为，黑格尔提出了"公民社会"的概念，但在他看来，"世界公民社会"却是一个没有实质性的抽象概念，因为缺乏"民族国家"这一特定的中介，也就不具备充分实现的力量和他条件。"个体"只有完全认同某个特定的"民族国家"后，才能获得普遍的人性——我只有作为一个德国人、一个英国人、一个法国人……才能成为一个"人"——这儿需要一个递进的过程，从个别性、特殊性，最后才到普遍性。在这个过程中，虽然普遍性得以存在，但它却是一个空洞的、均质的空间，没有任何实质性的内容。所谓"世界公民社会"这一普遍性，其实质内容完全由现代民族国家所赋予。所以在《法哲学原理》中，"公民社会"出现了在个体、家庭与国家之间。在这个意义上，所有关于"民族国家"和"公民社会"二元对立的论述，都是虚构出来的。但对于康德来说，"世界公民社会"并非空洞无物，而是提出了"普遍的独特性"这一悖论式的概念——也即作为单个个体，在某个循环中回避了特殊中介直接分享了普遍性。需要注意的是，这种"单个个体"（"独特性"）对"普遍性"的认同，不是对"普遍人性"的认同——因为"普遍人性"是"民族国家"所给定的，就像我们很清楚，当今的"人权"话语依然是一种"国家"话语一样——而是对普遍的"超政治原则"的认同。这一原则在康德那里，不只是表述为"世界公民社会"或"永久和平"，而且需要不经过特殊中介贴近每一个人，使得"普遍性"与"个体"的"独特性"联系在了一起，这就是他念兹在兹的"人"是目的而非"手段"。也只有在这个意义上，我们才可能重返康德的"启蒙"概念，他在《何为启蒙？》中提出以"公"抗"私"，柄谷行人认为，与"启蒙"相关的"公"和"私"不能按照通常的理解，而是具有特定的所指，"公"即"世界公民社会"，但"私"却不是与"群体"相区别的"个人"，而是特定认同中的"共同秩序"，就即"现代民族国家"。值得注意的是，康德的"启蒙"规划完成了一个大的"颠倒"，"私"成为了特殊的"政治共同体"，"公"则是理性实践中的超国界"普遍性"，两者之间的悖论在于人们需要在"公"领域的普遍尺度上精确地成为一个独特个体，进而从特定认同中的"政治共同体"（"民族国家"）中挣脱出来。由此，人只有在根本上作为一种"独特性"才能获得真正的"普遍性"，也就是独特性只能在充分的展开过程中——这一展开不能归结到某个特殊性的中介，特别是以"民族国家"作为形式的政治共同体——才能实现自己的普遍性。只有这样，才完成了从"特殊性"到"普遍性"的"致死一跃"。[1]

---

[1]　关于柄谷行人对康德和黑格尔之于"公民社会"差别的解读，参见齐泽克《视差之见》一文的第三节"哲学与无家可归"。

三、重读索绪尔:"语音中心主义"与"民族主义"的悖论

我之所以在进入具体的文本解读之前先讨论上述两个问题,是因为"深层阅读"和"表层阅读"的关系涉及到柄谷行人的方法论意识,而重新规划"普遍性"则是他理论与阅读实践的出发点与归结点。在《书写语言与民族主义》一文中,我们会不断地看到柄谷行人是如何将自己抽象的理论思考转化为具体的阅读实践的,同时又把具体的阅读实践提升为抽象的理论思考。

《书写语言与民族主义》这篇文章可以分成三个部分:第一部分开宗明义,提出"书写语言"与"民族主义"或者说"民族国家"的关系问题。具体而言,柄谷行人是通过日本的经验来重新检讨德里达的学说,进而提出自己的问题意识:"与许多日本学者在对日本事例进行历史考察时往往将此还原为日本的独异性不同,我将把文字、书写语言与民族国家的问题放在更普遍的场域来考察。"[1]然后,围绕这个问题进行了两次重读,第二部分是重读索绪尔,用德里达的话说,是把"那个漫画化的保守的索绪尔,当时——二战前后,30年代和40年代初——通常接受这么一个索绪尔"摧毁了,还我们另外一个索绪尔,"有根有据的索绪尔,真正的索绪尔"。[2]第三部分则是重读江户时代日本国学中的语音中心主义,以及以时枝诚记为代表的对国学中语音中心主义的批判性继承。

首先我们来看第一部分。德里达提出所谓"语音中心主义"的问题,主要是针对柏拉图以来的西洋形而上学。柄谷行人却认为"语音中心主义"不仅是西洋形而上学的问题,他举了两个例子,第一个例子是说明日本就有"语音中心主义",即明治时期"文言一致"的问

---

[1]　柄谷行人:《日本现代文学的起源》,第195页。
[2]　雅克·德里达:《对柄谷行人〈书写语言与民族主义〉的回应》,载《新文学史》第5辑。

题。幕府末期有一个"开成所"的"反译方"——即幕府建立的西洋语言学校里的翻译——叫做前岛蜜，他提出要废除汉字，达到真正的"文言一致"，这个"汉字废止案以后的运动是在西洋影响之下发生的，这是千真万确的事实"[1]。或许还可以补充一个更极端的例子，日本驻美国的大使森有礼，写过一本叫《文学兴国策》的书，非常有名，对晚清的维新运动也产生过很大影响。他曾写信给耶鲁大学的一位教师，提出日本应该废除日语，改用英文的设想。这些例子都证明，明治维新以来日本的"文言一致"运动，是在"语音中心主义"影响下出现的。但柄谷行人接着提出第二个例子，"在 18 世纪的国学中已经有了语音中心主义。那是由佛教僧侣契仲那样的通晓梵文的学者们掀起的，当与'西洋形而上学'没有任何关系"[2]，既然在江户时代就有"语音中心主义"，但这一时代显然还没有受到西洋影响，那怎么来解释这一现象呢？原来江户时代的国学家——其中以本居宣长为代表——认为日本的文字、文化都受到了汉语的影响，他们为了确立日本的自主性，就说自己的文化中也有未被"汉语"污染的"源头"，也即回到《古事记》、《万叶集》中去寻找所谓日本特有的"古之道"。在这个过程中，需要改变原来用汉字书写，用日本读音训读的方法，重新回归到日本的"传统"的表音性文字优先的方案，这就是日本传统中强调"文言一致"的"语音中心主义"。[3] 由这里衍生出的问题是：（一）"语音中心主义"不能"仅仅局限于西洋"，因为江户时代的日本也有"语音中心主义"；（二）"语音中心主义"不仅仅是德里达所说的"西方形而上学"的问题，同时也是一个和现代民族国家形成有密切关系的问题，而且"语音中心主义"和现代民族国家的联系并非日本特有的现象，

---

[1]　柄谷行人：《日本现代文学的起源》，第194页。
[2]　柄谷行人：《日本现代文学的起源》，第194页。
[3]　关于这一过程详细的论述，可以参看小森阳一：《日本近代国语批判》，陈多友译，长春：吉林人民出版社，2004年。

"在民族国家形成上，虽有时间先后的不同，然世界上无一例外地要发生这样的问题"。这就体现出柄谷行人的论述策略，他不愿意像有的学者那样简单强调日本问题的特殊性，而是指出一种看似特殊的现象，也可能包含一个普遍性的问题："与日本学者在对日本的事例进行历史考察时往往将此还原为日本的特异性不同，我将把文字、书写语言与民族国家的问题放在更普遍的场域来考察。"[1]

在明确了这个问题意识后，柄谷行人紧接着指出，讨论"语音中心主义"可以先不必从西方形而上学讲起，因为这样讲反而可能掩盖了问题的关键。既然西方"语音中心主义"是和现代民族国家的兴起联系在一起的，那么欧洲所有的民族国家在确立自己的认同时，都面临如何从帝国语言——拉丁文——中挣脱出来创造本国语言的问题。譬如英国人、法国人、德国人……怎样建立起自己的国族认同呢？假如都用拉丁文怎么可能形成区别与帝国的民族国家呢？所以认同的过程也就是创造民族语言的独特性的过程，英国人、法国人、德国人和英语、法语、德语具有一种共生性的关系："现代民族国家的母体形成是与基于各自的俗语而创出的书写语言的过程相并行的。"[2] 但丁创作《神曲》、路德翻译《圣经》、塞万提斯完成《堂吉诃德》，乔叟书写《坎特伯雷故事集》……"这些作品在各自的国家至今仍作为可读的古典保留下来，并不是因为各国的语言没有太大的变化，相反，是因为通过这些作品各国形成了自己的国语。"[3] "五四"新文化运动时，胡适将其称之为"但丁路德之伟业"，并把这一过程概括为"文学的国语，国语的文学"：也即通过"文学"把区别与帝国语言的"俗语"变成一种通行的"书写语言"，创造出一种新的民族国家的语言，而正是

---

[1] 柄谷行人：《日本现代文学的起源》，第195页。
[2] 柄谷行人：《日本现代文学的起源》，第195页。
[3] 柄谷行人：《日本现代文学的起源》，第195页。

这种"国语"使人们产生了对新的民族国家的认同，只有在这一认同的基础上，才能用新的"国语"创造出新的"文学"。

如果"拉丁文"和欧洲各民族国家语言是一种"帝国语言"与"国语"的关系，那么在汉文化圈的语境中，"汉语"是不是一种"帝国语言"？对于从属于汉文化圈的日本、朝鲜和越南所谓"二郡一司三荒府"来说，"汉语"和它们构成了一种怎样的关系？假如"汉语"也是一种帝国语言，日本要成为现代民族国家，是不是同样需要重新发明"国语"？在这样的情况下，"标准语是拉丁文字还是汉字比起这些都是'世界帝国'的标准语（书面语）这一事实来并没有什么重要性"[1]。柄谷行人认为，"汉字"和"拉丁文"一样都是"帝国语言"，"汉字在各国被以不同的发音所阅读，在西欧拉丁语亦是怎么发音都可以的。这些作为书写语言基本上与声音没有直接关系"。正因为"书写语言"基本上与"声音"没有直接关系，才使得民族国家兴起时，"国语"要重新建立与"声音"的联系，从而确立了"语音中心主义"与"民族主义"的内在关联。这一现象提醒人们，"民族国家"是从"世界帝国"中分化出来的，除了诸如制度、人种等原因外，"要成为民族国家还需要别的契机。毋宁说这是'文学'或者'美学'而形成的"[2]。所谓"文学"或"美学"的成因，除了上述"文学的国语、国语的文学"包括的意涵，后面将会讨论到"浪漫主义"为什么会成为形成"民族国家"的动力，在这里也已经埋下了伏笔。

既然"语音中心主义"和"民族主义"密切相关，那么如何来理解"把文字从语言中排除出来的"索绪尔的语言学理论就变得至关重要。因为德里达也是通过重读索绪尔提出"语音中心主义"的，柄谷行人则是既重读德里达对索绪尔的解读，同时又重读索绪尔。他指

[1] 柄谷行人：《日本现代文学的起源》，第196页。
[2] 柄谷行人：《日本现代文学的起源》，第196页。

出"索绪尔把语言视为没有积极性因素的差异体系"[1]，表面上看，这是一种语言学的描述，但同时也是一种政治性的描述。柄谷行人希望人们发现索绪尔对"语言"的看法不只是"语言学"的，也是高度政治性。如此一来，我们对索绪尔语言学理论最大的误解，就是完全忽略"语音中心主义"的"历史性"或"政治性"含意。现在需要重新把索绪尔"历史化"或"政治化"，也即清醒地意识到索绪尔的"语音中心主义"是基于对自己所处时代的政治问题——其核心即"民族国家"问题——的高度敏感，并把这种敏感铭刻在语言学理论中。不过，后来对索绪尔语言学理论的接受却完全遗忘了这种政治敏感，将其变成了纯粹的语言科学。譬如一般认为索绪尔的"语言学"是不研究"文字"的，他把"文字"从"语言学"中排除出去，是为了达到语言研究的精确性，柄谷行人却指出索绪尔这样做，是因为"知道文字渗透于口语达到了无法排除掉的程度"[2]。他的"普通语言学"针对的是十八、十九世纪流行的"历史语言学"，他的语言学研究建立在对"历史语言学"的"颠倒"上。"历史语言学"虽然号称研究历史上的语言，实际的材料却是"书写文字"，不可能有真正的声音。由此带来的后果是，"语言学无法把那些过去没有书面语的众多民族和部落的语言作为自己的研究对象。某种语言作为文字被使用这一事情本身意味着他曾经作为一定的文明、国家而实际存在过"[3]。如果语言学家意识到这点，仍然坚持所谓"语音中心主义"，完全忽略"语言"是经过书写的、受到文字影响的"语言"，又不强调这种"语言"必然和一定的文明、国家联系在一起，那就是一种欺骗。可以把这样的意识当作索绪尔语言学的基本起点，他把"文字"从"语言学"中排除出去，建

---

[1]　柄谷行人：《日本现代文学的起源》，第196页。
[2]　柄谷行人：《日本现代文学的起源》，第197页。
[3]　柄谷行人：《日本现代文学的起源》，第197页。

立起所谓"内在语言学",而把"文字"视为是"外在的",在这个过程中,索绪尔完成了一个"颠倒",他恰恰强调的是,所有"内在"的"语言"其实都从属于"外在的""文明"与"国家"。这就是他在《日内瓦大学就职演说》中特别指出的:"只有政治的支配是不够的,首先需要确立文明的优越地位。而且,文字语言常常是不可缺少的,就是说必须通过学校、教会、政府即涉及公私两端的生活全体来强行推行其支配。这种事情,在历史上被无数次地反复着。"表面上看,很容易"认为语言是有机的,仿佛有时成长有时衰亡似的。其实,这不过是文明或者国家的成长与衰亡的投影而已"[1]。不过,索绪尔语言学理论的继承者却往往忽略了他的重点所在,转而强调语言的"内在性",发展出一种语言内部的平衡机制,譬如某种语言突然衰亡或异常繁荣,本来源于"外部"的断裂,却被"内在语言学"的连续性所掩盖。"在这里,'外在的'偶然结果被预想为具有'内在的'连续性事物。语言学将语言外在的东西或称'外在语言学'的结果当做了语言的法则。然而这将忽视语言外在物的巨大机能。"[2] 所以,索绪尔表面上提倡"内在语言学",但他的提倡是为了批判那种把"外在的"结果"内在化"的语言学,以突显"外在"之物,也可以说这是一种"颠倒":"索绪尔坚持把语言学的对象限制在口语范围内,并不是因为语音中心主义,而是因为要暴露历史语言学的语音中心主义之欺骗。"[3]

正如我前面指出的那样,柄谷行人一边重读索绪尔,一边还要重读德里达对索绪尔的重读。他认为德里达对索绪尔的阅读,固然发掘出他更加复杂的层面,但如《文字学》中那样解构主义阅读法,基本上是限制在文本上,所以柄谷说"大概德里达自身是要通过'文本'

---

[1]　柄谷行人:《日本现代文学的起源》,第198页。
[2]　柄谷行人:《日本现代文学的起源》,第198—199页。
[3]　柄谷行人:《日本现代文学的起源》,第199页。

来追索‘语境’吧”，但“在索绪尔那里，这个书写语言的外部性不是别的正是其政治性。我们不应该将此消解于文本论里”。[1] 其实是批评德里达没有通过（内部的）“文本”呈现出（外部的）“语境”。而柄谷行人则试图重新呈现索绪尔“内在语言学”的“外部语境”。原来人们心目中的索绪尔，“常常因无视政治性，只重视作为自律体系的语言这一罪责而受到非难”，柄谷行人要重新塑造索绪尔的形象，“书写语言的外部性不是别的正是其政治性，索绪尔所要批判的就是将这个政治性内在化并最后被消解掉的那种语言学”，他之所以能这样做，源于索绪尔对民族国家、国语和多民族语言这三者关系的高度敏感，源于他深刻地意识到民族国家语言和多民族语言之间不可避免的冲突。就像德里达在回应柄谷行人的文章时指出的：“我认为柄谷对索绪尔的更为独特的推测是：他觉得要是索绪尔对他的理论处境中牵连的政治问题那么敏感，大概因为他不是法国公民，而是瑞士公民。”[2] 瑞士是一个拥有多民族的单一民族国家，与“帝国”处理与多民族语言关系的方式——“帝国”往往不干涉多民族语言自身的状况，它只需要保证“帝国”书写语言也即拉丁文能在各地畅通无阻——不同的是，民族国家语言也即“国语”强化“语音中心主义”，要求“言文一致”，当用书写语言把口语固定下来，在确认了某一语言的同一性时，也就确定了某一民族的存在。所以，“国语”与“多民族语言”之间的冲突就变得不可避免。例如瑞士这个民族国家有四种语言为公用语，其一是“法语”，那么是否可以把瑞士的“法语”理解为法国国家或法国民族的语言呢？如果这样理解的话，瑞士就不复存在了。柄谷行人正是从“国语”与“多民族语言”的关系这一角度指出：“在瑞士这个民族国家，

---

[1]　柄谷行人：《日本现代文学的起源》，第199页。
[2]　雅克·德里达：《对柄谷行人〈书写语言与民族主义〉的回应》，载《新文学史》第5辑。

一旦提起国家和民族就只得崩溃了。"[1]

索绪尔自身的遭遇也处于"国语"与"多民族语言"的复杂关系之中，他本可以担任法兰西学院的正教授，但法国有一个规矩，只有法国人才能担任法兰西学院的正教授，于是索绪尔要么加入法国籍，要么就不当正教授。他最终选择不加入法国籍，回到瑞士的日内瓦大学任教。正是在《日内瓦大学就职演说》中，索绪尔把自身遭遇转化为一种关于"帝国"、"民族国家"、"国语"与"多民族语言"之间复杂关系的讨论。柄谷行人特别强调，索绪尔的这种讨论是不是瑞士人的民族主义尚可存疑，但的确是对于法国民族主义的抵抗，它与法国思想家勒南（Ernest Renan）当时的经典文章《什么是民族？》[2]构成了一种对话关系，"勒南表示，民族并非根植于'种族、语言、物质利益、宗教亲近感、地理或军事的必要性'中的任何一项。他认为民族根植于所共有的光荣与悲哀，其中特别是悲哀的'感情'"，[3] 因此他特别强调了"民族记忆"的重要性，也就是"历史"的重要性，民族认同感正是从"历史记忆"中产生的。柄谷行人认为勒南对"什么是民族"的解释，"意味着民族的存在基于同情或怜悯。不用说这是历史性的东西，表现在浪漫派的'美学'中"。[4] 所谓"美学"在这儿并不指向什么是美，而是指向"感性"和"感情"，"指'感情优越于知识、道德而为最根本的东西'"，也即"感情"在民族建构过程中发挥了重要的作用。[5] 但在勒南强调"民族"是"感性"的同时，民族国家却越来越被"实体化"，被"种族、语言、物质利益、宗教亲近感、地理或军事的必要性"所强化。按照本·安德森说法，"民族国家"作为"想

---

[1]　柄谷行人：《日本现代文学的起源》，第200页。
[2]　中译文可参见厄内斯特·勒南：《民族是什么？》，袁剑译，载《民族社会学研究通讯》第113期。
[3]　柄谷行人：《日本现代文学的起源》，第201页。
[4]　柄谷行人：《日本现代文学的起源》，第201页。
[5]　柄谷行人：《日本现代文学的起源》，第201页。

象的共同体"，需要在国民之间建构起一种"休戚与共感"，但这种感觉不能凭空而来，只有依靠相应的制度才能固定与强化。譬如在欧洲在 18 世纪甚至 19 世纪相当长的时间里完全没有护照的概念，各个国家之间可以随便进出，但后来的海关和护照就把民族国家的界限制度性地建立起来了。但这一系列制度建立是否意味着 19 世纪欧洲的民族主义——以及相应的种族主义如"反犹主义"的兴起——意味着从"民族国家"向"帝国主义"的转化呢？德里达在回应柄谷行人时就提出类似的疑问："难道帝国主义不是民族国家吗？"[1] 因为柄谷行人似乎试图把"民族国家"和"帝国主义"区分开来，他在文章第三部分讨论时枝城记的语言学构想，也注意到"日语"曾经纠缠在究竟是一种"帝国语言"还是一种"民族国家语言"的问题中。而我认为，既不能简单地在"帝国主义"和"民族国家"之间划等号，又必须意识到帝国主义治理方式和民族国家治理方式之间的关系，也即"帝国主义"如何处理"帝国"外部和内部的关系，从而促成了一种新的论述的出现。最典型的例子莫过于大英帝国，在帝国内部自然是实行资产阶级的自由和民主，但在帝国的外部如殖民地印度却实施反自由反民主的暴政，两种不同的治理方式就面临着如何使大英帝国在印度的统治合法化的问题。正是为了解决这个问题，产生了我们熟悉的"文明等级论"或"文明与野蛮"论述。也就是在"文明等级论"的意义上，把印度定义为文明的初级阶段或者"野蛮"阶段，而把大英帝国的核心地区定义为文明的高级阶段，然后把治理方式的差异归结为从"野蛮"进步到"文明"必然付出的代价。这一套文明修辞和历史叙述影响深远，马克思在《大不列颠在印度的统治》中有一段名言："英国在印度斯坦造成社会革命完全是受极卑鄙的利益所驱使，而且谋取这些

---

[1] 雅克·德里达：《对柄谷行人〈书写语言与民族主义〉的回应》，载《新文学史》第5辑。

利益的方式也很愚蠢。但是问题不在这里。问题在于，如果亚洲的社会状态没有一个根本的革命，人类能不能实现自己的命运？如果不能，那么，英国不管干了多少罪行，它造成这个革命毕竟是充当了历史的不自觉的工具。"[1] 虽然谴责英国在印度的暴行，但也承认它充当了历史的不自觉的工具，将落后的印度带入到现代世界中，不也同样暗合于这种"文明等级论"吗？

由此可以看出，"文明与野蛮"的论述产生于帝国的边界，"帝国主义"的治理方式当然不能简单地等同于"民族国家"的治理方式。在这个意义上，柄谷行人把"民族国家"和"帝国主义"区分开来或许更具有说服力。当民族国家帝国主义化时，我们会发现所有的"科学的"学说（语言学、人类学、遗传学等）实际上都变成了帝国主义的学问，"起到了支撑这种向帝国主义转化倾向的作用"，因为它们要支持这一套"文明和野蛮"的论述，譬如西欧中心主义的观念是通过抹杀比西洋更"优越的文明"即阿拉伯文明对世界的影响而确立起来的，因此需要强调雅利安人和闪米特人语言的异质性。"而对此反应迟钝的学术中立主义的姿态实在是性质恶劣的"。[2] 所以，历史语言学的"语音中心主义"掩盖的就是这样一种书写语言或历史的"外在性"。而索绪尔则要把这种掩盖的历史重新呈现出来，他要告诉人们，作为"国语"的法语或意大利语基本上都是"书写语言"，它们之所以获得霸权地位，并不是内在的语言规则发挥作用，而是依靠外在力量的主导。事实上已有报告指出，在法国革命的当时，其实只有40%的人说法语，但那以后，随着国家教育制度的确立，法语成为了民族国家的语言得到广泛普及。主导性的国语形成之后，其他各种语言都

---

[1]　马克思：《大不列颠在印度的统治》，《马克思恩格斯选集》（第二卷），北京：人民出版社，1972年，第68页。
[2]　柄谷行人：《日本现代文学的起源》，第201页。

变成了方言甚至遭到驱逐。于是，索绪尔在《日内瓦大学就职演说》中颇为沉痛地总结道："方言上的分化在各地得到了证实，我们不易看清楚这种分化。是因为各种方言中的一种得到了作为文学语言、政府公用语或国内交易流通语的特权地位。得其荫庇，只有这一种方言通过文字的遗迹被传播开来，相反其他方言则让人感到是不美观不洁净的土话或者公用语的歪曲形态。也可以说，被文学语言所采用的方言屠杀了众多其他方言，这并不是什么稀奇的事。"[1] 他认为"语音中心主义"恰恰是"书写中心主义"，当一种语言被书写后才确立起它的主导地位，其他没有被书写的语言就变成了方言土语，而且这种"方言"也只是经过"方言调查"之后确立起来的"方言"。索绪尔要观察的"口语"则是"方言调查"之前的"口语"，也即"连界线也不很分明的作为 idiome（方言）的复数语言"。[2] 经过"方言调查"之后确立的"方言"虽然具有多元性——成为了众多"方言土语"之一种——却丧失了方言的复数性。那种"连界线也不很分明的复数语言"联系着索绪尔描述的"什么都不是、没有积极状态"的"语言"，"语言"就是语词被使用的那一刻，"'语言'（langue）既不是书写语言也不是口语，更何况国语"，"为了否定设置一定的规范和规则，索绪尔才使用语言这个词"。[3] 在他那儿，"语言"是一种非常广泛的、可以想象的、却从来没有明确的状态。所以，索绪尔才会如此强调"语言是通过没有积极性因素的差异而存在的"，把"语言"当作没有"积极性因素"的"差异存在"，不是为了确立"学术中立主义"的"语言学"理论，而是为了"否定语言为某种'清楚明了'的东西这一思考"。[4]

---

[1]　柄谷行人：《日本现代文学的起源》，第201页。
[2]　柄谷行人：《日本现代文学的起源》，第203页。
[3]　柄谷行人：《日本现代文学的起源》，第203页。
[4]　柄谷行人：《日本现代文学的起源》，第204页。

索绪尔表面上讨论的是语言问题，实际上是要表达语言构成的主体问题。他不否认语言是构成主体的条件，"语言是超越个人意志的社会性规范，或者不如说个人这一主体本身，在这里得到了形成"[1]。但是，当语言处于一种自由自在的状态——也即他所设想的"没有积极因素的差异存在"时——所形成的主体，和语言变成了"国语"——也即被一系列"规范与规则"设定时——所形成的主体，当然是不一样的主体。索绪尔认为"国语"是一种宰制性、规范化的语言，导致了"连界线也不很分明的"的"复数语言"的消失，最后导致了某种"普遍性"与"特殊性"的共犯结构，也就是作为"普遍性"的"国语"和作为"特殊性"的被"方言调查"确立的"方言"，除此之外，人们无法想象任何自由自在的语言状态，自然也无法确立自外于"民族国家"的"主体"。尽管"浪漫主义者强调个人存在于作为'民族精神'的语言里面，索绪尔的思考则不是这样"，正如前面指出的他对勒南关于"民族"构想的回应那样，"作为民族精神的语言是已经被阐明了的语言。浪漫派把语言推到前面，实际上这是把'感情'（心理、情绪、或者海德格尔所说的存在）的共同性置于优先位置。然而，这个共同性乃是历史活动的产物"。[2] 现代国家怎么样把浪漫主义的感情和语言的结合起来呢？就是通过柄谷行人所谓的"自白制度"。[3] "自白"就是"主体"可以把自己的故事说出来，但把自己的故事说出来的前提则需要"主体性"需要一个有"深度"的"自我"，需要一套配合"说故事"的语言，也即"我手写我口"或者称之为"言文一致"。"自白"之所以成为"制度"，关键在于"有深度"的"自我"并非自发地说出自己的故事；相反，"言文一致"、"语音中心主义"的"国语"制

---

[1]　柄谷行人：《日本现代文学的起源》，第204页。
[2]　柄谷行人：《日本现代文学的起源》，第204页。
[3]　柄谷行人：《日本现代文学的起源》，第204页。关于"自白制度"的讨论，可以参看柄谷行人《日本现代文学的起源》的第三章"所谓自白制度"。

度保证了一种新的"主体性"的产生。正如鲁迅小说《伤逝》中子君
大声宣扬的那样，"我是我自己的，谁也没有干涉我的权力"，好像成
为了一个独立的个体，说出了"大写的我"、"有深度的我"，使自己从
血缘、地缘以及其他传统的共同体中解放出来，但这一解放的主体并
不是自由自在的，"国家"马上使之成为"国民"，"市场"立刻让他变
成"劳力"。[1] "自白制度"的存在，保证了"民族国家"和"个体"
之间形成一种召唤结构，所有人只有成为"国民"之后，才能获得
了"人性"，而这种"人性"的基础正是由浪漫主义的"感情"所构成
的。如果没有浪漫主义的"感情"和"语言"的合二为一———也即构
造出"浪漫主义的主体"———则不可能形成"民族国家"这一"想象
的共同体"，这个现代共同体把所有传统认同摧毁后，才创造出无所不
包的"国家认同"。索绪尔对这种现代"民族主义"的抵抗，就表现为
对"语言"（"国语"）和"主体"（"国民"）的双重否定："否定有关语
言的'主体'，因为这样的'主体'不过是预先被民族国家所包围了的
东西。因此，这种否定与对积极的被划定了的语言的否定是一回事。"[2]
由此不难看出，索绪尔否定"具有积极因素"的语言，就是否定这种
语言所界定的"主体"，也就是否定"国民"和"民族国家"。他"所
谓的无生不老亦无死，单是那'存在着'的语言究竟是什么？这是不
管什么语言，只是眼下语词被使用着的这一事态而已，没有别的任何
内容。不管哪种国语要灭亡，语言都不会消亡的。索绪尔讲的相当极
端，人类可能全部灭亡，然而人只要为人，就会有语言的存在。"[3]
在这个意义上，索绪尔透过"语言"展示出的"普遍性"层次，和康

---

[1]　柄谷行人指出："正如民族国家（nation-state）这一概念所显示的那样，民族与国家原本是异质
的东西的结合。为了观察现代社会构成体，我认为在这个词前面还应该加上资本主义经济一项，而将此
称之为资本制—民族—国家。这三者构成一个联结的圆环。就是说，缺少其中任何一个要素都将无以成
立。"《跨越性批判——康德与马克思》，第3页。
[2]　柄谷行人：《日本现代文学的起源》，第204页。
[3]　柄谷行人：《日本现代文学的起源》，第204—205页。

德"世界公民社会"构想可谓遥相呼应，他们都回应了现代社会某些根本性问题。不过，今天我们并不能简单地回到索绪尔或康德，因为在到达这些根本问题（"普遍性"）之前，还需要经过许多中间环节（"特殊性"），而这些中间环节又充满了各种各样的陷阱，稍一不慎，就会像柄谷行人在第三部分讨论得那样跌入帝国主义或法西斯主义的陷阱中。

四、语言学上的"近代超克"：日本经验的"特殊性"

18世纪日本国学家的"语音中心主义"本来期望从《万叶集》和《古事记》中寻找到所谓"古之道"，也即日本的"特殊性"，这种"特殊性"当然是针对"汉文化"的，希望从"汉文化"的影响下摆脱出来，创造出日本语言与文化自身的起源。但问题在于"这种日语书写语言并不是从记录声音，而是从阅读汉文译成日语而诞生的"。[1] "古之道"并不是纯洁的、未被污染的起源，"翻译"在其中发挥了非常重要的作用。就像但丁用佛罗伦萨俗语创作《神曲》，这种"俗语"具有和"拉丁文"对抗的效应，但并非和"拉丁文"全无关联；相反，但丁采用的"俗语"是意大利众多"方言"中最接近拉丁文的一种，"他的书写语言后来成为规范的书面语，不是因为选择了标准的idiome（方言），而是因为他以翻译拉丁文的方式得以形成"。[2] 类似的状况如日本的紫式部创作《源氏物语》，她即使用"大和语"，但不得不表达复杂的汉语的意思，广义上这也是一种"翻译"，因为不可能创造出一种纯洁的、完全没有受到污染的语言。"语音中心主义"的幻觉掩盖了"书写语言"与"口语"之间的"颠倒"关系，不是先有某种口头使用的

---

[1]   柄谷行人：《日本现代文学的起源》，第205页。
[2]   柄谷行人：《日本现代文学的起源》，第205页。

"口语"的存在，然后在"口语"的基础上形成"书面语言"；相反，
是某种语言经过书写之后确立了自己的霸权地位，然后大家再来说这
种语言，才变成了"口语"。因此，不是"口语"在先"书写语言"在
后，而是"书写语言"在先"口语"在后。"与愚蠢的常见错觉相反，
汉字不单是表意的还具有表音性。而汉字文化圈的诸民族则利用汉字
的表音性将此作为一种'假名'使用，做了种种尝试。但结果上把汉
字吸收到书写语言中去的只有日本，其他周围诸国家最终或者放弃或
者正在逐渐放弃汉字，如现在的朝鲜那样。"[1]明治时代的思想家荻生
徂来曾经批评当时日本人的"训读"——即把四书五经中的汉字读成
日本音——带来了双重的误解：第一，这并不是汉字的读音；第二，
也不是日本的口头语。荻生强调，如果要彻底翻译，就要把四书五经
翻成日本的俗语，去除汉意，并且认为要用"看经"来取代"读经"，
千万不能发出声音，这样才能进入经典的世界。这都显示出日本是把
"汉语"翻译成"俗语"后，将这种翻译的产物误以为是纯洁的"古
之道"。

　　无论是在《古事记》、《万叶集》中试图发现"古之道"，还是在以
紫氏部《源氏物语》为代表的"女流文学"里竭力寻找"大和魂"。国
学家的努力本来是希望发现一种纯洁的、未被污染的日语，但实际上
他们找到的一切都已经都受到汉语的影响，国粹运动本身被证明是虚
妄的。可问题的复杂性在于，明治之后这一套国学派的语言学被日本
现代语言学所打倒。日本现代语言学转而用西洋文法来阐释日本的语
言现象，"日本的现代语言学始于对19世纪西洋历史语言学的导入，
是把西洋的语法机械地适用于粘着语日语的结果。并且，这种语言学
一方面是自然科学化的，一方面又是国家主义的。1920年代由于导入

---

[1]　柄谷行人：《日本现代文学的起源》，第206页。

了索绪尔语言学而在术语上多少有些变化，但基本上变动不大。例如，作为国语的日语变成了作为语言的日语，如此而已。"[1] 日本现代语言学套用西洋文法批判国学派语言学，而时枝城记则以批判日本现代语言学的面貌出现，他批判用西洋文法硬套日本语言，和江户时代国学家的语言学构成了某种承续关系，譬如他曾经称赞本居宣长他们不采用外国的语法而独自探明"日语的性格"。柄谷行人认为，时枝城记对于日本现代语言学的批判也就是对于被误解的、打引号的"索绪尔"的批判，但同时他又可能在某种程度上接近于那个真实的索绪尔："时枝城记正是在这种背景下始终一贯对索绪尔持批判态度的，当然，他所批判的索绪尔不过是当时世间一般所理解的索绪尔。毋宁说在某种意义上，他更接近索绪尔。"[2]

时枝城记和索绪尔的相似之处在于，就像索绪尔拒绝将"法语"当作"民族国家语言"，他同样对把"日语"视为"民族国家语言"持否定态度。原因之一是他担任"日本的殖民地朝鲜京城帝国大学的教授。在包括了朝鲜、阿伊努族和冲绳的大日本帝国里"，"日语"不能单纯地成为一种"民族国家语言"，而应该成为一种"帝国语言"。由此时枝城记"在日本例外地对多重语言状态获得了理解"。[3] 这种理解使他试图走向"国学派"，但实际上时枝城记和国学派的方向完全相反，本居宣长和铃木朗等国学派最终走向浪漫主义和民族主义，目标是构建一个新的民族国家——日本，而时枝城记表面上看是民族主义的，其实倾向于"帝国主义"：他"想做的与其说是批判国语，不如说是在国语不再通行的帝国主义扩张状况下，为了实现日语政治支配的可能而做的政治性调和。以西田几多郎为中心的京都学派哲学家们

---

[1]　柄谷行人：《日本现代文学的起源》，第207页。
[2]　柄谷行人：《日本现代文学的起源》，第208页。
[3]　柄谷行人：《日本现代文学的起源》，第208页。

一向以否定帝国主义的姿态出现，现在却把帝国主义侵略定位为建设
"大东亚共荣圈"。这就是"近代的超克"。如果光看他们的语言，完全
是对抗帝国主义的。但他们实际上只是为把现实发展的事态正当化而
进行哲学诡辩而已。同样的，时枝确实想超越十九世纪以来的现代语
言学（国语学），可那只是与京都学派所谓"近代的超克"相平行的东
西。认识到这些才能够批判时枝。"[1]

　　与索绪尔强调"语言"的"消极状态"不同，时枝诚记将"语言"
变成了一种积极的因素，"日语"成为了"帝国语言"。因此，两人对
语言和主体之关系的认识也产生了分歧。时枝诚记对索绪尔的批判就
是从主体问题展开的，他强调"语言学最终要从'说话的主体'出发，
在此语言是事后发现的而非客观的存在"。既然核心问题是语言的使用
者发挥了关键作用，这就需要追问：这是谁的主体？或者说要建立起
来的主体性从属于什么？柄谷行人认为，时枝诚记所说的"主体""并
非笛卡尔所谓'思'的主体，而是西田几多郎所说的'主体的无'或
'作为无的主体'"。他通过"词"和"辞"的区别，把语言问题转化
为了主体问题。日语中可以区分具有所指的意义和内容的"词"与不
具有所指的意义和内容但能够表示情绪性价值的"辞"，就像珠玉和穿
珠之绪一样。时枝把"词"解释为客体的表现，"辞"解释为主体的表
现，认为"在日语的句子里，词＝客体的表现总是由辞＝主体的表现
所包容的形式统一起来的"。他通过这样的方式不仅批判了"西洋语言
学"，而且批判西洋式的思考。[2] 时枝诚记"日语的逻辑"呼应了西田
几多郎"场的逻辑"，"时枝认为，所谓'场面'与物理性的场所不无
关系，更包含了'场面'充实空间的内容。同时，还包含了志在走向

---

[1]　柄谷行人：《语言与国家》，薛羽译，载《现代中文学刊》2009年5期。
[2]　柄谷行人：《日本现代文学的起源》，第209页。

充实场所的事物与情景的'主体之态度、心绪、感情'等"。[1] 这又回到了谁来承担"日语逻辑"的主体问题。当时枝城记认为所有实体性的汉字都变成了被线串起来的珠子之后,语言的主体性自然呼之欲出了,那就是"日本"("日语")成为了主体。但柄谷行人用与日语具有同样语法特征的阿尔泰语系作为对比,指出时枝城记的说法不能用"日语的逻辑"来解释,而是被语言外部的逻辑所决定:"词和辞的区别乃植根于汉字假名交互使用这一日语书写语言的特征中。对应于概念的是汉字,充当助词、助动词的是假名的表记。这种区别本身乃基于书写语言的历史习惯。'日语的逻辑'实际上是扎根于历史的。"[2]

"日语的逻辑"简言之就是"日语"如何控制"汉语"、"汉字"以及其他语言,背后涉及到"主体"与"客体"之争:日本怎么成为主体,被日本支配的其他国家和地区则如何沦为客体。而这一逻辑"扎根"的"历史"如果与帝国主义、"近代的超克"和战争的状态联系起来,那么,由"语言"引发的主客体之争对应的当然是敌我之分,征服者与被征服者之别。[3] "日语的逻辑"和"帝国主义的逻辑"在时枝城记对"帝国语言"的重新构想中得以呈现出来:"把日语与民族、国家分离开来时,是意识到了日语在'大东亚'作为支配地位的标准语而不断扩展开来这一状况的。"[4] 值得注意的是,柄谷行人把时枝城记对于助动词的强调比拟成海德格尔对于"存在"的重视。这种比拟不是通常意义上的东西方文化研究,而是一种高度政治性的比较。海德格尔对于现代性遗忘"存在"的批判走向了"黑森林",正如柄谷行人

---

[1]　柄谷行人:《日本现代文学的起源》,第210页。
[2]　柄谷行人:《日本现代文学的起源》,第210页。
[3]　柄谷行人指出,1941年战事初开,"近代的超克"座谈会举行,时枝的代表作《国语学原理》正是在这样的情况下出版的。虽然使用了《国语学原理》这一标题,但是他否定了将日语作为国语即国家语言或民族语言的看法,而是将其当作"大东亚共荣圈"的"标准语",即"大日本帝国的语言"。参见柄谷行人:《语言与国家》,薛羽译,载《现代中文学刊》2009年5期。
[4]　柄谷行人:《日本现代文学的起源》,第211页。

指出的那样，"对于拉丁化的批判和向古希腊的寻根"，也即从对中古的批判和对远古的乡愁转化出一套克服"现代性"的逻辑，但这套逻辑中又包含了法西斯主义的危险。[1]"海德格尔的存在论，是基于西洋文法在哲学中加以论述的，同时也是根植于相应于现代性的问题之中。……西田几多郎在某种意义上是以佛教哲学为基础，使用过'无之有'等存在论式的术语的，但这实际上与18世纪后期国学家的思考有联系，换言之，是已经现代性的思考了。"无论海德格尔还是西田几多郎，从他们构想的批判现代性的方案中，我们要关注的不只是东西方的差异，而是要聚焦于们共同的历史性："海德格尔参与了法西斯，西田几多郎曾作为'大东亚共荣圈'的理论家发挥过政治性的功能。"[2]

由此可见，对现代性的批判具有多种可能性：积极状态的批判，是否必然走向了法西斯主义？消极状态的批判，是否必然带来了索绪尔式的"无生不老亦无死、单是那'存在着'的语言（主体）"？而且所有这些批判的可能性是否依然还是服从于现代性逻辑，甚至构成了"现代性"展开过程中的陷阱。如何才能既坚持对现代性的批判，同时又避免落入现代性的陷阱？柄谷行人这篇文章的主体部分通过在两个层面上对索绪尔的阅读——第一个层面是既重读索绪尔，又重读德里达对索绪尔的阅读；第二个层面则是在重读索绪尔的基础上，又重读了时枝城记对索绪尔的阅读——虽然不能完全回应这些难题，但也提示出许多重要的关节。当在第一个层面阅读上把索绪尔的批判性力量释放出来后，很可能会以为只要对现代性持反省的态度就可能获得解放。然而时枝城记如何重读索绪尔却提醒我们需要时刻警惕"现代性批判"的"陷阱"。在这个意义上，索绪尔与时枝城记的遭遇就不是东西方语言学的不期而遇，而是同一历史情境在不同语境下的展开，由

---

[1]　柄谷行人：《日本现代文学的起源》，第210—211页。
[2]　柄谷行人：《日本现代文学的起源》，第211页。

此时枝城记的问题也就重新获得了普遍性的意义。这正是理论批评的力量，特别对日本和中国这样的非西方国家来说，怎样使自己独特的经验摆脱"特殊性"与"普遍性"的"共犯结构"，在独特性的展开过程中重构与"普遍性"的新联系。柄谷行人在这儿体现出来的理论思考和阅读策略想必会给我们以极大的启示。

2014 年春节改定于上海

十三、何种幸福，怎样完美？
——《窄门》的难题与启示

一

　　1908年10月15日，纪德完成了《窄门》，他在日记中写道："我最后决定把《窄门》交给《新法兰西杂志》发表。我坚持这样做，是因为我认为这样比较好，特别是因为我这种态度要坚持下来本身就不容易。……我作出这个决定是经过深思熟虑的。"但1909年《新法兰西杂志》的头几期开始连载《窄门》时，纪德还是对这篇小说作了一次重大修改，他的朋友、也是《新法兰西杂志》创刊人之一的让·施伦贝尔杰碰巧保存了该杂志的一份长条校样，证明《窄门》在最后即将发表时，被纪德抽去了整整一页。由于他的这一举动，使得后来几乎所有《窄门》的版本都缺失了这一页，直到1959年2月，《新法兰西杂志》创刊50周年之际，《费加罗文学报》才首次发表了这段从来没有出版过的文字。

　　"我的小说已近尾声。因为我自己的生活故事还需要我来说吗？"删去的这页如此开头。原本这部分安排在第八章的开头，这是小说以主人公杰罗姆的口吻讲述自己故事的最后一部分，在这页中"我"终于忍不住开始抱怨阿丽莎,"我忽然忘了自己的目的,愈是竭力而为,愈难想像哪一个美德行为使我接近不了阿丽莎",甚至认为自己的堕落也要让她来负责,"为了避开她,最终也背弃了自己的美德。我于是放任自流,纸醉金迷,直至幻想失去一切意志力。"《纪德传》的作者皮埃尔·勒巴普曾认为纪德几乎在交稿前还想改写小说的大结局:他准备狠狠地批判阿丽莎极端的道德观念,因为她逼得杰罗姆"为了避开她",以至于沉湎肉欲之中。尽管勒巴普没有具体指出纪德打算如何修改《窄门》的结局,但这一页文字的存在恰好印证了他的说法,而纪德最终抽去这一页,更是如勒巴普所说,纪德终于"战胜了一时的冲动,没有破坏原作的整体结构"。

从"原作的整体结构"来看,纪德并不想让读者产生太多对阿丽莎的抱怨,因为她似乎是不近情理地拒绝了杰罗姆的爱情。但在实际的阅读中,读者的抱怨之情极有可能被占小说主体部分的杰罗姆的第一人称叙述催生出来,并随着他日益绝望的情绪愈加强化。为了消除这种可能的抱怨,纪德特意在杰罗姆的第一人称叙述结束之后,插入阿丽莎的日记。日记的形式比第一人称叙述更能突显阿丽莎内心的悸动、矛盾和彷徨:"杰罗姆站着,靠着我的椅子,俯身向着我,从我的肩膀上看书。我不能看见他,但是感觉到他的呼吸,还有像他身子的热气和颤动。我假装继续看书,但是我看不懂了;我连句子也分不清了,心中升起一种奇异的骚乱,不得不趁我还能做到的时候匆忙站起身。我走进房间呆了片刻,幸而他一点也没有觉察……"由此不难看出,阿丽莎的爱意和杰罗姆一样炽热,"可怜的杰罗姆,他要是知道有时他只需要做个手势,有时我等待的就是这个手势……"然而,爱情的手势始终没有在两人之间出现,难道只能归咎于阿丽莎表面的冷漠吗?通过她的日记,不仅杰罗姆了解了阿丽莎隐秘的情感和尚未表达的内心,就是一般读者也或多或少能够理解她面对爱情的困惑:"当我还是女孩子时，我已经是为了他才期望自己美丽。现在我觉得我不为了他是绝不会'臻于完美'的。而这种完美也只有不与他一起才能达到。"

　　很显然，阿丽莎的难题在于，如果说"我不为了他是绝不会'臻于完美'的"是出于爱情的话，那么"这种完美也只有不与他一起才能达到"就远远超出了爱情，可惜的是，这种（不与他在一起的）完美的实现却是以丧失（为了他的）爱情为代价的。和她不同的是，杰罗姆好似没有受到这个难题的困惑，"不论工作、劳动、行善，我暗中把一切都献给她"，尽管他也明白爱情之上还有别的东西，譬如上帝和天堂，那是完美的代名词，杰罗姆却在还是一个孩子时，就向阿丽莎表白过："不要对我太苛求了。我要是在天堂里找不到你，我也就不在乎这个天堂了。"的确，他可以不在乎天堂，但他不能不在乎阿丽莎，而阿丽莎却一直向往着天堂，杰罗姆就是这样悖谬地卷入阿丽莎的难题中，难怪他在那页被纪德抽走的段落中要哀叹："我忽然忘了自己的目的，愈是竭力而为，愈难想像哪一个美德行为使我接近不了阿丽莎——我还是觉得我只是朝着她的方向在努力。唉！我不是把她看成是我的美德的体现吗？为了避开她，最终也背弃了我自己的美德。"

二

　　虽然在抽象的意义上可以讲，每一个人都是单独走向上帝的，但并非所有信仰上帝者都不能拥有爱情，更何况杰罗姆和阿丽莎在通往上帝的途中，还有一段路需要并肩而行，"主啊！认杰罗姆和我相互一起，彼此相依向着您前进，像两个朝圣者终生走再路上，一个有时对另一个说；'兄弟，你若累了，往我身上靠吧。'另一个回答：'我只要感到你在身边就够了……'"否则阿丽莎不会说"我不为了他是绝不会'臻于完美'的"。因此，将两人的悲剧归咎于阿丽莎的宗教迷狂，未免失之于简单。纪德也不愿意读者产生如此联想，他最后抽去容易引起误解的一页就是明证。尽管《窄门》带有纪德的"自叙传"色彩，杰罗姆身上也不难发现作者的影子，不过，就像皮埃尔·勒巴普所指出的，杰罗姆只是纪德的某一个侧面，通过这部小说，他所改写的是自己的一个侧面，就是那个苛求自己和曾受过严格的道德教育和熏陶的他自己。具体而言，即使纪德曾经经历过"杰罗姆"阶段，可他通过《窄门》的写作，尤其是对杰罗姆和阿丽莎爱情的描写，最终也超越了这一阶段。

那么，杰罗姆经历的、纪德期望克服的这一阶段，究竟是一段怎样的人生呢？概括地讲，是一段感情炽热却失之抽象的阶段，是内心丰富却行动乏力的阶段。正如阿丽莎在日记中记载的："我在每部书上躲避他，也在每部书上遇见他。即使在我独自发现的篇章中，我也听到他的声音向我朗读，我对他感兴趣的东西才感到兴趣，我的思想也依照他的方式思想，以致我自己也难以区别，就像我以前我爱把它们混淆不清。"她与杰罗姆的爱情是通过书本和阅读建立起来的，从最初的《通俗拉丁文本圣经》的"福音书"开始，杰罗姆和阿丽莎"把其中大段文章背得滚瓜烂熟。阿丽莎借口为了辅导弟弟，跟着我一起学起了拉丁文；但是我猜想更主要的是为了继续跟我阅读。当然，凡是我知道她不会跟着我学的一门课，我是不会怎么感兴趣的"……然后用意大利语朗读但丁的《神曲》，还有就是各式各样的哲学与诗歌："我看了不少书，我像把我的崇拜放到阅读中了……读完了马尔布朗什，立刻又拿起了莱布尼茨的《致克拉克的信》。然后为了让脑子休息，读了雪莱《沉西家族》——不感兴趣；也读了《含羞草》……我可能会叫你光火；我认为雪莱的全部作品，拜伦的全部作品，都比不上我们去年一起阅读的济慈的四首颂歌，同样我觉得雨果的全部作品也不如波德莱尔的几首十四行诗。'大诗人'这样的称呼没什么意思，重要的是做'纯然的'诗人……我的弟弟啊，感谢你帮助我认识、理解和热爱这一切。"阿丽莎给杰罗姆的信不只是透露了共同的纯文学趣味：由于拘泥于狭小的生活世界和个人情感，他们无法理解"疾风暴雨"般的诗人如雪莱、拜伦和雨果，只能沉溺在抽象的抒情和晦涩的象征中；更重要的是暴露了相似的生活境遇：书本构造了他们的现实，阅读则成为了他们的行动。远离现实的生活，即使再炽热的爱情，也难免堕入虚妄的境地，更何况杰罗姆和阿丽莎在现实中体验爱情之前，往往先通过书本来理解幸福，这种"纸面上的爱情"别说经历生活风雨，就是遭遇杯水风波，恐怕也难以持久吧。

纪德的前辈作家福楼拜在他的名著《包法利夫人》中，曾经通过描写艾玛经由阅读当时流行的罗曼史而产生爱情的幻想，却在现实生活中遭遇偷情的悲剧，极其深刻地揭示出"布尔乔亚"的精神危机。在某种意义上，《窄门》延续了《包法利夫人》的题旨，尽管杰罗姆和阿丽莎阅读的书本要比艾玛高雅、小众得多，但仅仅从书本上获得的观念，如果没有"实体化"的现实对应物，则必然流于空洞和虚无，而且经不起来自生活的任何挑战。

当阿丽莎自以为高尚地要将单恋杰罗姆的妹妹朱丽叶让给杰罗姆时，朱丽叶却毫不领情，反而决定嫁给向她求婚的葡萄酒商人泰西埃尔——"堂吉诃德式的老好人，没有文化，很难看，很俗气，样子有点可笑"——带有"知识贵族"的傲慢、崇尚"不及物"高雅文化的杰罗姆和阿丽莎当然瞧不起这个庸俗的生意人，也不相信朱丽叶和他生活在一起能够得到幸福。然而泰西埃尔虽然已近中年，却比所有这些年轻人更具活力，《窄门》的主体部分自然属于杰罗姆的内心独白，可所有行动的部分都属于这个他们看不上眼的生意人，阿丽莎弟弟罗贝尔的工作要他来安排，甚至阿丽莎失踪之后，众人束手无策，最终还是依靠泰西埃尔才找到她的行踪……朱丽叶和他生活在一起，也许不够高雅，但从庸俗的日常生活中是否也能获得另一种幸福呢？阿丽莎自己也不那么确定，看到朱丽叶很快就适应了葡萄农庄的生活，并且快乐地成为几个孩子的母亲，她不由自主地掂量起幸福的意义："我为什么要向自己说谎呢？我只是从推理上来说才为朱丽叶的幸福感到高兴。这样的幸福，我曾经那么期望，甚至愿意牺牲我的幸福来换取，可是看到它毫不困难地得到了，跟她与我共同想象时是多么不同，我就难受了。这有多么复杂啊！是的……我还看出心中滋长一种可怕的私心使我受到创伤：她在我的牺牲以外获得了幸福，也就是说她不需要我的牺牲也是会幸福的。"

倘若朱丽叶不需要阿丽莎的牺牲也能获得幸福，那么只能说阿丽莎的牺牲不仅仅是为了朱丽叶，她在自我牺牲中也许获得了某种幸福，直至达到完美，而这种幸福和完美显然是无法通过书本获得的。因此，当她决定去追求这种幸福和完美时，对杰罗姆式阅读的弃绝就成为了必然。那是杰罗姆最后一次见到阿丽莎，她缝缝补补，"在她身边、椅子上或桌子上总有一只大篮子，她不断地取出穿破的长短裤袜……这项工作好像使她心无二用，以致她嘴里也没有一句话，眼睛黯然无光"，面对这样的阿丽莎，杰罗姆最想唤起的就是她阅读的兴趣，说要念书给阿丽莎听，但被阿丽莎婉拒，这其实等于从根本上拒绝了杰罗姆的爱意，因为他们的爱情本身就是被阅读和书本所筑就的，现在根基已经松动，杰罗姆很快发现书本也被替换，那些高雅的文学和哲学经典被庸俗的宗教小册子所取代："这时目光落在旁边她存放爱读的书的书架。这个小书库是日积月累形成的，一半放我给她的书，一半放我们一起阅读的书。我刚刚发现这些书都移走了，换上的全是庸俗无聊，我原以为她不屑一顾的宗教小册子。"然而，这些小册子的功能和那些经典并不一样，如果说经典仅仅是供阿丽莎阅读的，只能将她引向一个"不及物"的、狭小的内心世界，那么小册子也许在某种意义上是庸俗的，但却以"及物"的方式，把阿丽莎带到了一个倾听别人、关心穷人的信仰世界，所以她把这些"小册子"的作者视为朋友："这都是一些朴实的人，他们跟我随意聊天，尽量说明白自己的意思，我也很乐于跟他们交往。我在打开书以前就知道，他们不会花言巧语设圈套，我阅读时也不会顶礼膜拜。"可在杰罗姆眼中，这些人无异于骗子，他们"花言巧语设圈套"，蛊惑得阿丽莎如同陌生人，连两人曾经共同喜爱的"怀疑主义者"帕斯卡，在她看来也变成了"冉森主义者"。这样的阿丽莎，杰罗姆怎能接受？他们之间的悲剧，又怎么可能避免？

三

难道这都是杰罗姆的错吗？纪德既然不愿意批判阿丽莎，他又怎么会谴责杰罗姆呢？《窄门》尤其说描写他们之间现实的爱情，不如说将爱情转化为一种关于幸福的隐喻。杰罗姆坚持在观念、精神和内心的层面上追求爱情，始终将书本和"阅读"视为不可动摇的原则，这种"知识贵族"的姿态固然保证了布尔乔亚的高蹈深远，却因为缺乏现实对应物而失之抽象空洞。朱丽叶和阿丽莎在某一个阶段都可以算得上是杰罗姆的同路人，但朱丽叶面对庸俗却饱含活力的生意人求婚时，她去寻找另一种幸福了；阿丽莎则在信仰的召唤下，以隐忍而富有献身精神的姿态去追求完美……那么留给杰罗姆的问题，也可以看作是纪德的追问，就是高蹈深远的"布尔乔亚精神"能否应对庸俗却饱含活力的世俗的挑战，如何回答低俗却影响广大的信仰的质询，从而创造出一个可以提供幸福和完美的伦理世界。

在这个意义上，可以说《窄门》涉及的幸福与完美已经与爱情无关，而是直接与现代人的承认和认同密切相连。按照黑格尔的理论，人和动物一样，有保存自己肉体的自然需求与欲望，可是，人在根本上又与动物不同，就像孟子所说，"人之所以异于禽兽者几希"，关键就在于"几希"上，因为人需要他人的需要，也就是希望获得他人的承认，尤其是希望被承认是"一个人"，一个有某些价值或尊严的存在。譬如动物为了种的繁衍，自然要雌雄交配，但男女除了交配，也即拥有对方的身体之外，还渴求彼此的爱情，这就是追求承认的欲望。承认的价值关系到人乐于冒生命危险纯粹为名声斗争，同时也关系到对幸福的理解和对完美的追求。因此，世俗的欲望可以上升为精神的要求，而精神的要求也能够转化为信仰的渴望，在这种承认的价值规划下，杰罗姆、朱丽叶和阿丽莎各自对幸福和完美的渴求也许并不矛盾。

借用柏拉图《理想国》的说法，人的灵魂有三部分构成，即欲望、理性和激情（thymos）。人的行为大多可以解释为最初两部分——欲望和理性——的组合。欲望让人追求自己所没有的事物，理性则告诉人获得这些事物最好的方式。可是，人都希望他人承认自己的价值，无论这些价值是人民、共同体或自己给予的，总之是要把一些价值投注在自己身上，而后让人们承认这些价值的取向，用今天的话来说，就是自尊。而对自尊的要求则来自灵魂的激情部分。这就像人天生具有正义感一样，人相信自己也有一定的价值。正如福山所指出的，如果一个人被人认为没有什么价值，就有生气的感觉；反之，自己不能依靠自己的价值观生活，就会觉得羞耻；以符合自己价值的方式看待自己，就觉得骄傲……要求承认的欲望和伴随而来的生气、羞耻和骄傲是人的本性的一部分，不仅在情感世界中举足轻重，而且在政治世界也意义重大。假如从这个脉络来重新理解《窄门》的题旨，"你们要努力进窄门，因为引到死亡，那门是宽的，路是大的，进去的人也多。

引到永生，那门是窄的，路是小的，找着的人也少"（《圣经·路加福音》），这段题词就不只关涉幸福和完美，而指向了另一个宽广多变的世界。

四

据说，在写完《窄门》的第二天，纪德永久地剃光了自己胡子，"留胡子显得太老了！"他的面貌为之一新——"我对自己的上唇缺乏表情感到震惊（就像一个从来没有开口说过话的人，忽然成为一个演说家那样感到吃惊）"——就像是这本书既标志着一个旧时代的结束，也预示了一个新时期的开始。

纪德似乎通过写作《窄门》，穿过了人生的一道"窄门"！

2011 年 5 月初稿于上海

2011 年 7 月改定于都江堰

十四、"机器论"、资本的限制与"列宁主义"的复归

一

2001年2月，齐泽克（Slavoj Zizek）在德国的埃森（Essen）举办了一个主题为"迈向真理的政治：挽救列宁"（Towards a Politics of Truth: The Retrieval of Lenin）的国际学术会议，他亲自担任学术总监，邀请了巴迪乌（Alain Badiou）、詹明信（Fredric Jameson）、卡林尼克斯（Alex Callinicos）等国际著名左翼知识分子参加会议，并且和当时尚在狱中的《帝国》（*Empire*）一书的作者内格里（Antonio Negri）进行了电话对谈。

为什么在新世纪刚刚开始不久，以齐泽克为代表的左翼知识分子要在"真理—事件"的意义上重提"列宁"和"列宁主义"呢？当然不是为了怀旧，甚至也不是把他当作可以随便召唤的"幽灵"，而是当下此刻巨大的历史内容和时代境遇迫使"列宁"和"列宁主义"的现身。正如齐泽克对《帝国》的评论所显示的，作为"一本旨在为21世纪重写《共产党宣言》的书"，《帝国》深刻地揭示出当代资本主义正以前所未有的力量征服世界、征服人心和征服欲望，"一方面，资本主

义剥削关系正扩展到一切地方，不再局限于工厂，而倾向于占领社会生活的整个领域；另一方面，社会关系也完全浸透于生产关系中，已不可能再将社会生产和经济生产再区分开"。但犹如所罗门的魔瓶被拧开，在资本主义全面支配一切的同时，一种不被它完全控制的潜在离心力也释放了出来。所以说，正因为资本主义体系在全球的胜利，导致了它比任何时候都更脆弱。《帝国》与《共产党宣言》建立起一种奇妙的对位关系，马克思那句古老的断语至今仍然有效：资本主义自身就是它的掘墓人。然而，马克思的断语并非诗意的预言与乌托邦，而是建立在扎实的政治经济分析之上的行动与实践。相比之下，《帝国》对当前的全球社会经济变化过程如何为激进的措施创造了其所需的空间缺乏（如果不是一点也没有的话）分析：他们没有能够在当前的条件下去重复马克思的分析，即无产阶级革命的前途就蕴含在资本主义生产方式的内在矛盾之中。因此齐泽克指出，《帝国》仍然是一本前马克思主义的著作，他进一步强调，解决的方法不是仅仅回到马克思，还需要回到列宁那儿去：

> 对于我们来说，列宁并不是一个僵化、怀旧的名字，相反，用克尔凯郭尔的话说，我们力图去复活的那个列宁是正在形成中的列宁，是那个被扔进灾难性的新情境中的列宁，在这种新情境下，旧的统合方式已不再有效，因此，他就被迫去重新"发明"马克思。我们应时常想起面对新的问题时列宁那一针见血的话："关于这点，马克思和恩格斯没有说过一个字。"回到列宁不是说去重复列宁，而是在克尔凯郭尔的意义上去发现一个列宁，在今天的情境下去发现那种相同的脉动；回到列宁不是像一个怀旧者一样回到"美好的革命的旧时代"，也不是在"新的条件"下，对旧的方案作机会主义—实用主义式的调整，而是像列宁在帝国主义和殖民主义的

条件下（具体地说，就是在 1914 年大灾难中爆发出来的经过漫长的进步主义时代之后的政治—意识形态的崩溃）重新制定革命方案一样，去重新认识当前的世界条件。霍布斯鲍姆将 20 世纪界定为 1914 年到 1990 年，即从资本主义漫长的和平扩张结束到现实社会主义崩溃，新形式的全球资本主义出现这一历史阶段。列宁在 1914 年所做的，值得我们在 1990 年效仿。"列宁"这一名字就代表了抛弃僵化的、现存（后）意识形态的统合……简单地说，列宁就意味着恢复我们思考的能力。[1]

能否用"列宁"来恢复我们的思考能力，关键不在于教条主义地宣称列宁的那些论断在今天依然有效，而是要果敢地把握他切入时代重大问题的"姿态"和"方法"，并且将这种"姿态"和"方法"带入到当下语境，转化为对我们时代历史条件和当代状况的诊断。列宁对帝国主义的分析是以批判希法亭（Rudolf Hiferding）和考茨基（Karl Kautsky）的理论为出发点的，可是在具体的论述过程中，列宁却常常吸收他们的观点，甚至将这些观点作为进一步展开讨论的基础，进而在讨论中将某些观点"扭转"过来，导向另一种截然相反的结论。譬如列宁赞同考茨基的一个基本观点，即资本发展的趋势是不同国家的金融资本走向国际合作，也可能趋向建立一个单独的世界托拉斯。但他"扭转"了考茨基对于"和平远景"的展望，因为一味期待"超帝国主义"在未来和平地降临，就很容易漠视现实的诸多矛盾和诸种动力。对于列宁来说，目前最迫切的任务在于对资本的帝国主义组织所呈现出来的矛盾采取直接的行动。由此可见，他的策略是在采纳这些作者的分析方法的同时，却拒绝了他们的政治立场。不过，需要强调

---

[1]　齐泽克："哈特和内格里为21世纪重写了《共产党宣言》吗？"，何吉贤译，载《帝国、都市与现代性》，许纪霖主编，南京，江苏人民出版社，2006 年。

的是，列宁的"政治立场"也就是他的"理论立场"，正是这种"政治"与"理论"合一的"姿态"才能使他将"理论分析"有效地转化为"政治实践"，才能如《帝国》所高度赞扬的："列宁最独特的贡献在于从主体的立场批判帝国主义，并将它与马克思主义关于危机中的革命潜力的观点相联系。他给我们一个工具箱，一套生产反帝国主义主体性的机器。"

<h2 style="text-align:center">二</h2>

毫无疑问，《帝国》将"列宁"带入到当代的"问题意识"之中，而齐泽克则走得更远，他径直将"列宁"和"因特网"联系起来。齐泽克将列宁的名言"没有大银行，社会主义不可能实现"称之为"马克思关于用一种透明的方式对社会生活的所有方面用**普遍智力**进行调节的观点的最激进的表达"，并且设想"如果我们将中央银行这个（显然过时的）例子替换成因特网——当今最完美的**普遍智力**的候选者，情况会怎样呢？"[1]齐泽克的重点当然不在于以改写列宁的名言来显示自己的机智和俏皮，而是那个被他反复强调的关键概念"**普遍智力**"（**general intellect**），"因特网"只不过是这个概念最新、最有代表性的一个例证罢了。

"普遍智力"（general intellect）又译为"**普遍智能**"、"一般智力"，是一个出自马克思《资本论》1857—1858年手稿，即《政治经济学批判大纲》（*Grundrisse: foundations of the critique of political economy*）的概念："固定资本的发展证明，一般社会知识，已经在多么大的程度上变成了直接的生产力，从而社会生活过程的在多么大的程度上受

---

[1]　齐泽克："赛博空间时代的列宁"，载《实在界的面庞：齐泽克自选集》，季广茂译，北京，中央编译出版社，2004年。

到**一般智力**的控制并按照这个智力得到改造。它表明，社会生产力已经在多么大的程度上，不仅以知识的形式，而且作为社会实践的直接器官，作为实际生活过程的直接器官被生产出来。"[1] 很显然，这段关于"固定资本和社会生产力的发展"的论述，并不处于传统马克思主义的理论核心地位。然而通过张历君在《普遍智能与生命政治——重读马克思的〈机器论片断〉》一文中翔实的考索和周到的论述，我们已经了解到包括内格里在内的许多意大利左翼思想家多年以来，在社会运动大潮的多次起落中，一再重读这篇题为《固定资本和社会生产力的发展》、贡献出"普遍智能"这个对理解当代资本主义有着至关重要意义的概念的手稿。《帝国》另一位作者迈克尔·哈特（Michael Hardt）在他编的《当代意大利激进思想》（*Radical Thought in Italy: A Potential Politics*）"序言"中也特别指出，意大利左翼思想的一个突出特点是"对劳动作用的持续关注"："马克思同意资本主义经济学家关于劳动是所有社会财富的源泉的论述，但是认为劳动也是社会性本身的源泉，我们所有的社会关系都编织在劳动中。贯穿于这些文章的一个主题是试图理解近些年劳动实践的变化方式，以及新形式的劳动可能带来怎样新的、更大的潜能。新的概念诸如'非物质劳动'（immaterial labor）、'大众智能'（mass intellectuality）、'普遍智能'等等都试图抓住合作和创造力的新形式，这些新形式都关涉当代社会生产——一种由控制论、知识性和情感性的社会网络所界定的集体性的生产。"

为什么"普遍智能"等一系列新概念可以准确地把握当代社会生产的"新形式"呢？正如意大利左翼思想家们更直接地将马克思这篇手稿命名为《机器论片断》（Fragment on Machines），意味着"机器"

[1]　中共中央马克思恩格斯列宁斯大林著作编译局：《马克思恩格斯全集》（第31卷），北京，人民出版社，2006年，第102页。黑体为引者所加。

在其中发挥了重要的作用。尽管马克思在《资本论》第一卷第四篇第十三章《机器与大工业》中，以相当大的篇幅讨论了"机器"、大工业与社会化生产的关系问题，但更精深也更具前瞻性的论述却留在手稿中，没有充分展开。"机器论"涉及的是资本对劳动力的支配，或者说"死的劳动"支配"活的劳动"：劳动力是作为（它们实际上已经变成的）资本的力量出现的。即使科学和各种自然力量，似乎也会变成资本所具有的生产力。死的劳动控制着活的劳动；劳动者被归入已经由他创造出来的那些力量之中了。这种支配形态的具体表现就是"机器"对"劳动力"的穿透：

> 加入资本的生产过程以后，劳动资料经历了各种不同的形态变化，它的最后的形态是机器，或者更确切些说，是自动的机器体系（即机器体系；自动的机器体系不过是最完整善、最适当的机器体系形式，只有它才使机器成为体系），它是由自动机，由一种自行运转的动力推动的。这种自动机是由许多许多机械器官和智能器官组成的，因此，工人自己只是被当作自动的机器体系的有意识的肢体。在机器中，尤其是在作为自动体系的机器装置中，劳动资料就其使用价值来说，也就是就其物质存在来说，转化为一种与固定资本和资本一般相适合的存在，而劳动资料作为直接的劳动资料加入资本生产过程时所具有的那种形式消失了，变成了由资本本身规定的并与资本相适应的形式。

伴随着这一过程，资本主义的社会化大生产发生了一个深刻的变化。原来认为工人的"活劳动"产生剩余价值，工人是创造剩余价值的主体，但机器的发展水平越来越高，技术产生价值，剩余价值也越来越高。机器似乎具有一种穿透力，工人的"活劳动"被机器所控制，机器成为了宰制性的力量，这就是所谓"活劳动被对象化劳动所占有"："创造价值的力量或活动被自为存在的价值所占有，——这种包含在资本概念中的占有，在以机器为基础的生产中，也从生产的物质要素和生产的物质运动上被确立为生产过程本身的性质。"这样的描述很容易使人联想卓别林在电影《摩登时代》中机器流水生产线上的遭遇，然而此时的马克思已经超越了青年时代的人道主义思想，他对"机器"霸权的论述并不仅仅着眼于"机器"对"人"的异化，而是更深刻地发现资本对利润无休止的追求必然导致"机器"对"劳动"——注意，不是"机器"对任何一个"个人"——的"穿透"："提高劳动生产力和最大限度否定必要劳动，正如我们已经看到的，是资本的必然趋势。劳动资料转变为机器体系，就是这一趋势的实现。在机器体系中，对象化劳动在物质上与活劳动相对立而成为支配活劳动的力量，并主动地使活劳动从属于自己，这不仅是通过对活劳动的占有，而且是在现实的生产过程本身中实现的。"

随着大机器生产的普及和发展，工人的劳动时间越来越短，在资本追逐的剩余价值中，"相对剩余价值"的比例大大超过"绝对剩余价值"。这就使得"在必要劳动时间之外，为整个社会和社会的每个成员创造大量可以自由支配的时间（即为个人生产力的充分发展，因而也为社会生产力的充分发展创造广阔余地），这样创造的非劳动时间，从资本的立场来看，和过去的一切阶段一样，表现为少数人的非劳动时间，自由时间。资本还添加了这样一点：它采用技艺和科学的一切手段，来增加群众的剩余劳动时间，因为它的财富直接在于占有剩余劳动时间；因为它的直接目的是价值，而不是使用价值。"尽管"机器"最终加强了对工人的剥削："以劳动时间作为财富的尺度，这表明财富本身是建立在贫困的基础上的，而可以自由支配的时间只是在同剩余劳动时间的对立中并且是由于这种对立而存在的，或者说，个人的全部时间都成为劳动时间，从而使个人降到仅仅是工人的地位，使他从属于劳动。因此，最发达的机器体系现在迫使工人比野蛮人劳动的时间还要长，或者比他自己过去用最简单、最粗笨的工具时劳动的时间还要长。"但在马克思看来，历史辩证法的奥妙在于剥削"加强"的同时，也蕴含着"颠覆"剥削、生产"解放"的可能："于是，资本就违背自己的意志，成了为社会可以自由支配的时间创造条件的工具，使整个社会的劳动时间缩减到不断下降的最低限度，从而为全体[社会成员]本身的发展腾出时间。"当然，"资本"只是无意识地充当了"新世界"的开拓者，它依然要服从自己的意志："资本的趋势始终是：一方面创造可以自由支配的时间，另一方面把这些可以自由支配的时间变为剩余劳动。如果它在第一个方面太成功了，那么，它就要吃到生产过剩的苦头，这时必要劳动就会中断，因为资本无法实现剩余时间。"然而，"无意识"和"有意识"之间的矛盾将会愈演愈烈，无法克服，因为这个矛盾扎根在"资本主义生产方式"的内部，扎根在资本对利润无休止追逐的欲望中，所以马克思大胆地预言："这个矛盾越发展，下述情况就越明显：生产力的增长再也不能被占有他人的剩余劳动所束缚了，工人群众自己应当占有自己的剩余劳动。当他们已经这样做的时候——这样一来，可以自由支配的时间就不再是对立的存在物了，——那时，一方面，社会的个人的需要将成为必要劳动时间的尺度，另一方面，社会生产力的发展将如此迅速，以致尽管生产将以所有的人富裕为目的，所有的人的可以自由支配的时间还是会增加。因为真正的财富就是所有个人的发达的生产力。那时，财富的尺度决不再是劳动时间，而是可以自由支配的时间。"在人类社会的什么时代"财富的尺度决不再是劳动时间，而是可以自由支配的时间"？那只有未来的共产主义社会。与资本主义所给予人们的、在必要劳动范围之外随心所欲地做事的自由相比，共产主义社会将会给人们提供更多这样的自由，而且这种"自由"不是建立在"剥削"的基础上，人的多样性也不再依附于资本主义的劳动分工，而是符合人性的真正"全面发展"："个人得到自由发展，因此，并不是为了获得剩余劳动而缩减必要劳动时间，而是直接把社会必要劳动时间缩减到最低限度，那时，与此相适应，由于给所有人腾出了时间和创造了手段，个人会在艺术、科学等等方面得到发展。"

　　我们知道，马克思的预言至今并未完全实现。一个重要的原因就是"机器"霸权不止于对"劳动"的支配和占有，更严重的后果是对"社会生活"的全面"控制"和"穿透"。马克思在《资本论》手稿中曾经注意到工人所扮演的两种角色——生产者和消费者——之间不平等的数量关系，工人的工资必须小于工人生产的绝对价值，而剩余价值为了实现自身就必须找到足够的市场。既然每个工人生产的价值必须高于他消费的价值，所以就作为消费者的工人而言，其需求从不能满足剩余价值的需求。当然，资产阶级及其分享资本所得的其他阶层将消费掉一部分剩余价值，但他们不可能消费全部价值，倘若消费了全部，资本家就没有剩余价值进行再投资了。因此，马克思指出，在一个封闭的体系里，资本主义的生产和交换过程是由一系列限制所定义的："资本把必要劳动时间当作活劳动能力交换价值的限制，把剩余劳动时间当作必要劳动时间的限制，因而把剩余价值当作剩余劳动时间的限制。"而所有这些限制都根源于同一个限制，即作为生产者的工人和作为消费者的工人之间的不平等关系。随着生产力的提高和资本构成的增长，这一限制将愈加恶化，可变资本（也即工人的工资）在全部商品价值中所占有的比例日益减少，这意味着工人的消费能力相对于生产出来的商品价值越来越低，资本的实现于是就被消费关系的"狭隘基础"所限制。为了实现生产过程中所产生的剩余价值，并且避免形成因过度生产所导致的贬值，资本必须扩展它的领地。在这个意义上，马克思把资本的不断"实现"和资本的持续"扩张"联系起来了。

    对资本持续"扩张"最直观的理解是把殖民主义和帝国主义视为资本主义发展的必然结果，它们内在地服从于"资本"的逻辑，即资本的"实现"和"扩张"的一体两面。正如《帝国》指出的："资本是这样一种机制，若不能持续越过疆界，接受外在环境的滋养，便不能维持自身的生存。因此，资本的外部在其本质上是不可或缺的。"然而，资本的"外部"不仅仅指尚未被纳入资本主义体系的"殖民地"，马克思"机器论"中有关"普遍智能"的论述从另一个层面提醒我们，资本的外部还包括处于资本主义体系内部但尚未被资本控制和"穿透"的部分——工人的生活、情感、想象和欲望。资本的"实现"和"扩张"同时在两个方向展开：向外的（资源、市场）掠夺和向内的（生活、欲望）开掘，其目的都是为了克服资本自身的限制。这就是马克思所说的："一方面，资本唤起科学和自然界的一切力量，同样也唤起社会结合和社会交往的一切力量，以便使财富的创造不取决于（相对地）耗费在这种创造上的劳动时间。另一方面，资本想用劳动时间去衡量这样造出来的巨大的社会力量，并把这些力量限制在为了把已经创造的价值作为价值来保存所需要的限度之内。"按照马克思的设想，把两方面结合起来是资本不可能完成的任务，因为表面上"生产力和社会关系……仅仅是资本用来从它的有限的基础出发进行生产的手段。但是，实际上它们是炸毁这个基础的物质条件"。然而在一个长的历史时段中，资本却成功地转嫁和避免了危机，所以《帝国》强调："当我们写作这本书而20世纪走向结束之时，资本主义已是奇迹般地富有，而它的积累比以前更加强健。我们如何能够使这一事实和20世纪开始时无数马克思主义作家的细致分析相一致呢？"关键在于资本不仅疯狂向外扩张，其极端形式就是蔓延不绝的战争，从第一次世界大战和第二次世界大战，到持续数十年之久的"冷战"以及最近的海湾战争、伊拉克战争……尽管战争的规模和形式各异，但都出自资本不断地将"外部"吸纳入"内部"的冲动与欲望；更重要的是随着资本的"向外"扩张，它"对内"的开掘也愈益深入，就像"资本扩张"不断把"非资本主义生产关系"纳入到资本主义体系之中，"资本开掘"则持续将尚未被资本侵入和支配的诸如人的"内面"以及日常生活等领域，有效地转化为资本控制和剥削的对象，成为资本"实现"的新空间。《帝国》借用马克思《资本论》手稿中的两个概念 **"形式吸纳"**（formal subsumption）和 **"实际吸纳"**（real subsumption）来描述这个漫长过程："形式吸纳"指的是"资本将位于其领域之外的劳动，并入自身的生产关系中"，这个过程"由此内在地和资本主义生产及资本主义市场的范围之延伸相联系"。但问题在于，当资本主义扩张到极限的某一点时，"形式吸纳"便不再能够扮演重要的角色，"相比之下，资本对劳动的'实际吸纳'过程既不依赖于外部，也无关乎资本的扩张过程"，经过这种吸纳，"劳动将被更深广地整合入资本之中，而社会也更完全地由资本所形塑"。很显然，"实际吸纳"——也就是上文所说的资本的"向内开掘"——为资本的"实现"提供了更大的动力，因此，《帝国》特别指出："若缺乏世界市场，实际吸纳的过程仍然可以继续运作，然而，若缺乏实际吸纳的过程，则世界市场完全无法实现。"

三

在马克思《资本论》手稿中，对"形式吸纳"（formal subsumption）和"实际吸纳"（real subsumption）的完整表述是"Formal and Real Subsumption of Labour under Capital"，中文版的通行翻译为"劳动对资本

的形式上的从属和实际上的从属"[1]。马克思在这儿区分了劳动对资本
从属的两种形式：以绝对剩余价值生产为基础的形式，叫做劳动对资
本的形式上的从属；以相对剩余价值生产为基础的形式，叫做劳动对
资本的实际上的从属。劳动在形式上从属于资本，就是劳动过程被置
于资本的控制、监督之下，"劳动过程，从而劳动和工人本身，在所有
这些方面都受到资本的监督和支配。我把这称作劳动过程在形式上从
属于资本"。[2]在这一过程中，资本没有改变生产过程的任何技术手段，
资本家主要通过延长工作日来榨取剩余价值。但是劳动对资本的形式
从属以及与此相应的绝对剩余价值的生产，为资本主义生产方式的发
展设置了狭隘的界限：工作日的延长必然会遇到纯生理的界限，而工
人阶级的斗争也极大阻碍了绝对剩余价值的生产。资本家为了获取超
额剩余价值，只有力图通过发展生产力即提高劳动生产率来克服这些
障碍。马克思指出："资本只有在自己的发展过程中才不仅在形式上使
劳动过程从属于自己，而且改变了这个过程，赋予生产方式本身以新
的形式，从而第一次创造出它所特有的生产方式。"[3]由此可见，"劳动
对资本的实际上的从属"（即"实际吸纳"）构成了资本主义生产方式
的主要特征："资本主义生产方式一经产生，**劳动对资本的实际上的从
属**就发生了……随着劳动对资本实际上的从属，在生产方式本身中，
在劳动生产率上，在资本家和工人的关系上，都发生了完全的（不断
继续和重复的）革命"。[4]资本之所以能够完成从"形式吸纳"到"实
际吸纳"的转变，关键在于"大机器生产"的介入。马克思清醒地认
识到大机器生产对工人阶级状况带来的双重效果：一方面，由于劳动
的"浓缩"，工人在一定时间内实际消耗的劳动量增加了，脑力消耗和

[1]　参见《马克思恩格斯全集》中文第一版49卷和中文第二版32卷中的相关论述。
[2]　《马克思恩格斯全集》（第32卷），第104页。
[3]　《马克思恩格斯全集》（第32卷），第103页。
[4]　《马克思恩格斯全集》（第49卷），第95页。

体力消耗都增加了。劳动强度的提高达到一定的转折点时，就会排斥工作日长度的增长。于是就有必要限制正常工作日；另一方面，工作日的缩短也为工人创造了自由时间。因此，工作日的缩短"对于改善英国工人阶级的体力、道德和智力的状况，产生了非常有利的影响"。但"大机器生产"带来工人生活的改善，"这一点丝毫也没有改变相对剩余价值的性质和规律，即生产力提高的结果是工作日中一个越来越大的部分为资本所占有。因此，想通过统计材料证明工人的物质状况由于劳动生产力的发展在某个地方或某些方面得到了改善，以此反驳这个规律，这是荒唐的"。而且马克思更进一步指出在资本主义制度下"大机器生产"造成了对人的身体和精神的全面"浪费"和"损害"："资本主义生产比其他任何一种生产方式都更加浪费人和活劳动，它不仅浪费人的血和肉，而且浪费人的智慧和神经。实际上，只有通过最大地损害个人的发展，才能在作为人类社会主义结构的序幕的历史时期，取得一般人的发展。"[1]

虽然马克思对劳动与资本关系的讨论颇富洞见，但他考察"实际吸纳"的范围仅仅局限在物质生产过程，没有预料到这种吸纳的后果是"劳动将被更深广地整合入资本之中，而社会也更完全地由资本所形塑"，也即"机器"霸权穿透了整个社会生活。工人除了劳动被资本所控制，"八小时之外"的闲暇时间也被深刻地纳入到"机器"生产过程中。闲暇时间当然不需要进行直接的物质生产，它对应的是"消费"、"娱乐"和"休闲"等"劳动力"的再生产过程。但不要忘了，工人在资本主义社会中始终扮演的两种角色——生产者和消费者，而且两者之间存在着不平等的数量关系，如果要克服这种不平等关系带来的资本危机，就要求将工人的"消费"也作为资本的"外部"——

---

[1]　《马克思恩格斯全集》（第32卷），第405页。

同时也是内部——予以开发和拓展，以满足资本"实现"的要求。特别是在机器已代替人的生产的情况下，"消费"实际上变成了"生产"，"生产"也变成了"消费"，两者的界限被彻底打破了。马克思曾经揭示资本主义社会的所谓"自由"，首先指工人出卖劳动力的自由，现在似乎需要补充一句，这种"自由"，还应该包括工人消费自己产品——也即商品——的自由。在全球资本主义时代；或者我们可以用另一个更动听也更中性的名字来称呼它——消费社会，把"人"规训为一个活跃的"消费者"，比将"人"培训为合格的"生产者"更为关键。因为随着机器越来越发达，工人也许不再要参与到第一线的生产中，但是他的文化品味、风俗习惯、团队精神、对工厂的认同感、家庭生活和人际关系……所有这些社会关系和社会交往都要被"机器"所穿透，内在地服从于资本的逻辑。所谓"社会更具有资本的色彩"，就像曼德尔（Ernest Mandel）在《晚期资本主义》（*Late Capitalism*）说的："晚期资本主义于是成为第一个所有经济部门均全然工业化的时期，我们可以进一步加上……上层建筑的逐渐机械化。"

随着科学技术的发展，尤其是到了 20 世纪下半叶晚期资本主义时代，电脑、信息技术和人工智能……等高新科技纷纷被引入到生产线和办公室中，马克思在《机器论片断》中所描述的资本发展趋势已经变成了现实，然而他所预言的激进社会革命却始终没有来临。正如马克思所预料的，知识已被对象化（objectified）为机器，机器越来越具有自主性，它在生产过程中的角色也相应变得越来越重要，与此形成对比的是，劳动时间在财富生产领域中的重要性却日益下降，这两者之间产生了矛盾和不平衡。可马克思没有想到这一情况不但没有酝酿出危机和革命，却反而催生出一种新的和具稳定性的资本统治模式。[1]

[1]　张历君："普遍智能与生命政治"，载《帝国、都市与现代性》。

尽管马克思由于忽略资本"实际吸纳"穿透社会生活的巨大效应，而没有料想到晚期资本主义新的统治形式，但他对资本主义由资本的"实现"和"扩张"的矛盾而引发内在危机的预测依然有效。"实际吸纳"之所以如此迫切地进入到更加深广的社会生活、文化认同和欲望意识的领域，同样是为了应对资本的危机。因为晚期资本主义面对的现实是，机器已经扩张到可以包围整个世界，透过现代科技的改造过程，所有的自然已经成为资本，人们面对的是"机器制造的自然和机器制造的文化"，全球基本上被纳入到资本主义体系中，对非资本主义环境的"形式吸纳"达到极限。为了给资本寻找新的出路，创造更大的"实现"空间，"资本在今天依然通过吸纳的方式，在一个扩张的再生产循环中持续积累，然而，所不同的是它不断增长的吸纳不再针对非资本主义环境，而是它自身的资本主义范围——也就是说，这个吸纳不再是'**形式吸纳**'而是'**实际吸纳**'。资本不再向外部看而是着眼于内部，其扩张因此更加精深而不是趋于广泛"。[1] 按照这样的线索，甚至可以将从"形式吸纳"到"实际吸纳"的过程描述为从"现代性"到"后现代性"的转变。《帝国》的作者之一哈特在课堂上讲解这两种吸纳形式的关系时，就非常明确地把"形式吸纳"和"现代性"方案联系起来，而"后现代性"作为"实际吸纳"阶段则更易于理解。("I have argued that postmodernity should be understood as the phase of the real subsumption.")但《帝国》中表述为："当现代的积累以对非资本主义的环境的形式吸纳为基础时，后现代的积累则依赖于资本主义范围自身的实际吸纳"，却很容易给人一种线性、单向和直接决定的印象。借用詹明信那句绕口令似的名言："The becoming Cultural of the economic and the becoming economic of the cultural"（"经济的变成了文化的，文

---

[1]　麦克尔·哈特、安东尼奥·奈格里:《帝国》杨建国、范一亭译，南京，江苏人民出版社,2008年。

化的变成了经济的"），就文化政治的含义而言，"后现代"与"晚期资本主义"的关系不再停留于简单的经济基础与上层建筑的二元结构中，"实际吸纳"将人的文化品味、价值认同和身体欲望都转化为资本的能量和动力，"内"与"外"、"文化"与"经济"、"上层"和"基础"、"主体"和"制度"……之间的界限被机器穿透而一体化了。"后现代主义"不仅没有构成对资本主义的批判，反而成为了与全球市场相匹配的意识形态。无论是开拓资本市场、公司内部管理，还是发掘人的潜能和多样性，"后现代主义"强调差异与混杂，颂扬拜物与仿像，迷恋新潮和时尚，崇拜出位和搞怪……这些特质恰恰标识出全球资本运作的逻辑，描绘了全球资本主义的理想图景：在资本主义社会中，所有人都变成"多方面"的人，一则是随着世界市场的拓展，他们作为"消费者"所具有的各种需求——既有物质的，也有精神的，譬如"旅游"对"自然风光"的消费——都可以得到越来越多样化的资源的满足，从而极大地刺激各种各样的生产，将更多的资源商品化；二则是随着社会所需要的各种单方面的劳动的不断变化，只有那些具有适应能力、能够从一个职业转到另一个职业的人，才是必不可少的。跨国公司容纳不同性别、种族和性取向的员工，在工作空间内高度实现创新、自由和多样性，为资本利润最大化服务；创意产业冲破时空、文化、族群和性别的疆界，全力吸取多元化的文明智慧、历史符像和风俗习惯以及不同人的创造力和想象力，将其融注于文化工业的生产过程中。这就是《帝国》所描绘的："大工业和金融权力所生产的不仅是商品，更是主体性。它们在生命政治的脉络中生产各种具能动性的主体性：它们生产需要、社会关系、肉体和心灵——那就是说，它们生产了生产者。在生命政治的脉络中，生命为了生产而被制造，生产则为了生命而被制造。"

四

　　既然危机依然存在，资本却又通过新的生产方式规避了危机，那
么摆在当代批判理论面前的任务就是，一方面准确把握和深入剖析这
种新的生产方式，揭示出蕴含其中的资本秘密；另一方面则在暴露资
本秘密的基础上，引发内在于新生产方式的危机，从而创造出反抗资
本主义新统治形式的可能性。作为《帝国》灵感源泉之一的意大利激
进左翼思想家们发现，在马克思讨论"形式吸纳"和"实际吸纳"的
《资本论》手稿《直接生产过程的结果》中，他区分了两种形式的生
产劳动：物质生产劳动和非物质生产劳动，譬如作家写作、歌女唱歌
和教师教书甚至工人从事园艺或裁缝工作，都具有物质劳动和非物质
劳动的双重性，而判断两者的标准则看它们是否是"直接生产资本"。
就像马克思论述两种"吸纳"一样，他考察两种"劳动"依然重视物
质生产过程，却忽略了资本对社会生活的整体"穿透"。所以他认为
在"非物质生产劳动"领域里，"大多数这样的劳动者几乎还不是在形
式上从属于资本，而是属于过渡形式。整个说来，这样一些劳动同资
本主义生产的数量相比是微乎其微的量，这些劳动只能作为服务来享
受，不能转化为与劳动者分开的，从而作为独立商品存在于劳动者之
外的产品，但是它们可以直接被资本主义利用。所以，可以把它们完
全撇开不谈；只有在研究雇佣劳动时，在论及不同时是生产劳动的雇
佣劳动的范畴时，才能考察它们"[1]。进而指出"非物质生产劳动"的
性质决定了它与资本主义生产方式"完全无关"，但过分发展却可能
会对资本造成"阻碍"："作为收入被消费的和不再作为生产资料重新
进入生产中去的很大一部分年产品，是由满足最令人厌恶的、最可鄙

---

[1]　《马克思恩格斯全集》（第49卷），第106页。

的欲望和幻想等的产品（使用价值）所组成。这个内容与生产劳动的规定完全无关（当然，如果这一部分大得不成比例地再生产出来，不再转化为重新进入商品再生产或劳动能力本身再生产的生产资料和生活资料——简单地说，不再转化为供生产消费用的生产资料和生活资料——那么财富的发展自然就会受到阻碍）。"[1] 然而，今天资本主义的实际情况却是"非物质劳动"（Immaterial Labor）发挥的作用越来越大，"最令人厌恶的、最可鄙的欲望和幻想"成为了资本"实现"与"扩张"的领域和动力，"大工业和金融权力所生产的不仅是商品，更是主体性"。因此，意大利激进左翼思想家们重新赋予这个当年被马克思忽视的概念以时代的内涵和活力，用"非物质劳动"来诊断当代资本主义的状况：

> 这一概念被定义为生产商品信息和文化内容的劳动。非物质劳动概念有两个不同的方面：一方面是商品的"信息内容"，它直接指向在工业和第三产业中大公司里工人劳动过程所发生的变化，在那里，直接劳动所需的技能逐渐变成神经机械学（cybernetics）和电脑管控的技能（以及水平与垂直的信息沟通技能）。另一方面，关于生产商品"文化内容"的行为，非物质劳动包括一系列活动，这些活动不再是一般意义上的"工作"，换句话说，这类活动包括界定和确定文化与艺术标准、时尚、品味、消费指针以及更具有策略性的公众舆论等不同信息项目的活动。这类活动曾是资产阶级及其后代的特权领域，而从1970年代末开始转变成我们界定为"大众智能"的领域。[2]

[1] 《马克思恩格斯全集》（第49卷），第106—107页。
[2] 拉扎拉多：《非物质劳动》

近 20 年来网络社会的兴起，进一步加强了"非物质劳动"的支配性地位。《帝国》的两位作者内格里和哈特在上海华东师范大学的演讲中指出："在 20 世纪的最后几十年中，工业劳动失去了它的霸权地位，取而代之出现的是'非物质性的劳动'，也就是创造非物质性的产品，例如知识、信息、交际、人际关系或情感反应的劳动。传统的称谓如服务业、脑力劳动及认知劳动都指向非物质劳动的某些方面，但都没有抓住其总体。"[1] 因此，他们更直接地将这种新的生产方式命名为"非物质劳动的霸权"。但"非物质劳动"并不能简单等同于与互联网等新兴产业联系在一起的"新经济"或"知识经济"，在哈特和内格里看来，"所有非物质性生产所需的劳动都仍是物质的——它就像所有劳动一样需要我们的身体和大脑的参与。所谓非物质性指的是它的产品。我们认识到从这个角度来说'非物质性劳动'是一个非常模糊的术语。也许更好的方法是将这种新的霸权形式理解为'生命政治的劳动'，也就是不仅创造物质产品也创造人际关系乃至社会生活本身的劳动。由此'生命政治'这个术语表明传统的经济、政治、社会和文化之间的界限越来越模糊。"将"非物质生产"和"生命政治"联系起来，这意味着"非物质劳动的霸权"不仅仅是一种资本"吸纳"以及扩张至全球市场的经济方式，更是一种资本支配和治理社会以及控制人的"内面"的权力方式。强调"非物质劳动霸权"的重要性，并不意味着可以无视传统的权力运作，更不是仅仅将这种统治方式归属于"意识形态"的领域，而是高度重视这样一种状况：今天人们正面临着"资本"（以及与资本结合在一起的其他权力形式）对"文化"、"传统"、"情感"、"欲望"和"潜意识"的奴役、压迫与剥削，这种支配性的权力形式已经深入到传统压迫方式的内部，构成了对"传统权力"的创造性"转

---

[1]　迈克·哈特、安东尼奥·内格里："帝国与后社会主义政治"何吉贤译，载《天涯》，2004 年 5 期。

化"。也即现在要理解统治和剥削的机制，离不开对"非物质劳动"和"生命权力"的深刻把握。这也是为什么内格里和哈特要用当代意大利激进左翼思想来补充福柯"生命权力"的缘故，因为这一群当代意大利马克思主义者，运用了诸如"大众智能"（mass intellectuality）、"非物质劳动"这样的术语，再加上马克思的"普遍智能"概念，从新的生产劳动性质及其在社会中的现存发展的角度入手，了悟到"资本吸纳"和"生命政治"的共同维度。

于是，我们亲眼目睹了一幅资本和权力相互缠绕、彼此配合、共同塑造的世界图景：一方面资本不断扩张，容纳越来越大的空间，并借在其领域内部的吸收而日益强大，以至全球市场的形成达到了资本的理想形式：全球市场再无外部，整个地球都是它的领域；另一方面权力持续整合，不仅涵纳了经济、政治和文化的领域，而且贯穿了社会的生命（bios）本身，权力以"生命政治"的形式完成了大一统：欲望成了资本的领地，社会完全被国家所覆盖。这似乎是一幅令人绝望的图景，但意大利激进左翼思想家们"最具吸引力的或许是其乐观的品质"，"即使是在革命失败的黯淡期和政治镇压期，仍有对革命的解读出现。……这些作者不断地为不可能的事情提供解释，仿佛它才是仅有的合理选择。但这其实与简单的乐观主义或悲观主义无关，它更是一种理论选择，或是一种对政治理论所持使命的立场。换言之，在这里政治理论的任务确实涉及对长时间折磨我们的剥削和统治形式的分析，但第一位的和基本的任务是去确认、肯定和促进现存社会力量中的积极因素，它们指向一种新的替代性的社会，一个即将到来的社会。潜在的革命总是内在于当代社会领域"[1]。因此，《帝国》在描绘这幅权力的网络延伸至极致的图景的同时，它也力图捕捉权力网络激

[1]　哈特："当代意大利激进思想·序言"，张勇译，载《国外理记动态》，2005年3期。

发出的反抗潜能："就在权力完成了大一统，将社会生活的一切部分都
包容在自身之内的那一刻，它也使一个新的社会环境得以呈现。那是
一个有着千差万别，有最大限度的多层性和不可被吸纳的单一性构成
的复杂环境，这是每一个单一事件都有自己的独特性的环境。"具体而
言，就是"非物质劳动的霸权"也必然催生出反抗这一霸权的新的历
史主体。对于"非物质劳动"的剥削，它最直观的表现就是将劳动结
合进一切界定社会关系的因素中，资本主义的剥削关系早已走出工厂，
覆盖了整个社会身体；社会关系完全的被吸收到生产关系中，使得社
会生产与经济生产无法分割、不存在所谓内外之别。网络社会更使得
资本主义生产与宰制的体系被高度抽象化，不再拥有具体的场域（non-
place）。与这一过程相对应，生产力几乎完全地去在地化，不仅生产商
品，也产生丰富的社会关系，和新生产方式相适应的主体的劳动变得
高度流动与富有弹性，这是一种全新的历史主体，和当代最先进的、
具有霸权地位生产力结合在一起，如何像当年马克思设想无产阶级是
资本主义制度的"掘墓人"一样，从现实的而非乌托邦的力量中激发
出批判因素，而且相信这种批判因素可在全部劳动实践中发展出反抗
和替代性方案，这是当代激进左翼思想必须勇敢面对的挑战。所以
《帝国》一书的真正抱负是"在建立新的价值理论之后，必须有系统地
规划新的主体性理论"。

　　尽管《帝国》将"诸众"（Multitude）设想为"新历史主体"引
发了诸多争议，否则内格里和哈特就没有必要再写一部厚厚的《诸
众》来进一步厘清构想和回应质疑。可他们的努力依然值得珍视，更
重要的是我们要进一步检讨支撑这种构想的"原理性内容"。表面上
看，意大利左翼激进思想家们重读《机器论片段》是为了揭示马克思
当年的预言——机器（"普遍智能"）的发展最终会改变资本主义的生
产方式——没有实现的原因：网络社会的到来反而形成了新的资本剥

削和控制形式。但实际上他们希望反转这个悲观和失败的论述，认为
新的生产方式也提供了解放的可能性。"非物质劳动的霸权"的提出既
是对全球资本主义的描述、分析和把握，同时也是对反抗全球资本主
义的新主体的勾勒、塑造与呼唤。这一历史辩证法的展开，其依据还
是马克思对资本主义的内在危机——即资本的"实现"与"扩张"之
间的矛盾——的深刻揭示。因为资本"扩张"的目的不仅在于满足资
本"实现"的需求与开发新市场，同时也要满足资本积累循环的后续
要求，也就是说，要达成"资本化"的目的。所谓"资本化"，指的是
在剩余价值以金钱形式得以实现后——实现的途径既透过强化资本主
义体系内的市场，也依靠非资本主义的市场——这些剩余价值必须要
能对生产进行再投资，即回归成资本。为了实现生产的循环，已经资
本化的剩余价值要求资本家必须购买更多的可变资本（原料、机器等）
和不变资本（也就是劳动力），最终这一切又将会要求市场进行更大的
扩张，进而实现更多的剩余价值。在这一过程中，对更多可变资本和
不变资本的需求促使资本不断开拓殖民地，但却未必需要将所有的殖
民地资本主义化；与此相应，对更多不变资本的需求（也就是需要不
断补充新的劳动力），固然可以靠延长资本主义体系内现有工人的工作
时间来满足，但这种方式有其限度，因而资本必须不断地从非资本主
义的共同体和国家中创造出新的劳动阶级，这就不断使得非资本主义
环境资本主义化，外在于资本主义的领域内在化。剩余价值"资本化"
的过程鲜明地凸显出资本"扩张"与"实现"的基本矛盾：为了实现
剩余价值，资本必须依赖于外部，依赖于非资本主义的环境；而这正
好与资本的另一个需求——将实现了的剩余价值资本化——相互冲突，
因为后者所要求的是不断把非资本主义环境内在化。两者的矛盾在于，
一旦非资本主义的外在环境被有组织地并入资本主义生产所拓展的新
疆界内，它就再也无法成了实现资本剩余价值所需的外部了。在这个

意义上，资本依赖外界与内在化之间存在深刻的矛盾，更准确的说，是资本化构成了资本实现的限制，而资本实现也构成了资本化的限制。如果这一内在于资本主义生产方式的矛盾不断激化，那么就可以合乎逻辑地推断，总会有那么一刻，资本积累、实现和资本化的循环——也即资本依赖于外界与资本内在化——这两种情形将直接碰撞，埋葬彼此："既然地球是有限的，因此上述符合逻辑的冲突最终将变成真实的矛盾……矛盾的紧张自始至终出现在资本的发展中，但只在极限点得到全面展示，即在危机的那一刻——当资本面对人类与地球的极限时。"[1] 而全球资本主义时代"非物质劳动的霸权"的建立，无论就资本"吸纳"的强度、世界市场的扩张，还是生命权力的控制而言，都意味着"内"与"外"疆界极限——对外是地球的极限；对内是人的"内面"的极限——的到来。正是这一危机时刻带来了构想新的替代性方案的可能。

　　资本"扩张"与"实现"的基本矛盾再次印证了马克思在《资本论》第三卷中对资本主义的诊断："资本的限制就是资本本身，即资本主义的生产方式。""资本的限制"植根于生产力和生产关系之间的辩证法，按照一般的理解，生产力和生产关系之间的矛盾表现为：生产力不断发展，要冲破生产关系的限制；而迫使生产关系发生改变，以适应生产力的变化。这种关系很像通常说的"内容"与"形式"之间的关系——内容持续变革，最终冲破形式的束缚；而形式不断改变，最后成为新的形式。当然，两者之间存在着或长或短的延宕，但一定会有那么一个历史时刻的到来，"形式"成为了"内容"进一步发展的障碍，直到社会革命的爆发，适应生产力发展的新生产关系取代了旧生产关系。《帝国》对危机时刻的召唤，正是出于这种对生产力和生产

_____

[1]　麦克尔·哈特、安东尼奥·奈格里：《帝国》。

关系之间辩证法的理解。然而，它马上就会碰到一个问题：在哪一刻，资本主义生产关系与生产力正好不相适应？我们一直需要去精确认定这个历史时刻。可这个危急时刻似乎难以捉摸，资本主义依然充满活力。关键不在于去确定资本主义发展的"某一时刻"，生产关系构成了对生产力的最大束缚；而是应该清醒地认识到，正是资本的内在限制，也即资本的"内在矛盾"，驱使资本主义进行不断的变革："资产阶级不使生产工具经常发生变革，从而不使生产关系，亦即不使全部社会关系经常发生变革，就不能生存不去。相反，过去一切工业阶级赖以生存的首要条件，却是原封不动地保持旧的生产方式。生产中经常不断的变革，一切社会关系的接连不断的震荡，恒久的不安定和变动，这就是资产阶级时代不同于过去各个时代的地方。"[1] 过去时代的生产方式的确可以按照"内容"和"形式"的关系，来讨论"生产力"与"生产关系"的矛盾运动，但资本主义的生产方式却将"生产力"与"生产关系"的不一致性"吸纳"进社会化大生产与资本私人占有之间的矛盾形式之中。与以前的生产方式相比，正是这种内在矛盾成了资本主义永远扩张的不竭动力：

> 他（指马克思——引者按）认识到了资本主义如何释放自我增长的生产力的惊人活力——看看他出神入化的描写，在资本主义中"一切凝固的东西都烟消云散了"是如何进行的，资本主义是如何成为人类全部历史上最伟大的革命者；另一方面，他还清楚地感觉到资本主义的这种活力是如何由它自己内在的阻碍或对抗性所推动的——资本主义的最终限制（自我推动的资本主义生产力）就是资本本身，换句话说，资本主义自身物质条件的不断发展和革命、生

---

[1] 马克思、恩格斯：《共产党宣言》，北京，人民出版社，1997年。

产力不受限制的螺旋形的疯狂之舞最终不是别的而正是一个绝望的前进之旅，藉以逃避它自己衰弱的内在矛盾……[1]

在这个基础上，齐泽克以拉康的方式来理解"资本的限制"。人们因为无法直面与生俱来的"原始性创伤"，所以才那么迫切地拥抱意识形态。这个"原始性创伤"，套用拉康的术语，就是"小 α"，齐泽克将其挪用到意识形态理论中，称之为"意识形态的崇高客体"。齐泽克认为，"资本的限制即资本本身"意味着资本同样必须处理与自己的"原始性创伤"即"小 α"之间的关系。资本的"小 α"，不是别的，正是马克思所指出的资本主义生产方式的内在矛盾：社会化大生产与资本私人占有之间的矛盾，它构成了内在于资本主义、难以克服的"原始性创伤"。那么，资本主义是否敢于直面这个"小 α"呢？或者更直白地说，资本主义如何来克服自身的矛盾呢？也许永远不能真正的克服，而只是不断地躲避这个矛盾的？那就是拥抱资本的意识形态——通过资本的无限扩张，来回避那个"小 α"对其的困扰。"这个曾经仿佛用法术创造了如此庞大的生产资料和交换手段的现代资产阶级社会，现在像一个巫术那样不能再支配自己用符咒召唤出来的魔鬼了。"[2]资本就像拥有独立意志一样，不断地扩张，追求自我的实现。如果说前资本主义生产方式的生产主要是为了满足人们物质和精神的需要，即使有交换，它的主要目的也是为了互通有无。那么资本主义生产方式的情形完全不一样，资本主义最重要的特征就是为交换而生产，因为只有交换才能实现其利润，实现附着在商品上的剩余价值。"由于需要不断扩大产品的销路，资产阶级就不得不奔走全球各地。它不得

---

[1] 齐泽克："资本的幽灵"，载《易碎的绝对》，南京，江苏人民出版社，2003 年，第二章。
[2] 马克思、恩格斯：《共产党宣言》。

不到处钻营，到处落户，到处建立关系。"[1] 在这个意义上，资本主义的确像从所罗门的瓶子中释放出的魔鬼，谁也无法控制它释放出的巨大能量。按照齐泽克的说法，"资本的限制" 恰恰成了资本主义发展的 "动力"，它必须不断运作，才能得以维持，否则自身矛盾无法克服，资本主义就难以存活了。所以，资本无限扩张的欲望是内在于资本主义自身矛盾之中，"在此我们发现了特有的悖论，它的最后凭藉：资本主义能够借助其强力资源，改变其限制和无能为力的状况：它越是 '腐败'，其内在矛盾越是趋于恶化，它就越要进行内部革命，以求得生存。"[2] 因此，资本主义的内在矛盾不能光靠解放生产力来解决。用解放生产力来解决矛盾，就好像一直要等待那个生产力和生产关系相冲突的危机时刻，并且想象一个新的、更高的历史阶段，这个阶段既可以有效地克服资本主义的内在矛盾，即 "小 α" 的苦苦纠缠，同时又充分释放出生产力自我增长的潜能。然而无法回避的困境在于，资本主义激发出来的巨大动力恰恰来自于 "资本的限制"：

> 马克思没有注意到的……就是，这种内在的障碍／对抗性（指资本主义的内在矛盾——引者按）是生产力完全配置的 "不可能性的条件"，同时也是其 "可能性的条件"：如果我们清除这个障碍，克服这个资本主义内在的矛盾，那我们就不能获得完全解放生产力的动力，这种生产力最终是通过其阻力传送的，我们就正好失去了这个看起来似乎是由资本主义产生并同时被其阻挠的生产力——如果我们清除了这个障碍，则此障碍阻挠的真正潜能也就消散了……[3]

[1] 马克思、恩格斯：《共产党宣言》。
[2] 齐泽克：《意识形态的崇高客体》，季广茂译，北京，中央编译出版社，2002 年。
[3] 齐泽克：《资本的幽灵》。

　　就此而言，人们无法套用进化论模式来理解"资本的内在限制"，更不用说怎样来确定那一危机时刻的到来，因为根本不可能按照机械的理解，来等待"内容"与"形式"矛盾爆发的时刻。抽象地讨论资本的"内在限制"与"发展动力"的关系自然可以得出各种结论，但问题在于，马克思对资本主义危机的诊断以及对社会主义革命必将取得胜利的展望，就是建立生产力和生产关系的辩证法上。只有在资本主义危机爆发的情况下，社会主义革命才有可能取得胜利。所谓历史发展的规律成为了革命发生、发展和成功的动力与依据，倘若从理论上取消了决定性的一刻以及相关的乌托邦想象，会不会使得革命遥遥无期，反抗无所作为，在历史观上堕入消沉悲观呢？事实证明并非如此，列宁就是一个成功的例了。强调"规律"者反而容易消极等待，譬如第二国际的理论家考茨基就坚持认为"在社会主义社会的经济和心理条件尚未充分实现之前，无产阶级统治和社会革命绝不可能来临"，而深受第二国际这种"庸俗经济决定论"影响的俄国孟什维克同样出于对历史"客观发展阶段"的臣服，只能将俄国革命的性质界定为资产阶级民主革命；相反，不尊重"规律"的列宁却敢于大胆"决断"，抓住历史契机，投身到革命的行动中。以他为代表的布尔什维克坚决否认俄国资产阶级有能力完成"自己"的革命，勇敢地提出以工农联盟为基础建立"民主专政"的政治主张，并且将这一主张转化为积极的政治行动。这就是齐泽克高度赞扬的"列宁的伟大之处"：

　　　　在这场灾难中，对于能否成功，他（指列宁——引者按）从来都没有怀疑过，这与从卢森堡到阿多诺的消极惆怅，形成了鲜明对比。对于卢森堡到阿多诺来说，最后的切合实际的行动，便是承认失败；只有承认失败，才能使真理昭然若揭。在 1917 年，列宁没有坐等正确、成熟的时机，而是组织了一次先发制人的大罢工。

1920 年，作为失去了工人阶级的工人阶级政党的领袖（绝大多数工人在内战中牺牲了），他继续组织了一个国家，完全接受了有关党的悖论——党不得不组织，甚至重新创造自己的根基，即工人阶级。[1]

与此形成对比的是，当普列汉诺夫听到十月革命胜利的消息时，他认为"俄国无产阶级不适时宜地夺取政权之后，绝不能完成社会革命，而只会引起内战"，甚至宣称："这违反了一切的历史规律！"在他看来。俄国社会主义革命怎么可能取得成功呢？那时俄国二月革命刚刚取得胜利，还没有等到资本主义的充分发展呢，怎么可能爆发无产阶级革命呢？按照历史"客观发展阶段"，所有的激进党派应该与资产阶级民主主义者联手，以便首先实现民主革命，耐心等待"成熟"的革命形势。如今时机"不成熟"，革命不可能取得成功。但是，"政治"就是"不可能的艺术"（the art of the impossible），或者更正确地说，就是将"不可能"转化为"可能"的"斗争艺术"：

> 列宁主义的立场，是往前一跃，将自己投入局势的矛盾之中，抓住良机并进行介入，就算情势"还不成熟"也一样，他要下个赌注：这个"不成熟"的介入本身，会彻底地改变"客观"的力量关系，因为只有在这样的力量关系中，起初的情势才是"不成熟"的——这个介入，会破坏那个告诉我们情势"还不成熟"的标准本身。[2]

这就是为什么齐泽克一方面高度评价《帝国》对全球资本主义时代的描述，称之为"21 世纪的《共产党宣言》"；另一方面却深刻质疑《帝国》构想的替代性方案，呼唤列宁主义的复归。原因在于《帝国》的

[1]　齐泽克："赛博空间时代的列宁"，载《实在界的面庞》，季广茂译，北京，中央编译出版社，2004 年。
[2]　齐泽克：《有人说过极权主义吗？》宋文伟、侯萍译，南京，江苏人民出版社，2005 年。

确如当年马克思的《共产党宣言》那样既"认识到了资本主义如何释放自我增长的生产力的惊人活力",又"感觉到资本主义的这种活力是如何由它自己内在的阻碍或对抗性所推动的",然而遗憾的是,《帝国》依然还在"进化论"的框架中来理解"资本的内在限制","非物质劳动霸权"的提出只不过强化了对危机出现的"决定性一刻"的渴求,缺乏的是列宁主义那种化"不可能"为"可能"的斗争勇气与艺术,这就注定了它所设想的历史主体和革命方案的软弱无力。

尽管齐泽克思想中的"拉康倾向"引起了诸多争议,甚至可以认为拉克劳(Laclau)对他的批评很有几分道理:"(齐泽克)和我一样清楚何谓拉康式的真实:因为他也应该很清楚,资本主义不可能是拉康式的真实。拉康式的真实,是那拒绝符号化的东西,并且只有透过其破坏性的作用才能显露自己。但是资本主义,作为一套建制、成规等等,之所以可以运作,完全是因为它是符号秩序的一部分。"[1]但我们不得不承认,齐泽克透过"拉康"重新诠释马克思"资本的限制就是资本本身,即资本主义的生产方式"的经典论述,在某种程度上的确为当代批判理论的发展别开生面,"普遍智能"、"实际吸纳"、"生命权力"和"非物质生产"等一系列概念在与当代社会的对话中逐渐获得了分析、解释甚至是改变现实的活力,由此形成的"问题意识/问题结构"(problematic)正扩展到不同的研究领域,获得越来越多的认同。

2005 年 8 月—9 月

江西—北京—上海

[1] 齐泽克、巴特勒和拉克劳:《偶然性、霸权和普遍性》,胡大平译,南京,江苏人民出版社,2004年。

图书在版编目（CIP）数据

预言与危机/罗岗著. —杭州：浙江大学出版社，
2014.12
ISBN 978-7-308-14040-9

Ⅰ.①预… Ⅱ.①罗… Ⅲ.①随笔－作品集－中国－
当代 Ⅳ.①I267.1

中国版本图书馆CIP数据核字（2014）第265563号

预言与危机
罗岗 著

责任编辑	叶　敏
营销编辑	李嘉慧
装帧设计	罗　洪
出版发行	浙江大学出版社

（杭州天目山路148号　邮政编码310007）

（网址：http://www.zjupress.com）

排　　版	北京大观世纪文化传媒有限公司
印　　刷	北京天宇万达印刷有限公司
开　　本	635mm×965mm　1/16
印　　张	15.5
字　　数	179千
版 印 次	2014年12月第1版　2014年12月第1次印刷
书　　号	ISBN 978-7-308-14040-9
定　　价	42.00元

浙江大学出版社发行部　联系方式：（0571）88925591；http://zjdxcbs.tmall.com